THORSTEN SPANUTH

WIND VON ACHTERN

Thorsten Spanuth

Wind von Achtern

Historische Kurzgeschichten

meiner Familie

Span Uth

Bibliografische Information der Deutschen Nationalbibliothek:
Die Deutsche Nationalbibliothek verzeichnet diese Publikation
in der Deutschen Bibliografie; detaillierte bibliografische Daten
sind im Internet über dnb.dnb.de abrufbar.

ISBN: 9783741275357

Copyright © 2023 Thorsten Spanuth

Herstellung und Verlag:
BoD – Books on Demand, Norderstedt

Alle Rechte vorbehalten.

Familienforschung, fachlich Genealogie genannt, ist für den Forscher selbst ein hochinteressantes Feld, bei dem man in endlosen Stunden alte Fotos versucht zu identifizieren, Dokumente in alter Schrift zu entziffern, anstrebt Personen mittels eines Computerprogramms in Zusammenhang zu bringen und dabei den Staub und Geruch der vergangenen Jahrhunderte einatmet.
Dank mehrerer Chronisten meiner Familie gibt es Dokumentationen, die vom Spätmittelalter bis in die Neuzeit reichen und die zu einem riesigen Archiv über jetzt 18 Generationen angewachsen ist.

Unwillkürlich versetzt man sich hinein in das Leben seiner Vorfahren und ihrer Zeit und wünscht sich, sie wieder zum Leben zu erwecken.

Mit diesem Buch habe ich mir selbst diesen Wunsch erfüllt und einige von ihnen lebendig werden lassen, indem ich daraus einen historischen Roman verfasst habe, der sich stark an der Genealogie orientiert, ihn aber aufgrund des Handlungszeitraums von über 500 Jahren in Kurzgeschichten abgefasst habe. Jedes Kapitel beschreibt also eine für sich abgeschlossene Handlung, was nicht bedeutet, dass die Kapitel nicht in Beziehung zueinanderstehen, im Gegenteil: Im Anschluss an jedes Kapitel finden Sie eine Erklärung zu den handelnden Personen und deren Beziehung zu anderen.
Gleichwohl können Sie ein Kapitel lesen oder auch überspringen oder wenn Sie es wollen, auch in umgekehrter Reihenfolge lesen.

Den ganz Aufmerksamen unter den Lesern sei gesagt, dass ich sogar einen Bezug zu meinem letzten Roman ‚Ochsenritt' darin versteckt habe.

Für Namen oder Begriffe, die mit einem *-Stern gekennzeichnet sind, finden Sie im Anhang ein Glossar mit Erläuterungen oder Hintergrundinformationen.

INHALT

Kapitel		Seite
1	Wiedensahl 1492	9
2	Petershagen 1540	25
3	Schaumburger Land 1627	39
4	Windheim 1658	53
5	Loccum 1660	73
6	Nienknickern 1702	93
7	Windheim 1791	115
8	Castle Garden 1848	129
9	Hannover 1869	155
10	Sedan 1870	169
11	Heiligendorf 1911	183
12	Ohlendorf 1917	195
13	Würzburg 1925	207
14	Hamburg 1942	215
15	Hannover 1970	233
16	Corpus Christi 2010	245
17	Hamburg 2022	255
	Glossar	263

Es waren mindestens acht Jahre des Geschachers, des immer wiederkehrenden Überzeugens, des gegenseitigen Ausspielens der Könige von Portugal, Frankreich und Spanien notwendig, bis er Geld, Schiffe und Zusicherungen seiner erwarteten Schätze und Entdeckungen erreicht hatte und er sich am 3. August 1492 von Palos de la Frontera mit seinen Schiffen ‚Santa Maria', ‚Nina' und ‚Pinta' auf den Weg machte, denn Christoph Kolumbus wollte einen Seeweg nach Indien finden.

1

Wiedensahl*
Frühsommer 1492

Tönnies* döste ein wenig nach der Mittagspause am Feldrand, während seine Schwestern, die den Männern die Mittagsmahlzeit brachten, bereits wieder auf dem Rückweg zum Hof waren und sein älterer Bruder, mit Spitzhacke und Harke bewaffnet, wieder in das Feld hineinlief, um die jungen Hafertriebe von Unkraut zu befreien.

Sein Vater saß ebenfalls noch auf seinem Baumstumpf und hob für Tönnies überraschend nun kurz die Hand, nachdem er sich erhob und Anstalten machte, seinem Bruder zu folgen, was ihm bedeutete, innezuhalten. Was er erst viel später verinnerlichen sollte, wartete sein Vater absichtlich darauf, mit seinem Sohn vollkommen allein zu sein, denn er hatte etwas mit ihm zu besprechen, was ihm offenbar schon geraume Zeit schwer auf dem Herzen lag.

Erst schmeichelte er ihm, was er doch schon für ein prächtiger großer Junge geworden sei, nein, er sei doch schon ein richtiger junger Mann!

Aber es käme nun auch die Zeit, da er auf eigenen Beinen stehen müsse, er sich eine Stelle als Knecht auf einem Hof und vielleicht auch eine Frau suchen müsse, denn, er führte nochmal an, was ihm aber sowieso vollkommen bewusst war, den Hof wird er nicht erben können, den würde stets der älteste Sohn übernehmen, und daher ist es nun an der Zeit, dass er sich auf den Weg machen müsse.

Sein Vater liebte alle seine Kinder und eines davon zu verlieren, wo es so unendlich schwer war, sie aufzuziehen, tat ihm in der Seele weh. Schnell erhob er sich daher, trat auf ihn zu, legte seinem Sohn eine Hand auf die Schulter, wendete sich dabei aber ab und machte sich geradewegs auf ins Feld. Tönnies blickte ihm kurz nach und sah seinen Vater von hinten, wie er sich mit dem Ärmel kurz über das Gesicht wischte. Dann trottete er ihm hinterher.

Zwei Tage später hatte er seine wenigen Habseligkeiten gepackt und machte Anstalten sich nun von allen zu verabschieden, seiner Mutter, seinem Vater und allen Geschwistern. Allen war offenbar gewahr: Tönnies verlässt den Hof. Und so bedurfte es kaum Worten, nur die Mutter musste sich die Tränen in der Schürze abwischen.

Er hatte nur eine grobe Vorstellung davon, bei welchen Bauern er nach einer Knechtstelle fragen konnte, sein Vater hatte offenbar auch keine rechte Idee, zumal sie wussten, dass eigentlich alle Bauern so arm waren wie sie selbst und so wanderte er aus Wiedensahl hinaus und zog von einem zum nächsten Dorf.

Kein Bauer bot ihm eine Stelle, ob in Pollhagen, Nordsehl, Meerbeck oder Niederwöhren. Alle verwiesen auf ihre Söhne, die auf dem Hof arbeiten würden. Nur einer bot ihm eine Stelle bis nach der Erntezeit im Spätsommer, aber das nützte ihm nichts, denn gerade im Winter brauchte er ein Dach über dem Kopf und etwas zu Essen.

Als er nach Tagen der Wanderung schon gar keine Hoffnung mehr hatte, sagte ihm ein Bauer, er kenne einen Marquard Pedig, der hätte einen großen Hof in Wiedensahl, der könne vielleicht jemanden gebrauchen. Ja und ein Kind hätte der nur, eine Tochter, die Hilla, und als er das so sagte, machte er dabei ein verschmitztes Gesicht.

Tönnies ließ sich nicht anmerken, dass er diesen Pedig und seine Tochter kannte. Deren Hof, der Kellereihof*, den Pedig vor ein paar Jahren als Pächter von dem Kloster Loccum übernommen hatte, stand schließlich nur eine Viertelmeile von dem väterlichen Hof entfernt.

Sie hatten mit den Leuten nie viel zu schaffen, sagten sich nur ‚Guten Tag und guten Weg'. Pedigs wie auch seine Familie hatten stets genug mit sich selbst zu schaffen, um über die Runden zu kommen.

So marschierte Tönnies am nächsten Morgen nach Wiedensahl zurück, was gegenüber anderen ein sehr spezielles Dorf war, denn es bestand aus einer einzigen ewig langen und geraden Dorfstraße, an denen links und rechts in Abständen die Gehöfte der Bauern angesiedelt waren.

Als er wieder am elterlichen Hof ankam und Mutter und Vater von seiner erfolglosen Suche berichtete, erzählte er ihnen auch von dem Hinweis mit dem Kellereihof. Sein

Vater blickte skeptisch, hatte aber offenbar zuvor nie an seinen Nachbarn gedacht und meinte nun, er könne es ja mal bei Pedig versuchen.

Der mal ‚Absche Hoff', jetzt aber allgemein ‚Kellereihof' genannte Hof liegt mitten im Zentrum, neben der Kirche, linksseitig dem ‚geweihten Teich', der dem Dorf seinen Namen gab und der als Wasserspeicher und Feuerlöschteich diente. Die Hausnummer 25 wäre für Unkundige schwer zu finden, denn das Haupthaus liegt doch etwas weiter zurück auf dem Hofgelände.

Linker Hand eine Obstbaumwiese, rechts ein Brunnen und ein in Bau befindliches kleines Gebäude, welches so aussah, als ob es mal ein Backhaus werden sollte, denn es bestand aus einem einzigen gemauerten runden Ofen, dahinter war ein Schweineauslauf und ein flacheres Stallgebäude zu sehen, vermutlich ein Schafstall. Gegenüber dem Backhaus waren zwei Knechte dabei, mit ihren Mistgabeln Heu von einem Fuhrwerk in den Dachschober der langgezogenen Zehntscheune* zu befördern.

Er fragte nach Bauer Pedig. Einer der beiden Männer zeigte kommentarlos auf das Haupthaus, und diesem näherte er sich nun, staunend, ob des weiten Hofes und einem wahrhaft riesigen Hofgebäude. Sein Blick auf das Haus wurde kurz unterbrochen durch das laute Läuten der Kirche, die rechter Hand unmittelbar in Sichtweite neben dem Hof lag.

Er ging am Scheunentor vorbei auf die andere Seite des Gebäudes, wo sich der Wohnbereich befand, klopfte gegen die Eingangstür, die daraufhin von einer Frau im Alter seiner Mutter geöffnet wurde. Auf seine Frage nach Bauer Pedig rief sie laut nach ihm in den langen Flur hinein, der Wohnbereich und Stallungen miteinander verband.

Nach ein paar Minuten des Wartens kam ein korpulenter Mann aus dem langen Gang durch die Küche hindurch zur Tür und sah ihn grußlos mit fragendem Blick an. Tönnies nahm seine Mütze vom Kopf, grüßte freundlich und fragte nach einer Knechtstelle.

Pedig blickte ihn an und erkannte ihn erst, nachdem Tönnies ihm erzählte, er sei der Sohn des Kötners* von der anderen Straßenseite, woraufhin sein Gesichtsausdruck ein klein wenig freundlicher wurde.

Was er denn mitbringe, fragte Bauer Pedig und Tönnies berichtete frank und frei von seinen Kenntnissen und Erfahrungen in der familiären Landwirtschaft, wie sehr er anpacken würde, egal bei welchem Wind und Wetter, wenn er denn eine Mahlzeit am Tag und ein Dach über dem Kopf dafür bekäme.

Bauer Pedig brummte ab und zu zu Tönnies Ausführungen, sah ihn dabei weiterhin an und Tönnies versuchte seinem Blick standzuhalten und nicht mit den Augen zu zwinkern. Dann rief er laut wie zuvor die Frau in die Küche hinein, dass es wirklich im ganzen Haus zu hören war:

„Hilla!!!"

Er sah ihn weiter an und Tönnies Blick wurde zunehmend fragender, was jene Hilla nun mit seinem Begehren nach einer Knechtstelle zu schaffen haben würde. Als diese nun trotz des auffordernden Rufes ziemlich gemächlichen Schrittes zur Tür kam, fühlte er sich jetzt, wo beide, Vater und Tochter nebeneinanderstanden und ihn ansahen, als würden sie einem Stück Vieh gegenüberstehen und abwägen, ob sie es denn kaufen sollten oder nicht, ziemlich unwohl. Er wunderte sich, dass die Tochter genauso wohlgenährt daherkam, wie ihr Vater, was sehr ungewöhnlich war, denn Tönnies selbst war sehr schlank, wie eigentlich alle Leute aus der Gegend, denn so viel zu essen, um so rundbäckig zu werden, hatte eigentlich niemand im ganzen Schaumburger Land.

„Was meinst Du mein Schatz, können wir noch einen weiteren Knecht auf unserem Hof gebrauchen?"

So genau hatte er sich Hilla, der er zuvor kaum begegnet war und eigentlich nur aus Kindheitstagen kannte, noch nie betrachtet. Jetzt schaute er ihr ins Gesicht, wusste er doch, dass die Entscheidung offenbar von ihrem Urteil abhing.

Bauer Pedig sah ebenfalls seine Tochter an, die wiederum nach doch recht kurzem Blick auf Tönnies fast ein wenig schüchtern und errötend zur Seite blickte und für Tönnies fast unhörbar zu ihrem Vater sagte:

„Ja, den können wir sicher brauchen."

„Gut, dann nimm ihn man mal an die Hand", sagte er ironisch süffisant, „und zeig ihm seinen Schlafplatz hinten auf dem Schober."

Natürlich nahm sie ihn nicht an die Hand, sondern sie ging schüchtern vor und er folgte ihr, nach einem zusätzlichen Nicken von Pedig durch den langen Flur des Wohnbereiches zu den Stallungen. Hier befanden sich mehrere Pferde auf der einen und einige Kühe auf der anderen Seite, jeweils in Verschlägen. Noch nie hatte Tönnies einen Bauernhof erlebt, der so viele Stück Vieh halten konnte. Eine steile Treppe führte hinauf unter das Dach, wo mehrere Räume mit Türen versperrt vorhanden waren. Sie öffnete eine der Türen und es zeigte sich ein kleines Zimmer mit einem Bettgestell in einer Ecke, darüber ein Kruzifix an der Wand hängend, einem alten, wackeligen Schrank und einem kleinen Fenster mit Blick auf den Kirchhof.

„Tut es dir gefallen?", fragte sie schüchtern.

„Ja, es ist recht", sagte er freundlich lächelnd und ein wenig überlegen kokett, angesichts ihrer Unsicherheit. Er hatte überhaupt keine Scham, mit einem Mädchen allein in einem Raum zu stehen, hatte er doch mit seinen Schwestern immer genug Weibsbilder um sich herumgehabt.

„Wie ist dein Name?", fragte sie schon weniger schüchtern, mehr geschäftsmäßig, angesichts dessen, dass sie ihn eigentlich noch hätte wissen können.

„Ich bin der Tönnies", sagte er, „Tönnies Span Uth".

Sie nickte kurz.

„Der Vater wird dir heute Abend beim Essen sagen, welche Arbeit er morgen für dich hat."

Damit ging sie hinaus, ließ dabei die Tür offenstehen und kraxelte vorsichtig die steile Treppe wieder hinab.

Tönnies freute sich, endlich eine Stelle gefunden zu haben, konnte sich aber noch keinen rechten Reim auf die Pedigs machen. Erstmal kletterte er auf einen Heuschober neben seinem Raum, fand ein paar Jutesäcke, stopfte sie mit Heu und presste sie in das Bettgestell, sodass sie eine weiche Liegefläche bildeten. Um zu schauen, ob es gut genug ist, sprang er mit einem Satz auf sein hergerichtetes Bett und war zufrieden. Er verschränkte die Hände unter dem Kopf und blickte zur Decke und zum Fenster. Nach Tagen der Ungewissheit entspannte er sich und nickte ein wenig ein.

Er erwachte dadurch, dass jemand laut in die Scheune hinein seinen Namen rief. Er erkannte Hillas Stimme, die, als er kurz laut ‚ja'-zurückrufend antwortete, sie ebenso laut „Essen!" rief.

Er stand auf, zog die Hände einmal durch die Haare

und über das Gesicht, dann stieg er die Treppe hinunter und ging in die große Wohnküche des Hofes, wo bereits mehrere Männer, darunter die beiden, die beim Betreten des Hofes Heu schaufelten und Bauer Pedig am Kopfende des großen Tisches saßen, während Hilla und ihre Mutter die Teller, die jeder der Männer vor sich hatte, auffüllte. Keiner der Männer beachtete ihn, wie er etwas peinlich im Raum stand, bis Hilla ihm Zeichen machte, sich auf einen letzten freien Platz seitlich am anderen Ende des Tisches zu setzen. Auch sein Teller wurde von Hilla befüllt, mit Grießbrei, gekochten Karotten und sogar einem kleinen Stück Fleisch, Schweinefleisch, wie er vermutete.

Die Frauen setzten sich zuletzt und der Blick aller Personen am Tisch ging zu Bauer Pedig, der strengen Blickes die Hände zum Gebet faltete, woraufhin alle anderen ihm dies nachmachten und auch Tönnies die Arme auf dem Tisch aufstellte und die Hände faltete. Sein Nachbar schlug ihn leicht gegen den Ellenbogen, was ihm bedeutete, nur die Unterarme mit gefalteten Händen auf dem Tisch aufzulegen, was offenbar im Hause Pedig so Sitte war, denn er sah nun, dass alle es so machten.

Vom Armstubser überrascht bekam er gar nicht mit, dass Bauer Pedig ein kurzes Gebet sprach, welches er aber, bis auf das ‚Amen' am Schluss nicht verstehen konnte. Er entschuldigte sich selbst damit, dass er vermutete, dass keiner der Anwesenden das Gebet wirklich verstehen konnte. Aber alle sprachen das ‚Amen' laut nach.

Dann griff Pedig sowie die Frauen nach Messer und Gabel und die Knechte alleinig nach einem Löffel, denn sie hatten keine Messer am Tisch und viele stopften das Essen hungrig in sich hinein. Tönnies hatte großen Hunger, aß aber mit Bedacht und die anderen Anwesenden beobachtend, von denen nach wie vor keiner ihn beachtete.

Niemand sprach ein Wort.

Nach ein paar Minuten hatte Bauer Pedig seinen größten Hunger gestillt und knabberte am Knochen seines großen Stückes Fleisches. Dabei fing er an zu brabbeln und Tönnies erkannte, dass er Anweisungen erteilte für die Arbeit am nächsten Tag. Dabei sprach er offenbar jeden Mann einzeln der Reihe nach am Tisch an und jeder musste für sich selbst erkennen, ob er mit der Ansprache gemeint war. Für die Männer schien das kein Problem, nur Tönnies musste sehr die Ohren spitzen, als er seinen Namen hörte und irgendetwas von ‚Schafstall' heraushörte, aber nichts weiter. Pedig, der ihn die ganze Zeit, während er ihn ansprach nicht ansah, sah ihm nun doch direkt ins Gesicht, erwartend, dass Tönnies zumindest durch ein Nicken zu erkennen gab, er hätte verstanden. Er hatte bis auf das eine Wort allerdings nicht wirklich verstanden, was Pedig ihm sagte, trotzdem sagte er laut: „Jawohl, Herr Pedig", was seine direkten Sitznachbarn grinsen ließ.

Nachdem Bauer Pedig dem letzten Knecht Anweisungen erteilt hatte, stand er auf, woraufhin alle anderen am Tisch ebenfalls aufstanden, denn das Mahl war damit beendet, egal, ob man selbst aufgegessen hatte oder nicht. Tönnies nahm noch im Stehen mit seinem Löffel das Stück Fleisch auf und schob es sich, den anderen den Rücken zudrehend, im Ganzen in den Mund, legte den Löffel auf den Teller zurück und alle Männer schoben ihre Mützen auf die Köpfe und verließen die Küche.

Es dauerte eine Weile, bis Tönnies sich eingewöhnt hatte und verstand, wie Bauer Pedig seinen Hof führte: Mit Strenge und manchmal harten Worten, aber gerecht, wie Tönnies meinte. Pedig war da nicht viel anders, als sein eigener Vater. Mit der Zeit hatte er den Eindruck, dass Pedig zunehmend zufriedener mit ihm war, war er im Gegensatz zu den anderen Knechten doch jünger und kräftiger und hatte auch ein Gespür dafür entwickelt, es seinem Herrn stets recht zu machen. Ja, keinem begegnete Pedig freundlicher und manchmal auch zuvorkommender als Tönnies, was in der Knechtschaft zu dem einen oder anderen bösen Blick und auch mal zu einem bösen Wort führte.

Als Tönnies und der Knecht Arnold eines Morgens von Frau Pedig weit vorm Melken geweckt wurden, um in dem Kuhstall bei einer Geburt zu helfen, fanden sie Bauer Pedig mit der am Boden liegenden Kuh, wie er gerade vergeblich dabei war, das Kalb an seinen Läufen aus dem Körper der Kuh zu zerren. Sie banden einen Strick um die Läufe, weil sich dieser deutlich besser greifen ließ als die blutigen und verschmierten Beinchen des Kalbes. Alle drei Männer mussten sich anstrengen zu ziehen und dann wieder zu warten, bis die Kuh von Wehenschub zu Wehenschub wieder Kraft hatte, ihr Kalb aus ihrem Körper zu pressen. Nach einer Stunde hatten sie es endlich geschafft. Das Kalb lebte und Tönnies rieb es mit Stroh ab und stellte es auf seine wackeligen Beinchen. Kurz danach brachten sie auch das Muttertier wieder zum Stehen.

Pedig war zufrieden und wies Arnold an, die blutige Nachgeburt zu greifen und nach draußen zu schaffen. Alle drei Männer waren müde und erschöpft, aber Tönnies war überrascht, dass Arnold nun wutentbrannt brüllte:

„Wieso muss ich das machen Herr! Lassen sie den

Tönnies doch auch mal die Drecksarbeit machen!"

Pedig sah ihn streng an, sagte aber nichts, hob nur seinen Arm mit ausgestrecktem Zeigefinger und wies vom Boden auf die Stalltür.

Arnold griff die blutigen Überbleibsel aus Mutterkuchen und Nabelschnur mit bloßen Händen und verschwand damit durch die Stalltür. Pedig wies Tönnies an, im Stall zu bleiben und auf Kuh und Kalb weiter achtzugeben, dann verschwand er wieder im Wohnhaus.

Tönnies mistete den Verschlag etwas aus und brachte frisches Stroh hinein, dann schloss er das Gatter und beobachtete lächelnd Kuh und Kalb, wie sie sich aneinander annäherten und die Kuh ihr Kalb ableckte.

Plötzlich bekam er einen Schlag von der Seite, etwas Stinkendes, schmieriges hatte ihn mitten ins Gesicht getroffen. Arnold stand neben ihm und prügelte mit der Nachgeburt der Kuh auf ihn ein. Tönnies packte ihn an den Armen und überlegte für eine Sekunde, ihm ins Gesicht zu schlagen, ließ es aber sein, angesichts dessen, dass er viel stärker als der andere war, er ihn mit seinen bloßen Händen festhalten konnte und er so lang und fest zudrückte, bis Arnold das blutverschmierte Gedärm zu Boden fallen ließ.

„Verdammter Mistkerl!", stammelte Arnold, „mir war die Hilla und der Hof versprochen und nun kommst Du hergelaufener Jüngling daher und willst sie mir wegschnappen!" Dabei versuchte er, sich von Tönnies Armen zu befreien und nach ihm zu treten. Tönnies stieß ihn von sich und Arnold griff ihn nicht erneut an, stattdessen drehte er sich um und verschwand. Tönnies hatte den Eindruck, Arnold unterdrückte dabei Tränen der Wut.

Als er nun allein im Stall stand, griff er nach einer

großen Schaufel, nahm die Nachgeburt der Kuh damit auf und schaffte alles auf den Misthaufen nach draußen.

Zum ersten Mal wurde ihm klar, wieso Pedig und Hilla sich dafür entschieden hatten, ihn als Knecht einzustellen: Es ging ihnen einzig darum zu prüfen, ob er zum Ehemann, Schwiegersohn und Hoferbe taugen würde.

An einem herrlichen Frühsommertag des Jahres 1492 betrat nun Tönnies Span Uth als letzter die übervolle Kirche in Wiedensahl in einem etwas engen, aber sehr sauberen Anzug, den ihm seine Mutter von einem Verwandten geborgt und etwas geändert hatte. Die innere Anspannung, die Blicke aller Männer und Frauen in Richtung der Tür ließen sein sonst so großes Selbstbewusstsein ganz klein werden, als er wie in Trance Zeige- und Mittelfinger der rechten Hand in das Weihwasser tauchte, sich bekreuzigte und langsamen Schrittes auf dem Mittelgang der Kirche dem Altar zuging, wo Hilla, in einem weiten, weißen Leinenkleid, von den durch die Fenster einfallenden Sonnenstrahlen erleuchtet, wie ein Engel aussehend, ihn erwartete. Neben ihr stand Pastor Küte, der ihn mittels einer einladend wirkenden Handbewegung andeutete zu ihm zu kommen, sich neben Hilla zu stellen und mit seiner linken etwas unsicher ihre rechte Hand zu ergreifen.

Wenn er in späteren Jahren von seinen Kindern gefragt wurde, wie das denn war, damals bei der Hochzeit mit der Mutter, erinnerte er sich tatsächlich an nichts außer seiner engelsgleichen Braut, die ihn bis zu seinem Tod begleiten sollte.

Genealogie zu Kapitel 1

Vorab ein paar grundlegende Informationen zu Personen und deren Namen:
Erst in der Zeit der Renaissance kam es steter auf, dass auch einfache Menschen einen Nachnamen hatten. Maßgeblich war zuvor immer der Vorname, und um den Namen der Familie fortzuführen, war es üblich, dass man dem ältesten Sohn den Namen des Vaters gab. Gleichzeitig war das Spektrum der üblichen Namen gegenüber heute sehr begrenzt, mit der Folge, dass es viele Namensgleichheiten gab und man in der Forschung sich erst einmal orientieren muss, um welche Person es sich tatsächlich handelt. Daher werden nachfolgend alle geschilderten Personen zusätzlich mit ihrer Nummer in der Genealogie in Klammern dahinter genannt. (Nummer des Familienzweiges / Bindestrich / persönliche Nummer. Jeweils angeheiratete Personen oder Personen, die nur kurz gelebt haben, haben keine Stammnummer).
Nachnamen entwickelten und veränderten sich über die Jahrhunderte. So schrieb sich die hier geschilderte Familie Pedig später Peck und heißt heute Peeck.
Viele Namen leiten sich von deren Berufen ab. Klassisch sind Namen wie ‚Müller', sprich jemand, der eine Mühle betrieb oder ‚Meier', jemand, der einen Bauernhof mit Milchwirtschaft betrieb. Der Familienname Span Uth leitet sich von den sog. Hand- und Spanndiensten ab. Gemeint ist damit das alltägliche Ein- und Ausspannen von Pferden oder auch Ochsen und ihrem Fuhrwerk, deren Versorgung und Pflege und dem Einsatz von landwirtschaftlichen Geräten, wie Eggen oder Pflügen. Über die Jahrhunderte veränderte sich der Name in dem weitverzweigten Familienstamm zu Spanuth, Spanaus oder Spanutius jeweils mit einem oder Doppel-n geschrieben.

Tönnies Span Uth (#1-1) (1470-1547), seit 1492 verheiratet mit Hilla Pedig (geb. 1474., gest. unbek.); 5 dokumentierte Kinder, unklar ist ein 6. Kind (ebenfalls mit Namen Tönnies (#1-2)), das aber vermutlich eher ein Kind eines Bruders von #1-1 sein könnte (siehe Kapitel 2). Ab 1519 wird Tönnies (#1-1) Pächter des Kellereihofes (Hof 25, Adresse heute Wilhelm-Busch-Str. 6 in Wiedensahl, auf dem jetzt das Gebäude der Ortsfeuerwehr steht)

Die letzten Hofgebäude auf dem Grundstück wurden 1973 abgerissen. Gerettet wurde lediglich ein Balken aus dem Hausgiebel von 1612, in dem sich Johan Spanuth (#5-49) (siehe Kapitel 3) verewigt hatte und der heute im Museum des Pfarrhauses in Wiedensahl ausgestellt ist.

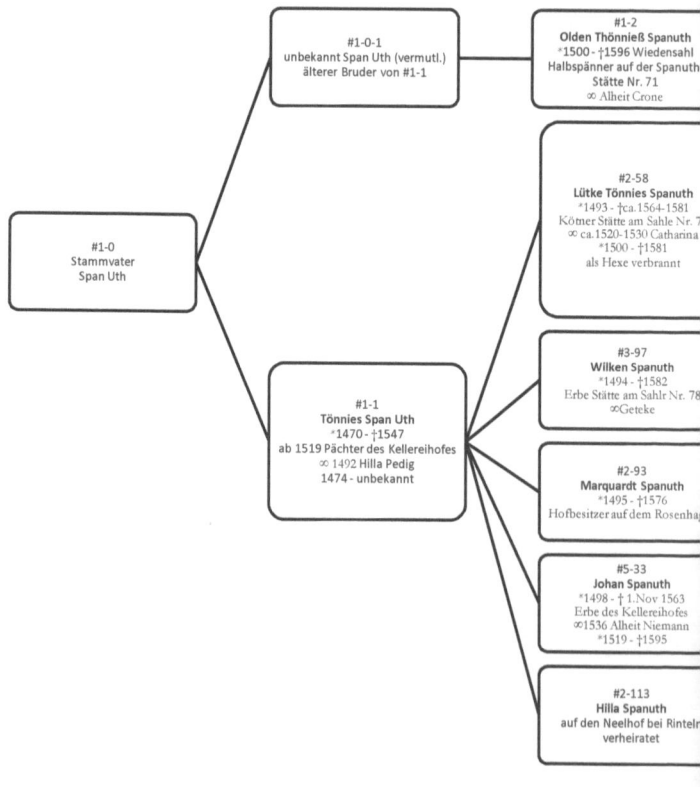

* = geb.   + = gest.   ∞ = verh.

Es war der verzweifelte Versuch, die verloren geglaubte Weinernte zu retten, als man sich am Ende des trockensten Jahres seit Menschengedenken daran machte, in Würzburg den Kaiserwein zu ernten. Erst Jahre später stellte sich heraus, dass die 1540er-Ernte mit dem ‚Würzburger Stein' den ältesten bekannten Lagerwein des Jahrtausends hervorgebracht und man ganz nebenbei die Spätlese erfunden hatte.

2

Petershagen
Sommer 1540 *

Er war bereits wach, als mit dem ersten Morgengrauen, die Vögel, allen voran die Amseln, ihren Morgengesang anstimmten und er hatte sich vorgenommen, heute besonders früh aufzustehen, weil er zuerst dran sein sollte mit der Schaufelei im Schacht, aber er fühlte sich schwach, wie kaum zuvor, nein, schlimmer, er hatte den Eindruck, er würde von Tag zu Tag immer schwächer.

Dabei glaubte er sich mit seinen vierzig Jahren eigentlich noch jung und gesund, kannte er doch lebenslänglich kein anderes Leben als dieses harte und entbehrungsreiche auf dem Hof. Aber dieses Jahr war verdammt. Das sprach er so nie aus, sondern dachte es nur, würde ein solches Wort allein als Gotteslästerung ausgelegt, aber er wusste keinen anderen Ausdruck, für diese unerträgliche Hitze, die der Herrgott über sie hereinbrachte.

Das ging im letzten Winter bereits los, nur da ahnten sie noch nicht, was auf sie zukommen würde. Kalt war es manchmal, aber nicht besonders, vor allem fiel seit Menschengedenken im ganzen Winter kein Schnee. Erst später bemerkten sie, dass es auch kaum geregnet hatte.

So waren die Felder im Frühjahr ausgetrocknet, konnte man, so tief man auch schaufelte, kaum feuchte Erde hervorbringen. Und da hinein brachten sie ihre Saat aus und mussten zusehen, wie der Wind die Erde zu großen Staubwolken aufwirbelte und die Saat gleich mit ihr. Kaum eine Kornpflanze trat aus dem Boden, aber angesichts der Unmöglichkeit, das Feld mit Kannen und Eimern aus dem Sahl zu gießen, verdorrten die zarten Pflänzchen in der Frühsommersonne, ehe sie richtig sprießen konnten.

Erst gab es also keinen Niederschlag und dann kam die Sonne hinzu, die bei stets wolkenlosem Himmel von Tag zu Tag immer heißer hernieder schien.

Seine Frau, die Alheit stupste ihn an, woraufhin er nur kurz brummte und sie sich dann wieder zurückdrehte. Es war ohnehin unerträglich in ihrer Kammer unter dem Dach, schliefen sie ohne die daunenen[1] Decken, weil die Wärme der Vortage in dem fensterlosen Raum außer über die Lücken in den Ziegeln nicht entweichen kann und es in dem Raum nachts kaum abkühlte. Zusätzlich hörte er unten in der Küche bereits seine Vettern rumoren und die große Familie sich unterhalten.

Der Lütje, Wilcken und Marquard warteten bereits auf ihn und angesichts dessen, dass es kaum was zu essen und

---

[1] mit Gänsedaunen gefüllt

zu trinken auf dem Hof gab, oder besser die Männer dieses Wenige den Frauen und Kindern überließen, gingen sie vor die Tür, griffen nach Schaufel, Kiepe und Seilen und gingen das Stück hinüber zum gemauerten Brunnen.

Sie verstanden sich ohne jegliche Worte, war diese Arbeit doch bereits Routine der letzten Wochen, wonach sie abwechselnd sich das Tauende um die Hüfte knoteten, Schaufel und Kiepe in den Brunnen hinunterwarfen, ein Talglicht entzündeten und nun heute Tönnies, von allen nur der Olde genannt, über die Brunnenmauer stieg, sich langsam in den tiefen Schacht hinunter hangelte, während ihn die drei anderen mit dem Seil vorsichtig abseilten.

Langsam und vorsichtig drückte er seinen Körper an den steinernen Wänden des Brunnens, um nicht abzurutschen, sich zu verletzen oder sogar hinunter zu stürzen, denn der Brunnen war schon so einige Ellen tiefer geworden, als er ursprünglich war.

Die stete Hoffnung, am Boden in tiefes Wasser einzutauchen, wurde erneut enttäuscht, reichte das Wasser doch wie gestern nur bis zu den Knöcheln.

Er klemmte das kleine Licht zwischen zwei Feldsteine, mit denen sie die Ummauerung laufend tiefer bauten, löste das Seil um die Hüften und band die Kiepe daran fest, dann begann er Sand zu schaufeln, bis die Kiepe mit der höchstmöglichen Menge Sand befüllt war und von den anderen nach einem kurzen Pfiff vom Olden heraufgezogen wurde. Anschließend ließen sie mit der Kiepe weitere Feldsteine hinunter.

Er genoss die Kühle in dem Schacht, war diese doch die Entschädigung für die schwerste und unangenehmste Arbeit, die er zu verrichten hatte, zumal sie bisher unbefriedigend war, weil sie trotz wochenlanger Arbeit nicht auf mehr Wasser stießen als zuvor. Dazu kam die stetige Angst, der Schacht könne einstürzen, einen von Sandmassen begraben oder von den großen Feldkieseln erschlagen.

Nach ein paar Stunden erlosch sein Talglicht, das Zeichen, dass seine Schicht beendet war. Er band sich erneut das Tau um die Hüften, dann zogen ihn die anderen nach oben und er stemmte sich mit letzten Kräften, an der Brunnenmauer hangelnd und stützend wieder hinauf.

Die Erleichterung, es wieder hinauf geschafft zu haben, wurde sofort durch das grelle Sonnenlicht und die mittlerweile enorme Hitze getrübt, brach er regelrecht wegen des Temperaturunterschiedes oben zusammen und musste sich von den anderen helfen lassen, in den Schatten einer kleinen Bank an der Hauswand zu gelangen.

Wohl wissend, dass es ihm nicht guttut, hatte er zuvor unten im Schacht zwei Hände voll von dem sandigen Brackwasser getrunken und er musste etwas husten und speien angesichts des Sandes, den er im Mund und Hals verspürte.

Langsam öffnete er wieder die Augen, blinzelte den Sand aus ihnen heraus und versuchte gleichmäßig zu atmen. Er hatte das Gefühl, dem Tode ganz nahe zu sein. Dabei war er eigentlich stolz, in seinem Alter noch so gesund zu sein, setzte er seinen Körper möglichst nie irgendwelchen Risiken der Verletzung oder Ermüdung aus, trank im Gegensatz zu den meisten anderen kein Bier, obwohl es gerade auf diesem Hof seiner Vettern stets zu haben ist, zu haben war, bis ihnen das Wasser ausging, hatten sie doch eine Brauberechtigung des Klosters, was bis zum letzten Jahr eine schöne zusätzliche Einnahmequelle war, nun benötigen sie das Wasser aber für Wichtigeres als Bier.

Mittlerweile war Wilcken in den Schacht gestiegen und

der Olde erhob sich, ging wieder rüber zum Brunnen und half ihn abzuseilen.

Wenn mittags die Sonne am höchsten stand, hörten sie auf mit der Arbeit, erholten sich etwas im Schatten und arbeiteten nachmittags weiter.

Seit einigen Wochen gab es auf dem Hof deutlich weniger von den normalen Hofarbeiten zu tun. Die Felder konnten sie ohnehin nicht mehr retten, die mussten sie nun vollends verdorren lassen, aber das Vieh konnten sie schon seit dem Frühling nicht mehr versorgen. Es gab nicht genug Wasser und auch kaum Futter, denn dieses mussten jetzt die Hofbewohner für sich selbst aufsparen.

Also fingen sie an, das Vieh zu schlachten, stellten aber fest, dass sie das Fleisch nicht richtig pökeln konnten, denn plötzlich gab es im ganzen Schaumburger Land kein Salz mehr zu kaufen, egal wohin sie fuhren, bis nach Stadthagen im Süden, Petershagen im Westen, nirgends war Salz zu bekommen. Auf den Gedanken, das eigene Vieh zu schlachten, sind wohl noch sehr viele andere Bauern gekommen.

Bis vor Wochen aßen sie also sehr viel Fleisch, viel mehr, als sie zuvor im Leben jemals gegessen hatten, aber sie hatte nur die Wahl, es zu essen oder es verderben zu lassen.

Eines Nachmittags kam Pfarrer Turnah zu ihnen auf den Hof. Die Männer unterbrachen die Arbeit, stellten sich steif in einer Linie nebeneinander auf und nahmen die Mützen vom Kopf. Der Pfarrer wollte sie zur Arbeit auf dem Gottesacker verpflichten. Der kirchliche Totengräber könne die Arbeit nicht mehr alleine schaffen, da einfach zu viele Gräber zu schaufeln seien. Trotz der sengenden Hitze zitterten die Männer, nickten dem Pfarrer stumm mit gesenkten Köpfen zu, woraufhin dieser sich umdrehte und auf die Dorfstraße zurückkehrte, sicher auf dem Wege, weitere Gemeindemitglieder zu diesem Dienst zu verpflichten.

Der Olde konnte den Pfarrer insgeheim nicht ausstehen, konnte er dessen stetige Predigt einer göttlichen Bestrafung nicht mehr hören. Nein, er hat viel darüber nachgedacht, er ist sich keiner Schuld bewusst, weshalb Gott ihn und die Seinen mit dieser Hitze und Dürre so strafen sollte. Bei der letzten Beichte hat er dann auch keine Sünde bekannt und der Pfarrer war regelrecht erzürnt über ihn. Aber er blieb stur. Wenn er sich keiner Sünde bewusst ist, wird er sich auch zu keiner bekennen.

Und mit einem inneren Grimm gingen die Männer nun nachmittags rüber zur Kirche und setzten das fort, was sie vormittags bereits taten:

Sie gruben Löcher in den Boden.

Vor ein paar Tagen wurde er nachts wach, auch seine Frau erwachte, denn es waren Schüsse und Schreie zu hören. Sie standen nicht auf, um zu schauen, denn dem Olden war ohnehin klar, was da los war. Als er am Morgen dann von einem seiner Vettern die Nachricht hörte, in die Zehntscheune drüben auf dem Kellereihof bei seinem Onkel Tönnies und Vetter Johan hätten welche eingebrochen, um dort Korn, Mehl oder irgendwas anderes Essbares zu stehlen, war das für ihn keine Überraschung, denn schon seit Wochen hatte der Loccumer Vogt* die Zehntscheune mit bewaffneten Männern bewachen lassen. Trotzdem wirkte dies auf alle in der Familie als ein Zeichen, es ginge nun mit ihnen dem Ende zu.

Nach dem Sonntagsgottesdient schritten die Menschen nach der Verabschiedung vom Pfarrer schnellen Schrittes aus der prallen Sonne vor der Kirche und gingen nach Hause, einzelne trafen sich auf der sonnenabgewandten Seite der Kirche, um sich dort noch etwas zu unterhalten, denn die Wirtschaft hatte schon geraume Zeit geschlossen.

Der olde Tönnies schickte seine Frau und die Kinder nach Haus, er selbst käme gleich nach, sagte er und ging auf eine Gruppe dreier Männer zu, die abseits aller anderen im Schatten standen und sich unterhielten.

Er reichte den Männern die Hand. Alle waren sie Nachbarn und kannten sich seit Kindheitstagen. Was für andere aber nicht erkennbar war, war die Tatsache, dass sie sich heute Mittag hier nicht zufällig trafen. Gleichwohl verstummten die Männer nach dem der Olde dazukam und dieser versuchte durch ein offenes Wort die anderen wieder zum Sprechen zu bringen:

„Ich kann die Predigten des Pfarrers nicht mehr ertragen", meinte er griesgrämig, „diese ewigen Ermahnungen, nicht zu stehlen, der Herrgott würde dies strafen."

„Die Leute stehlen nicht, weil sie Diebe sind, sondern, weil sie verzweifelt sind", meinte Cordt, und der Olde hatte ihm damit den Mund geöffnet, den anderen von seiner Idee, die er vorab schon einmal ankündigte, zu berichten.

„Wir müssen das Überleben unserer Familien sichern, ohne dass der Herrgott uns zürnt", fuhr er fort.

„Meine Felder sind verdorrt, das Vieh ist fort und die Kammer ist leer", sagte Hanß, „sollen wir jetzt die Rinde von den Bäumen essen?"

„Ich war letzten Winter einige Tage in Petershagen", fuhr Cordt fort, „dort lagen an jedem Abend Frachtkähne am Kai, weil sie nachts wegen der Dunkelheit nicht weiterfahren können. Die sind vollbeladen, viele mit Ziegeln oder Fässern, aber auch einige mit Korn."

Die anderen sahen ihn gespannt an, sagten aber kein Wort.

„Ich weiß, dass den Schiffern die Fracht auf ihren Kähnen nicht gehört, sie haben nur den Auftrag, sie von Minden nach Bremen zu bringen."

„Willst Du damit sagen, wenn wir uns etwas von dem Korn nehmen, wir es damit nicht stehlen?", fragte Henrich etwas unsicher.

„Wir stehlen es nicht dem Schiffer. Gleichwohl wird er uns nicht freiwillig davon abgeben", antworte Cordt, „aber ich habe eigentlich noch eine ganz andere Idee."

Die anderen sahen ihn gespannt an.

„Ich will, dass wir uns von dem Korn nur borgen."

„Borgen?", fragte Hanß, „wie einen Pflug?"

Bevor Cordt darauf antworten konnte, sagte Henrich nachdenklich: „Also wir borgen uns von dem Korn, ich mahle es in meinem großen Mühlstein zu Mehl, meine Frau backt daraus ein Brot und", Cordt unterbrach ihn etwas verdrossen von dem gemächlichen Dahinplätschern von Henrichs Gedanken.

„Übrig bleibt davon der Mist", sagte er barsch, „und den bringst Du im Spätherbst auf Dein Feld, pflügst ihn unter die Erde und nächstes Frühjahr, wird dein Korn wieder in sattem Grün sprießen und von der Ernte geben wir nächsten Sommer dem Schiffer zurück. Wir borgen also, niemand trägt einen Schaden davon!"

Der Olde schmunzelte in die Runde und sah, dass er offenbar der Einzige der Männer war, der Cordts Worte meinte wirklich verstanden zu haben. Als er jetzt sah, dass Cordt etwas verschämt ebenfalls ein Schmunzeln unterdrückte, war ihm klar, dass es einzig darum ging, einen tatsächlichen Diebstahl vor dem Herrgott zu verantworten.

Henrich hatte aber noch nicht wirklich verstanden: „Und was machen wir, wenn im Winter der Regen nicht zurückkehrt?"

„Glaub mir, der wird zurückkehren", sagte Cordt gelassen, „andernfalls wirst Du das niemals in Erfahrung bringen."

Henrich schaute skeptisch und Cordt nickte hinüber über den Friedhof auf die frisch ausgehobenen Gräber am Ende des Gottesackers:

„Dann würde unser Leib irgendwo da drüben in einem dieser Löcher begraben und unsere Seele in den Himmel gefahren sein."

Am frühen Abend desselben Tages trafen sie sich am südlichen Ortsausgang, taten dabei aber, als sei es rein zufällig und sie hätten miteinander nichts zu schaffen. Cordt marschierte voran, seinen Ackergaul im Schlepptau, mit einem Teil von dessen Geschirr, an dem einige leere Jutesäcke befestigt waren. In gehörigem Abstand gingen sie ihm nach, mit nahezu leeren Säcken auf dem Rücken, darin das, was sie notfalls meinten einsetzen zu wollen, um einen unnachgiebigen Schiffer zu überzeugen, ihnen von seinem Korn abzugeben, wie eine Spindel, einen Axtstiel oder auch die alte Speiche eines Wagenrades, wobei sie natürlich hofften, ohne diese Werkzeuge auszukommen.

Kurz vor Mitternacht erreichten sie eine Anhöhe auf der östlichen Weserseite, von der aus sie einen guten Blick auf den Fluss und die Stadt Petershagen hatten. Hätten, mussten sie feststellen, denn das letzte Tageslicht war schon eine Stunde zuvor verschwunden und der sichelförmige Mond spendete nur so viel Licht, dass sie gerade eben Konturen der kaum beleuchteten Stadt und mit etwas Fantasie ein einziges Schiff am Kai erkennen konnten.

„Seltsam, dass da nur ein Schiff liegt", sagte Cordt mit sichtlicher Enttäuschung leise zu den anderen, „dann müssen wir schauen, was der Kahn geladen hat und hoffen, dass es was Essbares ist".

Sie gingen jetzt zusammen in Richtung des Flusses, denn andere Menschen waren auf dem Weg zur Weserbrücke nicht zu erkennen, denen sie verdächtig erscheinen, geschweige von denen wiedererkannt werden könnten. Dass sie am Ufer angekommen waren, konnten ihre Augen, die sich längst vollkommen an die Dunkelheit gewöhnt hatten, an der schemenhaften Brücke erkennen und in einem gewissen Abstand an dem Mast des großen Flusskahnes, der aber seltsam schief zu sein schien. Am Kai herrschte vollkommene Ruhe, kein Mensch trieb sich hier herum und es herrschte eine so eigenartige Stille, die Cordt, der die Kaianlage kannte, fast gespenstisch vorkam.

Als er merkte, dass der typische, durch die Stadtabwässer häufig ekelige Geruch fehlte und auch keine Fließgeräusche oder das Plätschern von Wasser zu vernehmen war und dazu der große Kahn seltsam tief am Kai lag, wurde ihm nun auch bewusst, wieso dessen Mast ihm zuvor so schief vorkam:

Das Schiff lag auf dem Grund des Flusses, genauer, der Fluss führte überhaupt kein Wasser. Es war unfassbar, aber die Weser, die hier bestimmt tausend Fuß breit ist von diesem Ufer bis zur anderen Seite in Petershagen war versiegt!

Staunend standen die Männer nebeneinander am Kai und blickten auf die Konturen, des im Flussbett liegenden

Kahns.

„Da haben wir gedacht, schlauer zu sein als der Herrgott", meinte der Olde, „und ich alter Esel bin darauf reingefallen".

Einer der Männer war am Schluchzen.

Cordt ließ sein Pferd stehen und machte Anstalten die Kaimauer hinunterzuklettern, um den Kahn zu inspizieren, da packte der Olde ihn am Arm:

„Lass gut sein, Cordt, da wird längst nichts mehr zu holen sein", und er musste kräftiger zupacken, um den verzweifelten Gefährten von seinem Vorhaben abzubringen. „Komm, lass uns zusehen, dass wir nach Hause kommen."

Sie trotteten regelrecht zurück des Weges, jetzt dicht hintereinander, jeder in Gedanken, was sie ihrer Familie erzählen wollen, was sie die Nacht über getrieben hätten. Henrich versank dabei immer wieder in Gebeten in lateinischer Sprache, die dem Olden auf die Nerven gingen, aber er ließ ihn gewähren, hatte er selbst doch genug damit zu tun, die schweren Beine seines ausgehungerten Körpers voranzubringen.

Als das erste Tageslicht der sehr kurzen Nacht anbrach, erreichten sie Wiedensahl und Cordt wandte sich, als Anführer der Gruppe noch einmal kurz an seine Gefährten:

„Niemals, niemals ein Sterbenswort über diese Nacht, zu Niemandem!"

Aber das hätte er sich sparen können, denn auch den anderen wäre es nicht eingefallen jemandem davon zu berichten, wollten sie doch nicht auf Jahre zum Gespött des ganzen Dorfes werden.

Dann ging jeder auf direktem Wege zu seinem Hof und auch der Olde kletterte leise die Treppe hinauf in die

Schlafkammer und legte sich vorsichtig zu seiner Frau unter die Decke, die dabei nicht erwachte.

Als sie am nächsten Morgen aufwachten, fragte sie leicht vorwurfsvoll:

„Wo bist du gestern Abend gewesen?"

„Irgendwo draußen, ich brauchte Ruhe."

„Die ganze Nacht?"

„Ich war im Zwiegespräch mit dem Herrn."

„So gläubig bist du doch gar nicht", sagte sie mit etwas spöttischem Unterton, „hat er dir denn die Erleuchtung gebracht?"

„Ich bin zumindest weiser geworden, das füllt uns zwar nicht den Magen, gibt aber trotzdem Kraft weiterzumachen, hart weiterzuarbeiten, um unser aller Leben zu sichern."

Genealogie zu Kapitel 2

Der olde Tönnies Spanuth (#1-2) (1500-1596), verheiratet mit Alheit Crone (geb./gest. unbekannt), war vermutlich ein Neffe von Tönnies (#1-1). Es ist anzunehmen, dass er zeitweise mit seinen Cousins dem lütje Tönnies (#2-58) (Hoferbe), Wilcken (#3-97) und Marquardt (#2-93) auf der „Stätte am Sahle" lebte, dem ursprünglichen Hof der Familie (Dorfstr. 76, heute Hinter dem Sahl 14). Wilcken erhielt die Hälfte des Hofes durch Teilung (heute Hinter dem Sahl 8), Marquardt siedelte sich am Ortsrand neu an (Rosenhagen). (alle siehe Kapitel 1)

Erst in seinem Todesjahr erbte der olde Tönnies (#1-2) den Hof seines Schwagers Johann Crone. Da zu diesem Zeitpunkt sein Sohn ebenfalls schon ein Greis war, vererbte er den Hof unmittelbar an seinen Enkel. Anton Spanuth (#1-4) (Hof 71, heute Hauptstr. 94 in Wiedensahl, siehe auch Kapitel 5), den anschließend sein Urenkel Arend Spanuth (#1-6) übernahm.

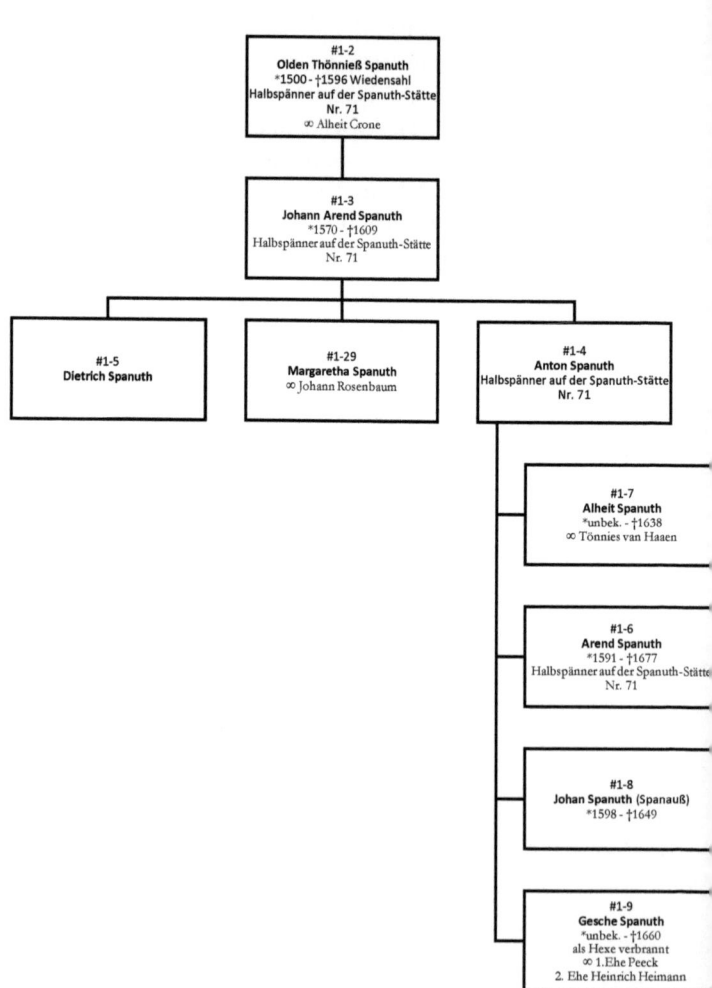

* = geb. + = gest. ∞ = verh.

Fertig war er mit seinen Berechnungen schon Jahre zuvor, nur musste er eine neue Druckerei finden, nachdem die des Hans Planck in Linz im oberösterreichischen Bauernkrieg in Flammen aufging und Johannes Keppler erst nach einer Umsiedlung nach Ulm im August 1627 seine Rudolfinischen Tafeln präsentieren konnte, die über Jahrhunderte die Basis jeglicher astronomischer Berechnungen blieb.

3

Schaumburger Land
Vorweihnachtszeit 1627

Es war so ein Grollen, als nahe ein Gewitter heran, das sich immer mehr verstärkte, aber nicht mit Blitzen und einsetzendem Regen sich endlich Bahn brach, nein dieses Grollen war anders, tiefer im Ton, manchmal einfach nur dumpf brummend und manchmal plötzlich laut krachend. Dieses Grollen, so erkannten die Menschen in Wiedensahl einer nach dem anderen, das kam nicht aus dem Himmel, es kam aus der Ferne und es kam immer weiter auf sie zu. Und weil sie es nicht als Himmelsphänomen erkannten, wurde ihnen bewusst, dass es der unsägliche Krieg war, der sich ihrem Dorf näherte. In den letzten Jahren zogen immer mal wieder einzelne Truppen durchs Dorf, ließen sich von den Bauern zwangsweise bewirten, nahmen alle Vorräte und zogen häufig weiter. Aber es gab auch

Erzählungen, wonach die Soldaten Bauersleute erschlugen, deren Frauen schändeten und die Höfe einfach niederbrannten. Nun verbreiteten die herannahenden Truppen des Feldherren Tilly in Wiedensahl Angst und Schrecken. Nie waren auf der Dorfstraße mehr Menschen und Fuhrwerke zu sehen, die wie in Panik das Dorf in südöstlicher Richtung nach Stadthagen verließen, denn diese Stadt war die Einzige in der Gegend, die befestigt war und den Truppen Einhalt gewähren könnte.

Seit nun fünfzehn Jahren war Johan nun schon Meyer des Kellereihofes und hatte ihn nach schweren Zeiten, die sein Vater und insbesondere sein Großvater auf dem Hof erlebten, wo sich das Stift in Loccum und der Graf von Schaumburg um die Hoheit des Dorfes und damit auch seines Hofes stritten, endlich Ruhe, dann ging es vor ein paar Jahren los mit diesem schrecklichen Krieg.

Armeen aus dem Süden drangen nach Norden vor und wurden von anderen aus dem Norden kommend nach Süden wieder verdrängt, aber nach Wiedensahl selbst kam das Explodieren von Kanonenkugeln, das Gemetzel der Soldaten mit ihren Schwertern, das Niederbrennen der Höfe, das Stehlen des Viehs, nicht.

Aber nun war es anders, das musste Johan sich nun auch eingestehen, nachdem Anna, seine schwangere Frau flehentlich auf ihn einredete, auch endlich das Nötigste zu packen und ebenfalls die Flucht zu ergreifen. So befreite er alle seine Tiere und ließ sie in die Felder laufen, spannte das beste Pferd vor das leichteste Fuhrwerk, rief die vier größeren Kinder zusammen und setzte sie in den Wagen, dazu seine Frau mit dem zweijährigen Hans im Arm, sowie die verbliebenen Mägde und Knechte und dazu die paar Habseligkeiten, die sie greifen konnten.

Als sie auf die Dorfstraße kamen, war diese bereits leer

und alle Höfe entvölkert. Von Pollhagen rüber konnten sie Rauchschwaden erkennen und glaubten, das Dorf würde brennen. Dann schlugen auch in Wiedensahl Kanonengeschosse ein und Hofgebäude gingen in Flammen auf. Johan trieb das Pferd an und versuchte dabei seine schreiende Frau und weinende Kinder zu beruhigen. Er erkannte, dass der Weg nach Stadthagen versperrt war, dort waren schon überall Soldaten zu erkennen, die offenbar um Wiedensahl herum in südliche Richtung marschierten. Er änderte die Richtung und entschied sich kurzerhand auf der gepflasterten Mühlenstraße östlich zu fahren, um vielleicht Windheim zu erreichen, dem Wohnort seiner Schwiegereltern.

Schon nach kurzer Zeit musste er erkennen, dass die Truppen auch östlich an Wiedensahl vorbeimarschierten und er, wenn er weiterfahren würde, direkt auf sie zuführe.

Erneut bog er ab, erst über Feldwege, dann in ein Wiesengelände, welches auf die riesigen Wälder, die Wiedensahl umgaben, angrenzte.

Das Fuhrwerk sank in die tiefe Wiese ein und sie mussten halten. Alle nahmen ihr Gepäck in die Hände oder über den Rücken und nachdem Johan das Pferd ausgeschirrt und freigelassen hatte, machten sie sich ihm folgend auf den Weg durch den dichten Wald. Schon von Weitem waren die Geräusche einer Schlacht zu hören: Kanonen die dröhnten, Flinten die krachten, Männer die schrien. Sie versuchten sich im Wald weiter ganz nah an der Schlacht nach Norden vorbeizuschleichen. Doch plötzlich hörten sie ein lautes Pfeifgeräusch über ihren Köpfen und direkt anschließend die Explosion einer Kanonenkugel im Wald, die daraufhin einen, wenn auch kleinen Brand auslöste. Weitere Einschläge von Kanonenkugeln folgten. Die Kinder und Frauen der

Gruppe gerieten in Panik und Johan und seine Knechte hatten Mühe sie zu beruhigen. Johan wollte nur noch weg aus dem Gefahrenbereich und marschierte zielstrebig und recht schnellen Schrittes durch das Dickicht des Waldes. Erst nach einiger Zeit musste er feststellen, dass nicht alle seinem Schritt folgen konnten. Es fehlten zwei Knechte, eine Magd und so stellte er verzweifelt fest, seine eigene Frau.

Er wies die bei ihm verbliebenen Knechte, Mägde und seine Kinder an, sich im Dickicht des Waldes zu verstecken und auf ihn zu warten, dann rannte er regelrecht den Weg zurück, laufend mit den Händen Äste, die ihm ins Gesicht peitschten, zur Seite zu drückend, um dabei seinen eigenen Pfad wiederzufinden.

Nach einiger Zeit kam er an den Rand des Waldes, der direkt an eine Wiese grenzte. Hunderte Soldaten marschierten dort im Gleichschritt und aufgestelltem Gewehr und Bajonett, dazu Trommler und Flötisten, die laut und eintönig spielend den Takt des Marsches der Armee vorgaben.

Von Anna fand er keine Spur. Er musste sich eingestehen, dass er sie verloren hatte. Auf dieses Bild des gewaltigen Truppenaufmarsches aus dem schützenden Dickicht herausblickend, fasste er die Entscheidung zurückzukehren, denn er musste seine Kinder aus diesem Wald heraus in Sicherheit bringen.

———

Es dauerte noch bis in den nächsten Tag bei anstrengendem Marschieren mit den Kindern, wobei insbesondere die Mädchen Anna-Sophia und Anne dem Schritt des Vaters kaum folgen konnten und sie häufig Pausen machen mussten. Zumindest die Soldaten waren fort, aber die gut eine Meile* bis Windheim durch Wald, manchmal über Wiesen und Feldwege, war mühsam zu bewältigen.

Bei Wulfhagen erreichte Johan als erster eine kleine Anhöhe und erblickte eine großflächige Wiesen- und Buschlandschaft. Diese war übersät mit Körpern, dem von Soldaten und Pferden, zerborstenen Fuhrwerken und Kanonen. Dazwischen überall Menschen, die von Körper zu Körper gingen, offenbar Bauersleute, die die Toten ausraubten, ihnen Kleidung und Stiefel vom Körper zogen, den Leichen in den Taschen wühlten auf der Suche nach Geld und Wertsachen.

Als die Kinder ebenfalls die Anhöhe erreichen, drehte er sich um, griff sie bei ihren Schultern und führte alle wieder den Hügel hinunter, dabei erklärte er ihnen, dass die Richtung nicht stimme, sie müssten weiter nördlich marschieren.

Nach Stunden erreichten sie endlich Windheim, welches von den durchziehenden Armeen verschont geblieben war. Der Freude der Schwiegereltern, die Enkelkinder wiederzusehen wich schnell der Sorge um ihre Tochter Anna und insbesondere sein Schwiegervater, der Großvogt von Windheim, war erzürnt über Johan, seine Tochter nicht ebenfalls heil nach Windheim gebracht zu haben.

Die Wenneckers ließen Johan und seine Kinder bei sich wohnen und sie mussten, weil sie recht wohlhabend waren, keine Not leiden. Johan zerriss es aber das Herz, angesichts der Ungewissheit, was seiner schwangeren Frau geschehen sein könnte und wie es in Wiedensahl auf seinem Hof aussehen würde.

Nach Wochen borgte er sich von seinem Schwiegervater ein Pferd und ritt rüber nach Wiedensahl. Als er von Norden kommend über die Hauptstraße in das Dorf hineinritt, war er geschockt von den Verwüstungen, welche die Armeen hinterlassen hatten: Felder und Hofgebäude waren niedergebrannt, Mauern zerborsten und die Gerippe offenbar geschlachteter Tiere lagen herum. Kurz vor seinem Hof stieg er ab. Die Kirche sah äußerlich unversehrt aus, aber als er nun hinter dem Kirchturm freien Blick auf den Kellereihof hatte, musste er erkennen, dass die Zehntscheune niedergebrannt, sämtliche Gebäude verwüstet, selbst seine Obstbäume gekappt waren. Von seinen Kühen, Schafen und Pferden keine Spur. Sein Hofgebäude war zur Hälfte zerstört, vielleicht ist dort eine Kanonenkugel eingeschlagen, das Dach war stark beschädigt und drinnen in seiner Küche stand das Regenwasser angesichts des dort gänzlich fehlenden Daches. Er kramte ein paar Habseligkeit und Erinnerungsstücke der Familie zusammen, aber es war nicht viel, denn die wenigen Dinge, die vielleicht tatsächlich wertvoll waren, waren offenbar gestohlen worden. Dazu nahm er eine Mappe mit alten Dokumenten den Hof betreffend mit, die schon von seinen Vorvätern stammten.

Er saß wieder auf und ritt die Straße weiter hinunter, auf der Suche nach anderen Überlebenden. Er fand nur einzelne, meist alte Leute. Diese sagten ihm, dass viele Dorfbewohner noch in Stadthagen seien, aber angesichts der Verwüstungen würden die wohl nicht zurückkehren.

Von seiner Frau hatte keiner der Angesprochenen

etwas gesehen oder gehört.

Johan beschloss nicht zurückzukehren und den Hof aufzugeben. Er war jetzt 37 Jahre alt und fühlte sich nicht mehr gewachsen, alles neu aufzubauen. In Wahrheit wollte er damit auch seine Erinnerung auslöschen, an die jahrelange Mühsal, die mit dem Hof zusammenhing, ja und auch an Anne, seine Frau, von der er glaubte, dass sie nicht mehr am Leben sei.

Sein Schwiegervater vermittelte ihm die Stelle als Vogt zu Windheim und er sollte damit auch dessen Nachfolge antreten. Nur musste er seinen seit 1611 bestehenden Meyerbrief, dem Vertrag, der ihn lebenslänglich an das Kloster Loccum als Pächter des Kellereihofes band, irgendwie kündigen, etwas, was die Regelungen zwischen einem Halbspänner* und seinem Herrn jedoch nicht vorsah, war dieser doch die Lebensgrundlage eines jeden einfachen, landlosen Bauern und wurde von Generation zu Generation auf den jeweiligen Erben fortgeschrieben.

Es war nach Weihnachten, dem für ihn traurigsten Weihnachten seines Lebens, als er sich entschloss, sich daranzusetzen und einen Brief zu schreiben:

Ehrenwertester und wohlgelehrter, insbesondere großzügiger Herr, vielgeehrter und werter Freund, demselben mag ich hiermit daneben meine Glückwünsche zu einem fröhlichen neuen Jahr nicht vorenthalten, wie dass ich fürlängst beschlossen habe, nach Loccum zu kommen, um die nachfolgende Sache mit sämtlichen Herren des Klosters zu besprechen, woran mir am höchsten gelegen, welches ich demselben in unserer Zusammenkunft werde aufzeigen, hoffe er werde wegen unseres alten Verhältnis und Freundschaft, davon ich selbst und Sie überzeugt, weile ich aber zur Zeit der Herren Geschäft halber als Vogt, welche ich in jetziger wegen meines Schwiegervaters muss verrichten, bin verhindert, also ist meine Bitte dieselbe…

Er stockte, wusste nicht, wie er fortfahren sollte. Er traute sich regelrecht nicht, Abt Theodorus einfach auf diesem Wege zu vermitteln, dass er den Hof nicht weiterführen wollte.

Erst am nächsten Tag setzte er den Brief fort und schlug vor, sich vor Ort in Wiedensahl ‚auf ein oder zwei Tunnen Minder-Bier' zu treffen. Angesichts der Zerstörungen des gesamten Lehens würden die Herren Äbte, Prioren und Syndicis von selbst erkennen, dass der Wiederaufbau des Kellereihofes ihm nicht zuzumuten sei, sie ihn daher mittels eines Freibriefes aus dem Vertrag entlassen. Er war mit seinem Schriftstück zufrieden und beendete den Brief mit:

…und diene ihm hinwiederum, benebenst Göttlicher Protektion empfehlend, auch guter Antwort erwartend,
27 Xb Aō 1626 (27.12.1626)
Johan Spanuth

Wochenlang erhielt Johan keine Antwort aus Loccum. Nie zuvor im Leben belastete ihn Ungewissheit in solchem Maße, allen voran das Schicksal seiner Frau, nun die neue Arbeit als Vogt, die ihn im Lande herumreisen ließ, um die Steuern für das Großstift Minden einzutreiben. Dazu das Leben mit den Kindern im Hause der Schwiegereltern. Mehr und mehr kam ihm der Gedanke, eine andere Frau zu heiraten, die seine Kinder an Mutter statt annimmt und mit der er ein neues Heim finden würde. Aber diesen Gedanken kann er ohne Gewissheit über das Schicksal von Anna nicht fortführen, geschweige ihn in die Tat umsetzen.

Erst mehrere Monate später kam es zu dem vorgeschlagenen Ortstermin in Wiedensahl, aber Abt Theodor Stracke erteilte ihm trotz der offenkundig widrigen Bedingungen eines Wiederaufbaus des Kellereihofes nicht die Absolution durch die Zusage eines Freibriefes, erwartete das Kloster doch von allen Leibeigenen in Wiedensahl, und dieses waren nahezu alle Bewohner, ihre Höfe wieder aufzubauen, die Felder zu bestellen und ihre Zehntschulden* an Loccum zu entrichten.

In einem knappen Antwortschreiben des Abtes bat dieser, er möge Geduld haben und Ostern abwarten.

Weitere zwei Monate später schrieb Johan erneut nach Loccum:

Ehrenwerter und wohlgelehrter insbesondere großzügiger altbekannter Herr und sehr werter Freund, demselben wird zweifelsohne dennoch in gutem Gedächtnis sein, wie das ich ungefähr vor 6 Wochen an ihm geschrieben wegen des Freibriefes, welchen mir die sämtlichen Herren gutwillig, jedoch absque monasterii prociuditio (sinngemäß ‚ohne klösterlichen Eid') und billige Gebühr zu geben, zugesagt, worauf er mich alsbald schriftlich wiederum verständigt, das die Herren für Ostern gar zu viel zu schaffen hätten, deretwegen ich bis nach Ostern sollte Geduld tragen, und alsdann wiederum anhalten, weil dieselbe Zeit verflossen, also tue ich hiermit meinem altbekannten Herrn und Freund aufs neue wiederum ersuchen, er wolle sich meinethalben der Mühe sich unterwerfen und die sämtlichen Herren meiner Sachen halber freundlichst erinnern, damit mir dermaleins verholfen werde, weil ich nichts kann verrichten, bis ich das documentum libertatis tue aufweisen…

Er unterschrieb:

benebenst göttlicher protection empfehlend hiermit nicht
vorenthaltener Raptim (sinngemäß ‚Dringlichkeit')
Windheim den 12 Aprilis Aö 1627
Des Herren stetsbeflissener
Johan Spanuth

Es kam erneut keine Antwort aus Loccum und er sah keine Möglichkeit, als weiter mittels Briefschrift sich in Erinnerung zu bringen und Abt Theodor Stracke so lange mit seinen Briefen zu erinnern, bis er denn den Freibrief erhielte, zumal er sich angesichts der mittlerweile verstrichenen Zeit, seit der Verwüstung des Kellereihofes Gedanken machte, den Abt auch noch zusätzlich überzeugen zu müssen, den gewünschten Freibrief rückzudatieren, da er fürchtete für die Zwischenzeit zehntschuldig zu sein. So schrieb er in seinem nächsten Brief:

und der Brief möge also so gestellt werden, damit sie mich nicht beschuldigen können, wie sie es allbereit tun, ich sei dem Kloster Loccum mehr zugetan als dem Stift Minden, sed de his satis*...

Er grübelte weiter, dann kam ihm die Idee, die Verzögerung der Angelegenheit seiner ‚eigenen Krankheit' zuzurechnen:

wann ich hätte krankheitshalber aufkommen sollen, ich selber sei darüber kommen und wollte mit dem Herrn gehandelt haben, sie sollten mir ein Documentum libertatis, nämlich das ich und meine Frau, von freien Eltern geboren, welches den Herren unschädlich wäre gewesen, wenn sie es dennoch tun wollten, allbieweil ich mich auf der Herren Gunst gänzlich verlasse, in solchen Fällen mir beförderlich zu sein, wogegen das Document könnte herausgebracht werden, wollte ich viel lieber etliche Taler mehr ausgeben, ist deswegen nochmals meine Bitte, der Herr wollte allzeit mein bestes Wissen so zu Dank verschuldet werden.

Windheim, den 18. Mai Ao 1627

Er biss sich auf die Lippen, als er den Brief unterschrieb, angesichts seines Angebots eine höhere Gebühr für den Freibrief zahlen zu wollen, wobei er sich völlig im Unklaren darüber war, wie hoch diese wohl sein möge und ob er diese überhaupt je bezahlen könnte.

Doch es kam weiterhin keine Antwort aus Loccum.

———

Johan schleppte sich regelrecht durch den Sommer und das ganze Jahr, betäubte sich durch Arbeit und unternahm jede Reise im Herrschaftsbereich des Mindener Stiftes, um Ablenkung zu haben von seinen Sorgen. Als er von der letzten Reise des Jahres nach Windheim zurückkam, musste er sich bereits durch Kälte und den ersten Schnee kämpfen, die ihn überrascht hatten, denn er war für das Wetter viel zu leicht gekleidet.

Durchnässt und unterkühlt brachte er sein Pferd in die Stallung, nahm ihm den Sattel und versorgte es, dann ging er in die beheizte Stube des schwiegerelterlichen Hauses. Seine Kinder empfingen ihn fröhlich und versammelten sich freudestrahlend um eine, in einem tiefen Sessel im Halbdunkel sitzende Frau, die sich nun, die Kinderschar etwas von sich drängend erhob und auf ihn zukam.

Es war Anna, seine verlorengeglaubte Ehefrau!

Johan sackten fast die Beine weg vor Freude, vor Erleichterung, vor Glück und einer göttlichen Fügung, nahm sie in den Arm und ließ sie nur wieder los, weil die Kinder johlend und glücklich um sie herum waren, an ihren Eltern zerrten und ihnen am Hals hingen.

Sie erzählte ihm, sie hätte es bis Stadthagen geschafft und dort einen Sohn geboren, den sie Heinrich Hermann genannt hätte. Das Kind sei aber eine kurze Zeit später gestorben.

Angesichts der Wiedersehensfreude konnte Johan seine Trauer darüber fürs Erste unterdrücken.

Johans Schwiegervater Wennecker übergab ihm einen Brief. Er brach das Siegel sogleich, als er erkannte, dass es das Siegel des Abtes von Loccum war. Und tatsächlich, Abt Theodor Stracke schickte ihm endlich den Freibrief, der ihn von dem Kellereihof entband. Der Brief endete mit ‚Loccum, den 27. Juni Anno Christi 1626'. Der Abt hatte den Brief also zurückdatiert und er war damit allen Schulden gegenüber dem Kloster Loccum entbunden.

Zum ersten Mal seit längerem lächelte er und war glücklich und seine Augen glänzten beim Blick auf die vier Kerzen, die vom Adventsgesteck auf dem Tisch leuchteten und er dankte dem Herrgott.

Er verschwendete keinen Gedanken mehr darüber, dass er den Hof, der seit 1519 im Familienbesitz war, von vielen Generationen bewirtschaftet und durch vielerlei unsichere Zeiten geführt wurde, endgültig zurückgegeben hatte. Das dies in den Folgejahren zu einem Sinneswandel und zu einem unsäglichen Kampf führen, der seinem Sohn das Leben kosten würde, konnte er da noch nicht ahnen.

Genealogie zu Kapitel 3

Johan Spanuth (#5-49) (1589-1647), seit 1611 verheiratet mit Anna Wennecker (geb./gest. unbek.), 10 Kinder; Anna ist Tochter des Großvogts zu Windheim, Johan ab 1611 Kellereihoferbe und ab 1626 selbst Vogt in Windheim; Tönnies Span Uth (#1-1) war sein Urgroßvater.

Die hier wiedergegeben Briefe in Kurrent-Schrift sollen die damalige Schrift nur symbolisieren, die tatsächliche Schrift ist nur für Experten lesbar und die Schriftform tatsächlich noch viel schwerer zu verstehen, hier handelt es sich bereits um eine sinngemäße Anpassung des Wortlautes! Die Originale bzw. Abschriften des Meyerbriefes und des zitierten Schriftverkehrs befinden sich im Wiedensahler Gemeindearchiv und Archiv des Klosters Loccum.

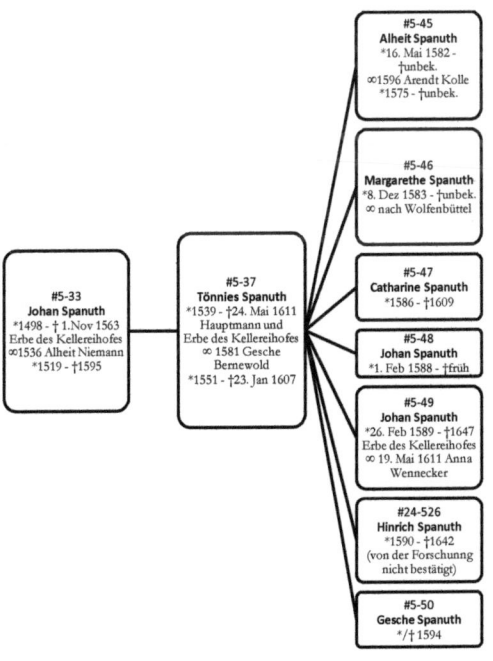

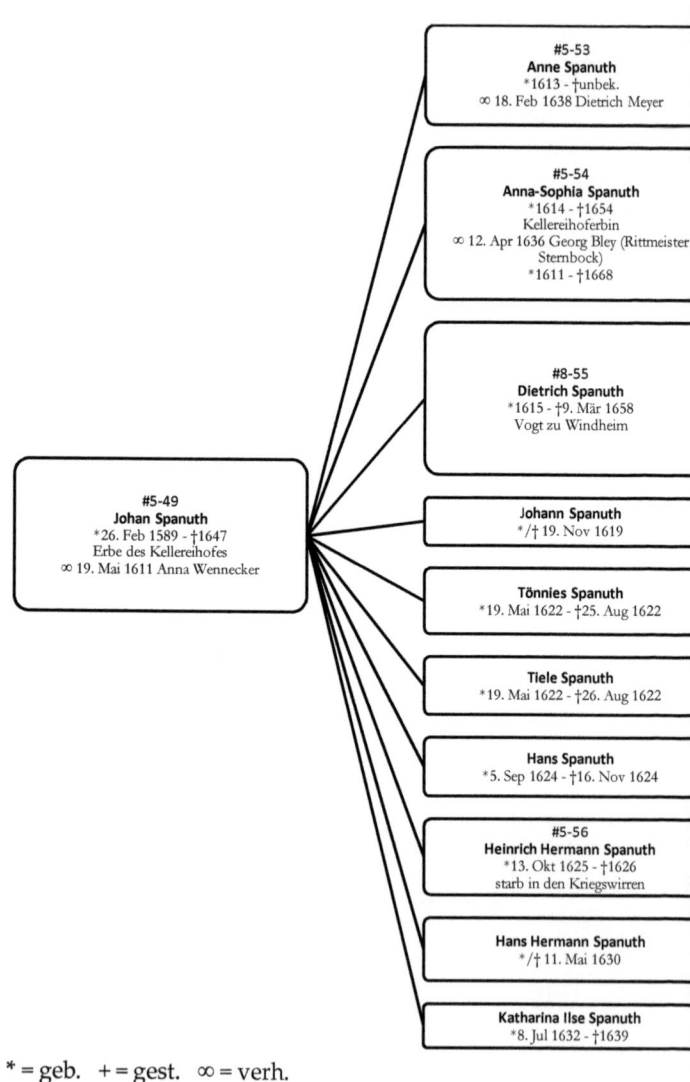

* = geb. + = gest. ∞ = verh.

Nach fünf Jahren zäher Verhandlungen war es endlich vollbracht. Man einigte sich und unterschrieb am 24. Oktober 1648 zwei Friedensverträge, die den bis dahin längsten und auch grausamsten Krieg auf deutschem Boden beenden sollte. Ganze Generationen verbrachten ihr Leben im Krieg, töteten oder wurden getötet, egal ob Soldat eines Heeres oder Menschen in Dörfern und Städten. All dies geschah unter der Vorstellung, den rechten Glauben durchsetzen zu wollen, im 30-jährigen Krieg.

4

Windheim
Ausgehender Winter 1658

Es war kalt im Raum. Alle Anwesenden waren warm gekleidet und schienen trotzdem zu frösteln, nur er lag im Bett unter der dicken Federdecke und schwitze. Das Schwitzen kam sicher nicht von der Decke, unter der einzig der Kopf seines dürren Körpers hervorschaute, nein, er fieberte, wobei, daran glaubte er fest, war dies kein Fieber, weil er krank war, sondern weil er sich im Angesicht des Todes befand.

Es war diese innere Unruhe, die die Schwierigkeiten, der letzten Jahre so sehr an seinen Nerven zehren ließ, dass diese nun ihre Sinneskraft verloren und seinen Körper mit all seinen Organen und Knochen langsam zum Erliegen brachten.

Angst vor dem Tod selbst hatte er nicht, denn es zeichnete sich schon eine geraume Zeit ab, dass es mit ihm zu Ende gehen würde. Ausgehend von seinem Sturz vom Pferd wurde sein Körper zunehmend schwächer, konnte er allein nicht mehr aus dem Bett heraus auf die Beine kommen und dann noch selbst stehen und gehen. Er konnte nur noch liegen und warten.

Warten, dass der Herrgott ihn endlich zu sich holt.

Die Familie stand um ihn herum und erwartete seinen Tod. Sie sahen ihn an, mitleidig, traurig, ja, sie schienen sich zu fürchten vor dem unmittelbar bevorstehenden Niederkommen des Herrgotts, der ihren Mann, Bruder, Schwager und Vater abholen würde.

Er schien zu zittern, seine Lippen vibrierten. Seine Frau beugte immer mal wieder ihren Kopf hinunter, sprach ihn an:

„Dietrich, so sag doch was!"

Sie legte ihr Ohr an seinen Mund, um vielleicht zu verstehen, ob er ein Wort von sich gab. Aber es war kein wirklicher Laut zu vernehmen, nur sein flacher, fast hechelnder Atem.

———

Oft schon dachte er darüber nach, ob es ein Fluch oder ein Segen war, dass Abt Theodorus damals in den Freibrief seines Vaters hineinschrieb, dass er oder einer seiner Erben den Kellereihof wieder übernehmen könne, wenn er es denn wolle und der lange Krieg tatsächlich dazu führte, dass das Kloster keinen anderen Pächter für den

Hof fand und daher offenbar froh war, dass sein Vater einen neuen Meyerbrief annahm, den er dann seiner Tochter Anna Sophia ein paar Jahre nach ihrer Hochzeit Ende 1647 als Mitgift übergeben konnte, damit sie die lange Familientradition fortführen sollte.

Dass ihr Ehemann, dessen Name wohl Georg Bley war, aber darauf bestand, mit ‚Rittmeister Sternbock' angesprochen zu werden, ein Taugenichts war, war ihm schon am Tag der Hochzeit klar, denn keiner der Hochzeitsgäste war so betrunken wie er. Dieser Mann hatte wirklich von nichts eine Ahnung, einmal abgesehen, dass er von irgendwo aus dem Königreich Sachsen stammte und nie die Sprache der Hiesigen angenommen hatte, hat er auch nie gelernt, wie man einen Hof führt, zumal so einen großen, wie den Kellereihof, denn dieser Mann war zeitlebens nur Soldat im Krieg, deutete immer mal wieder an, wie er früher Männer getötet hat und ließ keinen Zweifel daran, dass er dazu auch heute noch in der Lage sei.

Dieser Schwager war einfach ein widerlicher Kerl.

Er selbst konnte diesem Mann und seiner Schwester, mit der er sich über die Jahre immer mehr entfremdete, aus dem Weg gehen, denn schließlich lebte er mit seiner Familie in Windheim und was da in Wiedensahl so geschah, verdrängte er all die Jahre, konnte er doch ein Erlebnis mit seinem Schwager aus der Zeit von deren Hofübernahme nicht vergessen.

Er erinnerte sich noch wie gestern, dass er, als Anna Sophias jüngerer Bruder, ihr nach deren Hofübernahme einige Zeit helfen wollte, die riesigen Felder zu pflügen. Seit dem Morgengrauen mühten er und Schwager Sternbock sich mit der Egge und einem ziemlich alten Ackergaul des Hofes im heißen Spätsommer 1648 auf einem Feld ab und warteten um die Mittagszeit auf Sternbocks Schwester Luise, die ihnen täglich eine karge Mittagsmahlzeit brachte.

Die Sonne hatte den Zenit schon überschritten und beide Männer machten sich Sorgen, weil sie eigentlich immer bereits vor der Zeit mit dem Mittagsmahl ankam.

Sternbock blinzelte abwechselt in die Ferne und den blauen Himmel, sagte nichts, aber sein soldatischer Spürsinn ließ ihn nach den Kartoffelforken greifen, die auf dem Fuhrwerk lagen und davon Dietrich eine in die Hand drücken, dann ging er kommentarlos seiner Schwester entgegen.

Dietrich ging ihm mit einer ungewissen Anspannung hinterher und versuchte seinem schnellen Schritt zu folgen.

Und nach ein paar Meilen sahen sie die Luise dann am Waldrand liegen, auf dem Bauch, den Unterkörper entblößt und ein tiefer blutiger Einschnitt in ihrem Rücken, offenbar von einem Schwerthieb. Sternbock ließ sich keine Emotion anmerken, aber Dietrich war starr vor Schock, sah auf den Körper, das Blut, die nackten Beine, den Korb mit dem für sie beide gedachten Mittagsmahl, von dem selbst allerdings nichts mehr zu sehen war.

Sternbock blickte bereits wieder auf und sah niedergetretenes Gras und Strauchwerk einer Spur, die in den Wald führte. Er krallte seine Fäuste um seine Forke und folgte zielstrebig der Spur in den Wald hinein. Auch Dietrich war voller Ingrimm und ging ihm vorsichtig nach. Während sie leise vorwärts in das Dickicht schleichend, den vermeintlichen Mörder der jungen Frau stellen wollten, blitzten bei Dietrich nicht für eine Sekunde die jahrelangen Worte des Pastors Culemann in seinem Kopf auf, wonach der Herrgott die Liebe predigt und das Töten eines Menschen durch eines seiner göttlichen Gebote verbietet. Nein, Dietrich ließ sich von dem Hass, den sein Schwager ausstrahlte, leiten und beide gierten danach, den Mörder zu finden und zu töten.

Nach einiger Zeit vernahmen sie Stimmen von mehreren Männern, die irgendwo vor ihnen im Wald offenbar im Moos lagen und rasteten. Vorsichtig schlichen sich beide an, dann, unmittelbar neben diesen Männern schoben beide gleichzeitig Buschwerk zur Seite und standen nun vor drei im Gras liegenden Soldaten, erkennbar an ihren verdreckten Uniformteilen, die teilweise durch andere Kleidungsstücke ersetzt waren, dazu Gewehre am Boden liegend und ein noch blutiges Schwert, die aßen das für Dietrich und Sternbock gedachte Mittagsmahl.

Der eine der Männer griff sofort nach dem blutigen Schwert, aber da hatte ihm Sternbock bereits seine Forke in die Brust gerammt. Auch Dietrich tötete einen der Männer mit seiner Forke und der schreiende Dritte, der auf allen Vieren davonzurobben versuchte, kam nicht weit, denn Sternbock setzte dem toten Mann seinen Stiefel auf die Brust, zog die Forke mit Wucht aus dessen Körper, aus deren Wunden das Blut heraussprudelte. Dann tat er einen großen Schritt und rammte dem fliehenden dritten Mann ebenfalls die Forke in den Rücken.

Beide Männer standen starr und sprachen kein Wort. Dietrich zitterte die ganze Zeit, nun trat eine leichte Entspannung ein, die aber angesichts der toten Schwägerin ihn nicht wieder vollständig beruhigte. Sternbock zog die Forke aus dem toten Körper und begann die kleine Lichtung mit der Forke etwas freizuräumen und das Moos zu entfernen. Dietrich tat es ihm kommentarlos nach. Dann zogen sie die Leichen auf die freigemachte Fläche, legten sie nebeneinander und bedeckten die Körper nun mit Moos und Gestrüpp. Am Ende zerrten sie noch einen kleineren, umgestürzten Baum herüber und legten ihn über das Ganze.

Auf dem Rückweg zur Leiche der jungen Frau versuchten sie, mit ihren Forken das niedergetretene Gras etwas aufzurichten und zogen in Abständen Gestrüpp auf den Pfad.

Dann nahmen sie Luises Körper auf und trugen ihn zum Hof.

Als sie dort ankamen, war das Gejammer und Geweine groß. Sternbock sagte nahezu nichts zu den Geschehnissen, Dietrich nur so viel, dass jedermann glaubte, dass seine Schwägerin durch einen unbekannten Mann zu Tode kam. Angesichts der allgemein bekannten vagabundierenden Soldaten aus dem gerade zu Ende gegangenen Krieg war das auch plausibel und wurde nicht in Zweifel gezogen.

Natürlich dauerte es nicht lange, bis Gerüchte im Dorf umhergingen, Sternbock hätte den Mörder seiner Schwester gestellt und getötet, vermutlich weil er selbst in seiner prahlerischen Art Andeutungen machte, aber nie konnte dies irgendjemand tatsächlich belegen, auch wurden die Leichen der drei Männer niemals gefunden.

Dietrich selbst verfolgte das Geschehene aber lebenslänglich, machte er sich Vorwürfe gegen Gottes Gebot verstoßen zu haben und meinte diese Sünde tilgen zu müssen, indem er nur sehr selten mal einen Sonntag in der Kirche versäumte, um den Herrgott um Gnade für seine sündhafte Seele zu bitten und aus Sorge, eines Tages in die Hölle, statt in den Himmel einzufahren.

Pastor Culemann fiel schon auf, dass Dietrich eine schwere Last auf dem Herzen trug, nur konnte er ihm keine Beichte irgendeines dunklen Geheimnisses abnehmen, denn die Gemeinde war bereits seit 120 Jahren evangelisch, was er auf das wiederkehrende Drängen von Dietrichs Frau dieser auch immer wieder versuchte klarzumachen: Wenn Dietrich eine schwere Last mit sich träge, könne er ihm diese mit Gottes Hilfe nicht nehmen, denn er kenne sie nicht.

—

Als Dietrichs Schwester Anna Sophia vor vier Jahren plötzlich starb, erschien er wie nahezu alle aus der Familie zur Beerdigung in der Nicolai-Kirche und zur anschließenden Beisetzung auf dem Wiedensahler Kirchhof. Danach lud Sternbock zum Leichenschmaus auf dem nebenliegenden Kellereihof.

Es waren Jahre vergangen, seit er den Hof, den Ort seiner Kindheit, jetzt wieder betrat und er war erschüttert von dem Anblick. Sternbock war wohl nach Ende des Krieges nochmal für einige Monate in seiner Einheit, hatte aber seitdem kaum etwas unternommen, den Hof wieder auf Vordermann zu bringen, waren immer noch Gebäude zerstört und überall lagen Abraum, sogar verwesende Reste von Schlachtungen und an vielen Stellen verschüttetes Korn aus der Getreideernte herum. Kein Wunder, dass er mehrfach am helllichten Tag Ratten herumhuschen sah.

Da seine Schwester und Sternbock kinderlos waren, bestand der Haushalt schon immer aus Mitgliedern von Sternbocks Familie aus Sachsen, die jetzt im Hofgebäude herumgingen und den Gästen heißen Punsch und einen, wie er fand, seltsam aussehenden Kuchen anboten.

Er lehnte dankend ab und schlich sich regelrecht aus dem Haus, was angesichts des Gedränges der vielen Gäste nicht so schwer war, nur wenigen sagte er knapp, er hätte in seiner Funktion als Vogt zu Windheim dringende dienstliche Verpflichtungen.

Anfänglich konnte er Gedanken an den Hof, der seit Generationen von der Familie geführt, und noch von seinem Vater mit Einsatz von Leib und Leben verteidigt wurde, so glaubte er sich zumindest zu erinnern, verdrängen. Seine Frau, die Frederike, war aber diejenige, die ihm die Augen öffnete, was ihrer Familie mit dem Hof verloren gehen würde, denn die Familie war nicht nur Pächter des Kellereihofes, sondern über die Jahre auch Eigentümer einiger Felder und Wiesen, die seine Vorväter anderen Bauern abgekauft hatten.

Als sie nun in Windheim die Nachricht erreichte, Sternbock hätte drei Wochen nach Anna Sophias Tod erneut geheiratet und würde mit dieser Frau nun den Hof fortführen, brach diese Nachricht alle Dämme. Seine Schwester Anne, ihr Mann Dietrich Meyer sowie weitere Geschwister und Cousins berieten sich mit Frederike, wie in der Lage zu verfahren sei, denn er selbst war zu der Zeit abwesend auf einer Reise im Mindener Stiftsgebiet.

Als er nach Hause kam, wurde er von seiner Frau regelrecht überfallen mit der Nachricht, ihre Empörung über Sternbocks erneute Vermählung so kurz nach dem Tode von Anna Sophia brach sich ungehemmt Bahn.

„Rike", sagte Dietrich, „nun man mal ruhig Blut!"

Aber sie war nur schwer zu beruhigen, während er sich eigentlich gefreut hatte, wieder daheim zu sein und sich einfach nur in den Sessel zu setzen am Ofen, nachdem er so viele Stunden im Sattel gesessen hatte.

„Rike", sagte er nochmal besänftigend, „der Vater hat den Hof der Anna Sophia als Mitgift in die Ehe mit dem Sternbock gegeben. Damit geht der Hof in deren Familie über."

„Aber sie haben doch gar keine Erben!"

„Damit hat der Vater vielleicht damals nicht gerechnet, aber er wusste von Anfang an, dass wenn er den Hof an eine seiner Töchter vererbt, er kein Spanuthscher Hof mehr sein würde."

Sie sagte nichts, war enttäuscht, dass er offenbar zu dem Thema ganz anderer Meinung war als sie. Er fuhr fort:

„Ich wollte den Hof nicht, Bruder Johann nicht, Anne hat den Windheimer Dietrich Meyer geheiratet und der Vater, ja der hatte sich damals im Krieg absichtlich mit einem Freibrief von dem Hof entbinden lassen. Der wollte ihn eigentlich auch nicht mehr. Nur weil er unbedingt der Anna Sophia eine Heimstatt mit dem Sternbock schaffen wollte, hatte er sich wieder an das Kloster gewendet und den Meyerbrief wieder zum Leben erweckt."

„Das weiß ich doch, Dietrich", sagte Friederike etwas barsch. Fügte aber leiser und besänftigter hinzu:

„Wir werden den Hof aber sicher wieder brauchen."

„Wir?"

„Deine Tochter Anna Sophia will doch den Wippermann-Stephan heiraten."

„Ach, das ist mir neu."

„Mütter wissen manchmal Dinge etwas früher, als Väter", sagte sie leise schmunzelnd.

„Und der Wippermann-Stephan ist der zweite Sohn des Hinrich aus Wormsthal", sinnierte Dietrich, „na dann haben wir mit unserer Tochter Anna Sophia das gleiche Dilemma wie damals Vater mit seiner Tochter Anna Sophia – sie heiratet einen landlosen Bauern."

Dietrich wirkte etwas vergrätzt, dass er solche Pläne in der Familie offenbar als letzter erfuhr.

„Schwager Dietrich hat bereits an das Kloster geschrieben", schob seine Frau gleich hinterher.

„Ach, Schwager Dietrich? Was hat der denn damit zu schaffen?"

„Ich habe ihn gebeten, da es doch so pressierte und Du nicht anwesend warst."

„Schön, und Du meinst, das Kloster wird so einfach mir nichts – dir nichts den Sternbock und die Seinen vom Hof jagen und ihn unserer Familie zurückübertragen?"

Sie überlegte, was sie ihm antworten solle, dann sagte sie leise, kaum verständlich:

„Er hat ihnen ein Angebot gemacht."

Dietrich sah sie erwartungsvoll an.

„Wir übernehmen Sternbocks Schulden an das Kloster."

„Wir?"

„Anne und Schwager Dietrich übernehmen die Hälfte und die andere Hälfte wir", sagte sie dabei immer leiser werdend.

„Pfff", kam es Dietrich nur von den Lippen, dann ließ er seinen langestreckten Körper tief in den Sessel rutschen, „da bin ich mal zwei Wochen nicht daheim". Er schloss die Augen, dann sagte er: „Mach mir einen Köm".

Genau wie damals sein Vater auf seine Briefe an das Kloster Loccum keine Antwort erhielt, war es auch jetzt das Gleiche. Am 20. Mai 1655 hatte Schwager Dietrich geschrieben, jetzt ist der Sommer durch und das Kloster reagierte nicht mit einem Wort. Als Dietrich erneut von einer Reise zurückkam, veranlasste Frederike sogleich, dass er sich mit seinem Schwager zusammensetzen und dem Kloster nochmal ein Angebot unterbreiten solle. Die Stimmung in der Familie fand er aber bereits deutlich angespannt, sodass er versuchen musste, den Brief freundlich bittend, aber trotzdem nachdrücklich zu gestalten. Von der Absicht, in der Sache Klage gegen das Kloster einzureichen, konnte er die anderen erstmal abbringen, stattdessen argumentierte er dergestalt, dass der Hof seit Generationen innerhalb ihrer Familie vererbt wurde und das Kloster dem auch bisher immer entsprochen hätte.

Sie erhielten erneut keine Antwort auf Ihren Brief.

Am 1. Oktober 1655 reichten Dietrich Spanuth und Dietrich Meyer gemeinsam Klage beim kurfürstlich Brandenburg-Mindischen Stadthalter in Petershagen ein, weil Minden vor hunderten Jahren die erste Kapelle in Wiedensahl erbaut hatte und daraus ableitete, für die Gerichtsbarkeit im Dorf zuständig zu sein. Da nützte es nichts, dass der Stadthalter in Minden für die Spanuths Partei ergriff, denn das Kloster Loccum erkannte die Zuständigkeit von Minden nicht an.

Es blieb ihnen nichts anderes übrig, als nach Hannover, dem Sitz der Regierung, zu reisen, dort eine Kanzlei zu beauftragen und nochmals Klage einzureichen. Für den mehr als 6 ½ Meilen langen Weg benötigten sie zu Pferde nahezu einen Tag. Die Kanzlei reichte die Klage am 20.

Oktober ein und eine Woche später kam es zur ersten mündlichen Verhandlung. Dietrich Meyer war noch nie auf einem Gericht, Dietrich Spanuth hatte in seiner Funktion als Vogt zu Windheim darin schon mancherlei Erfahrungen und wusste daher, so gut man selbst auch vorbereitet war, sich im Verhandlungssaal Überraschungen auftaten, mit denen man im Leben nicht gerechnet hat.

So auch hier.

Das Kloster Loccum entsandte einen Notar, der zur Überraschung der beiden Dietrichs erklärte, dass der Meyerbrief zur Führung des Hofes nicht erblich sei und sogar mit Tönnies Spanuths Tod 1611 erloschen war. Nur aus Kulanz hätte man dessen Sohn Johan damals einen erneuten Vertrag zugestanden, die dieser aber nicht erfüllt hätte, denn er hätte sich ‚die Rechnung leicht gemacht ‘, hätte er doch gewusst, dass der Hof nach seinem Tod an das Kloster zurückfallen würde. Er sei 1626 mit seiner Familie nach Windheim gezogen und ‚alles, was da noch nicht verwüstet war, sei nun vollends ins Verderben geraten'. Es seien daher alle Investitionen auf dem Hof erloschen. Das Kloster habe sich also selbst des Hofes wieder angenommen.

Die beiden Dietrichs waren wie vor den Kopf gestoßen und saßen schweigsam allein zusammen mit ihrem Syndikus, nachdem der Richter und der gegnerische Notar den Saal verlassen hatten. Der Syndikus schlug vor, selbst einen Notar zu beauftragen, in Wiedensahl eine ausgewählte Anzahl Zeugen zu vernehmen, die die Tätigkeit der Spanuths auf dem Kellereihof und deren Wirken zugunsten des Klosters bestätigen und der diese Aussagen in einem Testat zur Vorlage bei Gericht zusammenfasst. Während er dies mitteilte, stellte er zwei

Quittungen aus, die auf jeweils 40 Taler lauteten, diese danach ohne weitere Erklärung den beiden Dietrichs über den Tisch schob und seine große Geldbörse aus dem Mantel holte. Beide Männer überreichten ebenso wortlos das Geld an ihren Syndikus.

Man verabschiedete sich und verließ den Saal, wobei Dietrich Spanuth ein Zettel auffiel, der unter dem Tisch lag, an dem der gegnerische Notar gesessen hatte. Er griff danach und steckte ihn zu sich.

Zurück in ihrer Herberge faltete er das Papier auseinander und stellte fest, dass es wohl der Stichwort-Zettel des Mannes für dessen Vortrag bei Gericht war. Beim Lesen der Punkte wurde ihm klar, dass Loccum in der Sache nicht klein beigeben würde, nein im Gegenteil, die Spanuths hatten über Generationen hinweg offenbar eine völlig falsche Vorstellung von ihrer Stellung als Pächter und Meyer des Kellereihofes gehabt. Ein Gefühl von Ausbeutung und vorspielen falscher Tatsachen seitens des Klosters, ja und eine unbändige Wut über die Pfaffen, die die Ehre seiner Vorfahren beschmutzen, machte sich in ihm breit und nun wurde ihm auch klar, dass er selbst als Vogt, als Geldeintreiber des Großstifts in Minden ebensolchen Leuten diente. Erstmalig bemerkte er, dass diese Sache ihm massiv zusetzte und regelrecht seine Gesundheit angriff, und dieses Empfinden sollte sich bis zu seinem Lebensende nicht wieder verbessern. Im Gegenteil.

Daheim in Windheim suchte Dietrich die alten Dokumente, die sein Vater nach der Flucht vor den Kriegswirren in Wiedensahl rettete und fand sie nach einem Hinweis seiner alten Mutter Anna in einer Truhe auf dem Boden des Hauses. Die Meyerbriefe seines Großvaters Tönnies sowie der seines Vaters Johan und auch dessen Freibrief, der ihn von der Leibeigenschaft des Klosters Loccum entband. Dazu noch andere, teilweise viel ältere Dokumente, die belegen, dass seine Vorväter Felder und Wiesen von anderen Bauern gekauft hatten und diese in den Hof einbrachten.

Durch den kompletten Herbst und über den Jahreswechsel hinaus ging es in der Sache nicht voran. Ende Februar 1656 war der von ihrem Syndikus beauftragte Notar Lange in Wiedensahl und führte die Befragungen durch. Einige ehemalige Knechte, darunter ein 85-jähriger Mann, der noch für seinen Großvater gearbeitet hatte, sagten aus, dass nicht das Kloster, sondern einzig die Spanuths für den Erhalt und Fortbestand des Hofes gearbeitet hätten, Gebäude reparierten oder neu errichteten und einige konnten sogar Zeugnis über Landkäufe oder der Bepflanzung eines Obstgartens ablegen, die die Spanuths auf eigene Kosten vornahmen.

Als Dietrich das Protokoll in der Kanzlei in Hannover zu lesen bekam, freute er sich, dass auch ein Caspar Spanuth genannt war, ein entfernter Verwandter, den er noch aus Kindheitstagen kannte und der in Wiedensahl ebenfalls als Kötner einen Hof führte und zugunsten seiner Familie aussagte.

Als er in einem Nebensatz von einem ‚Amtmann Johannes Reichmann' las, stockte er kurz und musste den Satz noch einmal lesen, bis er begriff, dieser Reichmann ist offenbar ein vom Kloster Loccum eingesetzter neuer Pächter des Kellereihofes. Sie haben tatsächlich Sternbock und sein Gefolge vom Hof gejagt!

Diese Nachricht versetzte ihm regelrecht einen Schock.

Er war sprachlos, als er las, dieser würde den Hof auf Vordermann bringen, Gebäude reparieren, die Felder bestellen und mit seiner ganzen Familie auf dem Hof leben. Loccum verschleppt also den Prozess und lässt diesen Reichmann Tatsachen schaffen!

Der anwesende Syndikus reichte Dietrich ein Glas Weinbrand, nebst einer Quittung über 60 Taler.

Er war am Boden zerstört.

Das ganze Jahr hindurch ging es in dem Verfahren nicht voran, beantragte die Gegenseite Fristverlängerung, setzte das Gericht Termine mit monatelanger Vorlaufzeit an und verschob sie dann nochmals und jedes Mal, wenn Dietrich neue Berichte erhielt, ging es ihm gesundheitlich schlechter, quälte ihn ein Magengeschwür, machte seine Frau sich Sorgen um ihn, dass er nicht mehr aß und ganz krank aussehen würde.

Ende des Jahres schrieb er wieder an die Kanzlei, mit der Bitte, Maßnahmen zu ergreifen, dem Treiben Reichmanns einen Riegel vorzuschieben.

Erst am 25. Mai 1657 reichte die Kanzlei dafür eine einstweilige Verfügung ein, diese wurde aber vom Gericht nicht bearbeitet und Reichmann konnte auf dem Hof weiter schalten und walten.

Im Juni des Jahres ließ Dietrich sechs Dokumente über Landerwerb vom Notar Gustav Soiher in Minden beglaubigen und leitete sie an die Kanzlei in Hannover weiter. Mit diesen Dokumenten reichte die Kanzlei erneut Klage ein.

Über den ganzen Sommer bis in den Winter hinein gab es keine Neuigkeiten aus Hannover.

Als er kurz vor Wintereinbruch von einer seiner letzten Reisen im Stiftsgebiet Minden auf dem Heimweg nach Windheim war, setzte ein starker Regen ein, der ihn trotz Mantel von oben bis unten durchnässte, aber er trieb sein Pferd an, wollte unbedingt noch vor Einbruch der Dunkelheit zu Hause sein. Als unerwartet eine Herde Hirsche und Rehe seitlich aus dem Wald sprang und die Chaussee überquerte, scheute sein Pferd und bäumte sich auf. Dietrich konnte sich mit seinen eisigen Fingern nicht halten und stürzte rücklings vom Pferd.

Er fand sich im prasselnden Regen auf einem Fuhrwerk liegend wieder, sein Kopf schmerzte, denn er war mit diesem auf das Pflaster geschlagen, sein ganzer Körper fühlte sich taub und lahm an.

Das ist das Ende, dachte er, und tatsächlich, er erkannte, dass dieser Prozess und das Kloster Loccum, dieses leidige Erbe seiner Familie, ihn gebrochen hatte.

—

„Dietrich!", rief seine Frau ihn erneut an.

Seinen Atem konnte sie nicht mehr wahrnehmen. Da zog sie die Decke etwas herab, griff nach seinen Armen, führte sie in die Mitte des Körpers und schob die Decke wieder unter die Arme.

Dann faltete sie seine Hände.

Genealogie zu Kapitel 4

Dietrich Spanuth (#8-55) (1615-1658), verheiratet mit einer Frau leider unbek. Namens (geb./gest. unbek.), hier Frederike genannt; 3 dokumentierte Kinder; Dietrich war ebenfalls Vogt in Windheim; Johan Spanuth (#5-49) war sein Vater. Seine Schwester Anna-Sophia (#5-54) hatte den verfallenen Hof mit ihrem Ehemann Jürgen Bley (Rittmeister Sternbock) übernommen, nach dem frühen Tod von Anna-Sophia fiel der Hof an Sternbocks Familie. Maßgeblich auf Initiative von Dietrichs Frau strebten er und der Ehemann seiner zweiten Schwester Anne (#5-53), Dietrich Meyer, einen Prozess gegen das Kloster Loccum an, den Kellereihof wieder der Familie als Pächter zu übertragen, was sie nach seinem Tod noch weitere 20 Jahre fortführen mussten. Noch in seinem Todesjahr erging ein Urteil des Gerichts in Hannover zu Gunsten der Spanuths. Allerdings erhielten sie nicht den Hof zurück, sondern das Kloster Loccum erkannte das Urteil nicht an, und wurde erst wieder offiziell aktiv, als die Rintelner Juristenfakultät, das Gremium, auf dessen Wort sich das Kloster stets verlassen hatte und dem es uneingeschränkt folgte, das Hannoversche Urteil bestätigte. Der Spanuthsche Syndikus versuchte daraufhin mit Abt Kotzebue, der sich dienstlich in Petershagen befand, über die Übernahme zu verhandeln. Dieser ließ ihn aber nicht zur Audienz vor.

Stattdessen reichte Loccum am 28. Juni 1659 Revision beim Reichsgericht in Speyer ein. Da ein Bescheid aus Speyer, wie in der damaligen Zeit üblich, viele Jahre auf sich warten lassen würde, erlässt der Amtmann zu Neustadt am Rübenberge im Auftrage der hannoverschen Regierung den Vollzug des Urteils, indem er die Spanuths unter staatlichen Schutz stellte. Es wurde festgesetzt, dass Reichmann Ende Oktober 1659 den Hof räumen soll. Kurz vor Weihnachten dringt Reichmann, der wegen Gewalttätigkeit gegen Dietrich

Meyer schon einmal zu einer Geldstrafe verurteilt war, mit Gewalt in den Hof ein, lässt Korn, Heu und Stroh mit mehreren Fuhrwerken abfahren und es kommt mit Dietrich Meyer und seinen Leuten zu einer handfesten Auseinandersetzung, woraufhin das Kloster Loccum mehrere Männer losschickt, ihn und seine Leute festzunehmen und im Klostergefängnis einzusperren.

Um das Jahr 1665 ergeht vom Reichsgericht in Speyer ein Richterspruch, (quasi eine Urteils-Prognose) wonach das Gericht der beklagten Partei, den Spanuths, folgen würde. Dies veranlasst das Kloster Loccum zu einem Widerspruch. Ein 1669 durchgeführtes Vergleichsverfahren schlug noch einmal fehl.

Das Reichsgericht in Speyer hat niemals ein Urteil in der Sache gefällt.

Zwischen 1666 und 1677 ist vorübergehend sogar nochmal Rittmeister Sternbock und nach seinem Tod 1668 dessen Witwe Besitzerin des Kellereihofes gewesen.

1677 hat Dietrichs Witwe, jetzt verheiratet mit einem Behr, der offenbar über etwas Vermögen verfügte, den Kellereihof von Sternbocks Witwe in einer nicht bekannten Weise erhandelt. Nach der Hochzeit von Anna Sophia (#8-57), Dietrichs Tochter, mit Stephan Wippermann haben diese im Februar 1678 den Hof übernommen. Wippermann hatte offenkundig keine Probleme mit dem Kloster Loccum einen neuen, auf seinen Namen lautenden Meyerbrief auszuhandeln.

Nach ihnen gab es nie wieder einen Spanuth-Erben auf dem Hof.

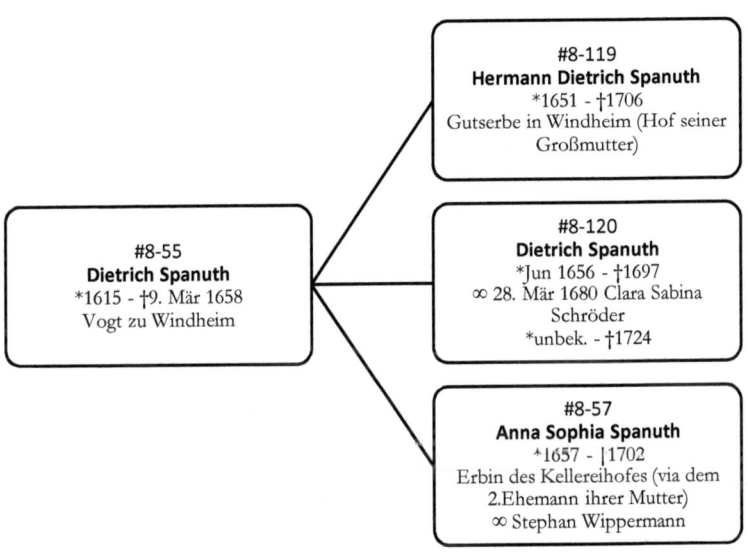

* = geb.   † = gest.   ∞ = verh.

König war er bereits im Alter von 4 Jahren, doch nun am 9. Juni 1660 fand die bis dahin größte Huldigung statt, die er je erlebt hatte, die Vermählung mit Maria Teresia von Spanien, die damit den beschlossenen Frieden beider Länder besiegelte. Nachdem er ein Jahr später endlich die vollständige Regentschaft übernahm, sollte er späterhin zum am längsten herrschenden Monarchen der neuzeitlichen Geschichte werden: Der ‚Sonnenkönig', Ludwig XIV.

5

Loccum
Frühsommer 1660

Auf den Name Engelke ließ er seine Tochter damals taufen, denn sie sah für ihn aus wie ein kleiner Engel nach ihrer Geburt. Sie war sein Segen, sein Ein und Alles, sein erstes Kind, und er war glücklich wie nie zuvor, obwohl es ein Mädchen war. Doch nun lag sie schon seit zwei Tagen im Fieber. Seine Frau versuchte dem Kind immer wieder etwas Wasser mit einer kleinen Tasse in den Mund zu tröpfeln. Nachdem sie es erst gewähren ließ, fing sie aber nun seit dem frühen Morgen an zu reden wie im Traum. Sie war nicht zu verstehen. Kein Wort konnte er verstehen, war es eine fremde Sprache? Und nun schrie sie auch manchmal auf und bewegte dabei die Arme, als ob sie nach etwas schlagen wollte, dabei floss das Wasser oft daneben.

Der Schweiß wuchs dem Kind wie die Beulen der Pest aus dem Körper, platzte auf, vereinigte sich zu Rinnsalen, die wie kleine Ströme an dem zarten Kind herunterliefen und das Bett und alle Kleidung durchnässte.

Er wusste, dass sie vor dem Himmelstor stand und den Herrgott um Einlass bat. Aber wie kann das sein? Wie kann ein 14-jähriges Mädchen jetzt schon den Herrgott um Einlass bitten?

Doch nun durch die Schreie, das sich winden des zarten Körpers wurde ihm gewahr, was er die ganze Zeit befürchtet hatte: Es ist eine fremde Macht, die sich seinem Kinde bemächtigt hat! Es ist der Teufel, der versucht am Eingang des Himmelstores nach ihr zu greifen, sie zu packen, sie herüberzuzerren in sein Reich, die dunkle Hölle!

Gestern war Pastor Rimphof da, da lag sie noch ruhig im Fieber und sie waren noch guter Hoffnung, dass es vorübergehen würde. Da traute er sich nicht, ihn zu fragen, was er machen solle, wenn es schlimmer würde, zu oft sprach der Pastor von Gottvertrauen, welches er haben solle, der Herrgott würde seine Gebete erhören.

Doch nun hatte er Zweifel. War er nicht gottesfürchtig genug? Hat er sich in seinem Leben als nicht demütig genug gezeigt, dass der Herrgott sein Flehen erhört und ihm das Leben seiner Tochter zurückgibt?

Wieder schreit das Kind laut auf und dieser Schrei lässt ihn selbst erzittern. Die Frau versucht das Kind zu beruhigen, ihm den Schweiß auf Stirn und Gesicht abzuwischen. Er dreht sich um und geht aus der Wohnküche heraus vor den Hof.

Er ruft nach Anna. Aber die Stimme stockt. Er muss sich räuspern, damit sie wiederkommt und ruft erneut laut nach seiner jüngeren Tochter.

Da kommt sie um die Ecke gelaufen, weiß, dass wenn ihr Vater sie ruft, sie zu gehorchen und seinem Wort Folge zu leisten hat.

„Gehe herüber zum Heimann-Hof und hole Deine Tante!", sagte er bestimmt und mit sehr ernster Miene, sodass die Anna ohne weitere Erklärung wusste, dass es sehr wichtig und dringend war und der Grund dafür ihre kranke Schwester Engelke ist. Und Anna lief los, schnell wie der Wind die halbe Meile die Straße hinauf.

Sie klopfte an das Fenster der Küche des großen Hofes und sah ihre Tante am Herd stehen. Diese öffnete die Tür und sah sie mit fester Miene an.

„Tante Gesche, der Vater schickt mich, Du sollst kommen, das Engelken!"

Schon seit Tagen fürchtete sich Gesche davor, dass das geschehen würde. Sie hoffte fast das Kind wäre bereits tot, aber nun steht es wohl an der Schwelle zum Jenseits und Arend weiß sich nicht mehr zu helfen, als sie aufzufordern, ihre Künste zu beweisen und sein Kind zu erretten.

Sie weiß, dass die Not unermesslich sein muss, denn Arend glaubt nur an den Herrgott und dem Pastor Rimphof, der stets behauptet, dass alles, was nicht dem Willen des Herrgotts folgt, ein Werk des Teufels ist, und wenn sie, Gesche, sich nun dem Willen Gottes bemächtigt, sie selbst vom Teufel besessen, eine Hexe sei!

Anna sah ihr ins Gesicht und wartete gespannt auf eine Antwort ihrer Tante.

Gesche sah sie lange mit ausdruckslosem Gesicht an, dann sagte sie:

„Lauf zurück und sage Deinem Vater, ich werde kommen", drehte sich um und packte sogleich eine Tasche mit all ihren Sachen, die sie glaubte zum Heilen ihrer Nichte Engelke zu gebrauchen.

Noch in derselben Stunde betrat sie den Halbspännerhof ihres Bruders und trat in die große Küche, wo Arend und seine Frau sie wortlos und verzweifelten Blickes erwarteten. Die Stille wurde nur unterbrochen durch Engelkes wiederkehrendes Stöhnen und Schreien.

Gesche hatte sich einen Namen erworben in Wiedensahl und den umliegenden Dörfern. Man nannte sie gemeinhin die ‚große Gesche'. So manchen Kranken hatte sie mit ihren Kräutern und einer unsichtbaren Heilkraft wieder geheilt und zum Leben wiedererweckt. Darunter waren auch welche, denen der Pastor Rimphof bereits die Sakramente des Todes überreicht hatte.

Aber als sie das Engelke sah, merkte sie sofort, sie kommt zu spät, liegt das Kind in seinem Kampf um das Leben bereits in den letzten Zügen.

Mit Arends Frau nimmt sie zuvor in kochendem Wasser gewaschene linnerne Tuchstreifen, wringt das heiße Wasser heraus, legt einige Kräuter aus ihrer Tasche in die Stoffbahnen und nun wickeln die beiden Frauen diese dem Engelken um die Waden und eine um die Stirn.

Die warme Feuchtigkeit des Stoffes lässt wunderbar duftende Gerüche der gepressten Kräuter aufsteigen, die sogleich den ganzen Raum erfüllen. Und das Engelke beruhigt sich, entspannt sein Gesicht und lässt es seine Augen schließen.

Das Kind hört auf zu schreien und zu schlagen und auch Arend entspannt sich etwas und setzt sich auf einen Stuhl, während seine Frau und Schwester weiterhin um Engelkes Schlafnische stehen und das Kind gespannt beobachten. Es scheint jetzt zu schlafen und als Gesche sich zu ihrem Gesicht herunterbeugt, hört sie dessen leisen Atem, aber sie weiß, dies ist der Atem des Todes, das Ergeben eines Menschen vor dem Herrgott, nun Willens und bereit zu sein, durch seine Pforte zu treten.

Nie verlässt sie einen Kranken, bevor er hinübergeht, nie würde sie ihre Anstrengungen ihn vom Tode zu erretten, unterlassen. Jetzt aber hat sie Angst, unbändige Angst, dass egal was passiert, ihr Bruder Arend das Schicksal seines Kindes ihr anlastet, egal, ob es lebt oder stirbt, er es auf eine nicht irdische Tat seiner Schwester zurückführt und diese Meinung nicht nur für sich behalten würde.

Gesche merkte, wie sie zittert und sie die Hände falten muss, damit das Zittern vorübergeht und den Eheleuten nicht auffällt. Jedes Mal, wenn ein Mensch die Pforte zum Jenseits durchschreitet, kommt die Erinnerung in ihr auf, erst ihre erstgeborene Tochter Annecke, nur 14 Tage alt und ganz kurz darauf ihren ersten Mann Wilhelm Peeck durch das Fieber verloren zu haben.

Sie packte ihre Tasche, schloss sie, nickte den Eheleuten zu, die sie verzweifelten und fragenden Blickes anschauten, aber kein Wort verloren, als Gesche die Tür öffnete und den Hof verließ.

—

Drei Jahre vergingen nach Engelkes Tod und im Oktober 1638, demselben Jahr, als ihre ältere Schwester Alheit von Pastor Rimphof* der Hexerei bezichtigt, angeklagt, durch das Schwert des Scharfrichters hingerichtet und ihr Leichnam bei Loccum verbrannt wurde, wurde nun auch Gesche angeklagt.

Ihr Bruder Arend, der angesehene Mann, häufiger Schiedsrichter, Trauzeuge und im Kriege auch

Bürgermeister von Wiedensahl, war nicht Manns genug, widerzureden, wusste er doch, dass die Anklage gegen Alheit nur durch Mettke Fischer kam, die sich der Hexerei bekannte und in der Tortur* viele andere bezichtigte, ebenfalls der Hexerei zu huldigen.

Schon einmal musste Gesche in einer von ihr selbst veranlassten Befragung gegenüber Pastor Rimphof treten und konnte ihn trotz einiger Fürsprecher nicht vollständig überzeugen, der Hexerei unschuldig zu sein.

Nun standen also zwei Männer vom Stiftsgericht des Klosters Loccum vor ihrer Tür und verlasen die Anklage. Sie verlor dabei fast das Bewusstsein, hörte kaum, wie neben einigen anderen Dingen, sie bezichtigt wurde, Engelke, die Tochter ihres Bruders Arend Spanuth durch Gift getötet zu haben.

Die Männer nahmen sie fest und verbrachten sie in das Gefängnis im Torhaus des Klosters. Dieses bestand nur aus einem einzigen winzigen Raum, mit einer kleinen, fensterlosen, vergitterten Öffnung, einem Bett ohne Matratze, nur durch etwas Stroh gefedert, einem klapprigen Stuhl und einem Nachttopf in einer Ecke, verriegelt durch eine schwere, hölzerne Tür, jedoch ohne Schloss.

Ein paar Tage später erfolgte die erste Befragung des Gerichts. Es war ein ganzes Konvolut von Fragen, die der Abt Bernhard Luerwald als Vorsitzender stellte und ein Gerichtsscheiber jede ihrer Antworten aufschrieb:

Ob sie zaubern könne? – nein.

Woher sie das Zaubern gelernt hätte? – von Niemandem.

Wann sie es gelernt hätte? – sie hätte es nicht gelernt.

An welchem Ort sie es gelernt hätte? – sie hätte es nicht

gelernt.

Auf welche Weise hätte sie das Zaubern gelernt? – Sie hätte es nicht gelernt.

Ob sie mit ihrer Zauberei nicht jemandem geschadet hätte? – nein.

Wem sie mit der Zauberei geschadet hätte? – Sie hätte Niemandem geschadet.

Zu welcher Zeit? – Sie wüsste nicht.

An welchem Ort? - Sie wüsste nicht.

Mit welchen Mitteln? - Sie wüsste nicht.

Ob sie andere Hexen kenne? – Sie wüsste keine.

Ob sie welche nennen könne? – Nein.

Ob sie wüsste, ob andere in Wiedensahl Zauberei können? – Sie wüsste keine.

Ob sie ihren Kindern die Zauberei gelehrt hätte? – Nein, sie hätte ihren Kindern das Beten gelehrt.

Nach über einer Stunde Befragung ließ der Abt sie zurück in die Zelle bringen. Er war höchst unzufrieden mit dem Ergebnis, da sie nicht eine Frage dergestalt beantwortet hatte, die die Verhaftung wegen Hexerei rechtfertigen könne, was er wiederum gegenüber dem Inquisitor, Pastor Rimphof vertreten müsste. Er wandte sich daher schriftlich an die Rintelner Juristenfakultät, wie weiter in dem Prozess zu verfahren sei. Diese antwortete, dass ‚zur Ergründung der Wahrheit mit schärferer Frage vorzugehen sei'.

Er wusste, was damit gemeint war: Das Verhör sollte ‚ad torturum'[2] fortgesetzt werden. Dazu musste er den Scharfrichter Hinrichs aus Stadthagen kommen lassen. Wie in der Gerichtsbarkeit des Klosters üblich sollte

---

[2] durch die Folter

zuvorderst durch eine Wasserprobe* festgestellt werden, ob die Anschuldigung wahr ist oder nicht. Er selbst glaubte zwar nicht an die Aussagekraft dieses Prozederes, aber das Protokoll sah es vor und nebenbei, es war eine einfache und für alle eindeutige Methode.

Einige Wochen nach dem Verhör wurde Gesche an den Bachteich der Fulde, ganz in der Nähe des Klosters geführt. Sie ahnte bereits, was ihr bevorstand, aber das Verhör und die wochenlange Haft bei schlechter Versorgung hatten sie lebensmüde gemacht. Der Scharfrichter fesselte ihr Beine und Arme rückwärtig über Kreuz, was sie willenlos geschehen ließ, und dann trugen sie zwei Männer ins Wasser, bis es ihnen zur Brust stand. Dann ließen sie ihren Körper los.

Sie erinnerte das Baden im Seewasser nur aus ihrer frühen Kindheit. Nie war sie dabei in Wasser, in dem sie nicht stehen konnte, geschweige, dass sie mit ihrem Kopf unter Wasser tauchte. Nun sank ihr Körper sofort unter die Wasseroberfläche und die Luft, die sie zuvor noch eingeatmet hatte, blies sie mit offenen Augen im trüben Seewasser aus ihrem Mund, sodass sie in Bläschen an ihrem Kopf hinauf in die Höhe stieg, während ihr Körper, beschwert von ihrem nassen schweren Kleid und dem dicken Tauwerk auf ihrem Rücken immer tiefer sank.

Sie geriet nicht in Panik, ob der ausgehenden Luft, sie schloss einfach die Augen und ergab sich der vollkommenen Dunkelheit.

Als sie erwachte, lag sie irgendwo auf dem Boden. Die Fesselung war wieder entfernt und ein Mann drückte ihr mehrfach mit seinen Händen auf ihre Brust, was dazu führte, dass sie würgen und wasserspeien musste. Sie blinzelte in die Sonne, aber ihr war kalt, angesichts des triefend nassen Kleides am Körper. Mehrere Männer standen um sie herum und sahen auf sie herab, darunter Abt Luerwald und Pastor Rimphof. Die Männer unterhielten sich, Luerwald ruhig und bedächtig, Rimphof erregt bis wütend.

„Gar nichts heißt das, Eminenz!", wetterte Rimphof.

„Sie ist versunken, das Wasser hat sie nicht emporgetragen".

„Ertrunken wäre sie, wenn das Hexenbad die Wahrheit bestimmt hätte!"

„Nur wenn sie geschwommen wäre, hätte der Wind der Ungerechtigkeit sie emporgetragen."

„Eminenz, ich fordere das Inquisitionsgericht auf, den Beweis der Hexerei durch die Tortur zu erbringen!"

„Das Gericht wird sich beraten und zu gegebener Zeit seine Entscheidung verkünden", sagte Abt Luerwald bestimmt, aber im Gegensatz zu Pastor Rimphof nicht unfreundlichen Tones. Abt Luerwald sah keine Veranlassung, sich von diesem Pastor vorschreiben zu lassen, wie er seine Gerichtsbarkeit zu pflegen hatte, denn es war ein offenes Geheimnis, dass beide Männer regelrecht verfeindet sind, denn sie waren unterschiedlicher Konfession*.

Nur dem Restitutionsedikt* des Kaisers verdankte der Katholik Luerwald sein Amt, welches sein evangelischer Vorgänger zwangsweise räumen musste. Dies hatte Rimphof nie verwunden und Luerwald betrieb aktiv dessen Versetzung, die allerdings nicht von Erfolg gekrönt war, im Gegenteil, angesichts der erneuten Landgewinne des Schwedenkönigs war seine Position stärker gefährdet, als die Rimphofs.

Erneut verbrachte Gesche mehrere Wochen in ihrer Zelle und damit war klar, dass das Gericht nicht von der Anklage ablassen würde. So bereitete sie sich innerlich auf die Tortur vor, wusste sie doch von all den anderen Klagefällen wegen Hexerei, dass diese unweigerlich folgen würde. Nur was dabei genau geschehen sollte, war ihr unbekannt, denn es gab keine Frau, die nach einer Tortur freigesprochen und aus dem Gefängnis entlassen wurde. Es musste aber entsetzlich sein, das war ihr klar. Sie würde Schmerzen erleiden, wie nie zuvor in ihrem Leben und sie würden ihre arme Seele so sehr quälen, bis sie sich zur Hexerei bekennt und vielleicht noch andere Frauen bezichtigt, der Hexerei zu huldigen.

Sie hat lange darüber nachgedacht, wieso sie so erfolgreich Kranke heilen konnte. Sie hat einzig von ihrer Mutter und Großmutter die heilende Kraft von Kräutern und deren Anwendung zur Gesundung von Kranken erlernt. Nichts davon hat nach ihrer Überzeugung irgendetwas mit überirdischen Fähigkeiten zu tun, nie hat sie dabei Gottes Herrschaft über die Menschen in Zweifel gezogen, Gott gelästert oder ihre Demut vor dem Herrn verloren. Nein, sie ist nicht der Hexerei schuldig!

Als nun eines frühen Morgens die Tür zur Zelle aufgemacht und mehrere Männer und eine Frau mit Kerzen in ihren Händen den Raum betraten, sie weckten und sie aus tiefem Schlaf erwachte, war es nun soweit. Lethargisch setzte sie sich auf, wurde von einem Mann und der Frau entkleidet und ihr ein seltsam riechendes, dunkelfarbiges, mittellanges Gewand über den Kopf gestreift: das flachsleinerne, zuvor mit Weihwasser befeuchtete Folterhemd. Dann wurde sie abgeführt in einen großen Kellerraum. Dieser war hell erleuchtet, mit Fackeln an den Wänden. Mehrere Männer standen dort und erwarteten die Eintretenden. Sie erkannte den Abt, Pastor Rimphof und den Scharfrichter.

Mittig im Raum stand ein Stuhl, über dem ein Seil mit einem eisernen Haken von der Decke hängend über einen Flaschenzug geführt, an der Wand mit einer Kurbel an einer Walze befestigt war.

Sie musste auf dem Stuhl Platz nehmen.

Abt Luerwald sprach sie an und erklärte ihr die Funktion der Tortur und dass man ihr die unmenschlichen Schmerzen ersparen wolle, wenn sie sich denn zu ihrer Schuld bekennen würde, von der sie wisse, dass sie unumstößlich sei.

Gesche sah keinen der Männer an, sah die ganze Zeit zu Boden und war unfähig auf die Ansprache zu reagieren.

„Hat sie mich verstanden?!" sprach der Abt sie erneut laut an.

„Ich bin keine Hexe", sagte Gesche leise, kaum verständlich.

„Was ?!"

„Ich bin keine Hexe", sagte sie erneut mit derselben leisen Stimme.

Der Abt machte ein kaum bemerkbares Winkzeichen zum Scharfrichter, der Gesche daraufhin die Hände auf dem Rücken fesselte. Ein Gehilfe des Scharfrichters kurbelte das Seil mit dem Haken etwas herab, sodass dieser in dem Knoten hinter ihrem Rücken eingehakt wurde. Dann drehte der Gehilfe die Kurbel und mit jeder Drehung rastete die Walze ein und spannte das Seil. Ihre auf dem Rücken verdrehten Arme wurden an den Handgelenken in die Höhe gestreckt, die Achselhöhlen verschwanden und die Gelenke knackten. Als der Scharfrichter nun ihr den Stuhl unter dem Gesäß wegzog, fiel ihr Körper weiter vor und ihr Kopf sackte nach unten.

Dies war der Zeitpunkt, zu dem sie den zuvor ziehenden Schmerz, der sie aufstöhnen ließ, nicht mehr aushielt und sie laut aufschrie. Sie schrie sich die Seele aus dem Leib.

„Bekenne!", rief der Abt sie laut an. Aber sie vernahm ihn nicht, sondern verlor das Bewusstsein.

Der Gehilfe kurbelte den hängenden Körper nach Kommando des Scharfrichters wieder zu Boden. Er entfernte den Haken und löste die Fesseln. Dann nahm er jeweils einen Arm der immer noch bewusstlosen Gesche und renkte ihn mit lautem Krachen der Knochen wieder ein. Die Frau beugte sich zu ihr herunter und benetzte ihr Gesicht mit Wasser aus einem Eimer, bis sie wieder erwachte, dann trat sie zur Seite und der Abt trat vor, um ihren Körper mit Weihwasser zu besprenkeln.

Erneut sprach er sie an:

„Bekennt sie nun der Hexerei zu huldigen?"

Gesche sah ihn nicht an und sagte dann erneut still:

„Ich bin keine Hexe".

„Aufziehen, ganz aufziehen!", befahl der Abt barsch und der Scharfrichter zerrte ihren Körper erneut auf den Stuhl, band die Hände hinter dem Rücken, hängte den Haken wieder ein, woraufhin der Gehilfe wieder die Kurbel betätigte und sich Gesches Arme hinter ihrem Rücken erneut streckten. Diesmal machte der Gehilfe aber eine Pause nach jedem Einrasten der Walze, was den Schmerz bei Gesche weiter steigerte, aber verhindern sollte, dass sie wieder ohnmächtig wurde. So wurde der Stuhl vorsichtig und langsam weggezogen und der zunehmende Druck ihres Körpers auf die enorm schmerzenden Schultergelenke nahm jetzt langsamer zu.

So ging ihr anfängliches Stöhnen vor Schmerz jetzt langsamer in ein Schreien über und steigerte sich von

Walzeneinrastung zu Walzeneinrastung immer mehr, bis sie vollständig in der Luft hing.

Alle anwesenden Personen beobachteten die Tortur gespannt, aber ohne jegliches Mitleid, erwarteten sie doch nun endlich, dass sich das Gesicht des Teufels mit seiner widerlichen Fratze offenbarte und in einem Geständnis der Delinquentin aus ihr herausgetrieben würde. Dreimal beteten sie das ‚Vaterunser' während Gesche unentwegt schrie. Irgendwann brüllte sie:

„Ablassen, ablassen! Ich will eine Hexe sein, ich bin die größte Hexe!"

Auf ein Zeichen des Abtes wurde das Seil heruntergelassen, die Fesseln entfernt und der Scharfrichter renkte ihr die Gelenke wieder ein. Der Abt setzte die Befragung fort:

„Bekennt sie sich zur Hexerei und Anbetung des Teufels?"

„Ich bin eine Hexe, der Teufel kam schwarz gekleidet zu mir herab und ich habe ihm versprochen ihm zu dienen und Geld dafür zu bekommen."

Der Inquisitor Pastor Rimphof war damit aber noch nicht zufrieden, wollte er doch in Erfahrung bringen, wer in Wiedensahl noch der Hexerei schuldig sei.

„Deine Schwester hat sich zur Hexerei bekannt und nun Du, wer ist noch schuldig?!"

„Niemand, ich allein bin schuldig", sagte sie verzweifelt.

Der Abt beendete die Tortur und ließ sie zurück in die Zelle bringen. Erneut verlangte Pastor Rimphof von Abt Luerwald, das Verhör fortzusetzen, um weitere Hexen in seiner Gemeinde zu entlarven. Er sagte zu, die Schlussverhandlung aufzuschieben und sich erneut mit dem Gericht zu beraten.

Die Schmerzen in den Schultergelenken gingen nur sehr langsam zurück. Sie konnte die Arme und damit die Hände tagelang nicht bewegen. Erst nach ein paar Wochen konnte sie wieder nach Dingen greifen, sei es dem Essen oder ihrem Kleid, wenn sie sich auf den Nachttopf setzen musste.

Eine stete innere Anspannung ließ sie dazu schlecht schlafen, erwartete sie doch jeden Tag ihr Urteil und dies konnte kein anderes werden als das Todesurteil.

Als sie eines Nachts endlich zur Ruhe kam und fest schlief, erwachte sie plötzlich, als jemand direkt neben ihrer Pritsche stand, sich hinunterbeugte und sie am Arm berührte, um sie zu wecken. Als sie die Augen öffnete, erschrak sie heftig, reagierte aber sofort, als der Mann, in Mönchskleidung, die Kapuze seiner Kutte tief ins Gesicht gezogen, sodass sie es nicht erkennen konnte, wohl aber dessen ausgestreckten Zeigefinger vor seinem Mund, der ihr sofort deutete, schweigsam zu sein.

Sie zitterte am ganzen Körper, aber der Mann beugte sich wieder auf und ging zurück zur Zellentür, die offenstand. Dort drehte er sich zu ihr und hob die Hand, so als sagte er ‚Lebe wohl', drehte sich wieder um und verschwand.

Die Tür ließ er offenstehen.

Gesche setzte sich auf und starrte in der Dunkelheit auf die nur durch schwaches Mondlicht erkennbare offenstehende Tür. Sie konnte gar nicht glauben, dass die Tür nicht geschlossen und verriegelt ist. Sie erhob sich und ging vorsichtigen Schrittes auf sie zu. Dann schaute sie unsicher in den dahinter liegenden Gang und sah, dass rechter Hand das große Tor zur Abtei ebenfalls offenstand. Kein Licht und niemand, der sie bewachte, das Kloster lag in vollkommener nächtlicher Ruhe. Langsamen

Schrittes verließ sie die Zelle und ging, geleitet von den Schemen der Wände auf das offene Tor zu, schob es leicht etwas weiter auf, ging hindurch und stand nun vor den Klostermauern. Der Mond schien jetzt deutlicher und sie sah die Wiesenfläche vor dem Kloster und in der Ferne den Wald. Langsam durchstreifte sie die Wiese und dann tauchte sie ein in den dunklen Wald, der sie mit all seinen Bäumen und Sträuchern in sich verschlang.

Fast zwei Jahre nach ihrer Flucht, der katholische Abt Luerwald war entlassen worden und der frühere evangelische Abt Kitzow wieder eingesetzt, beantragte ihr Mann, Heinrich Heimann seine Frau zu begnadigen und nach Hause kommen lassen zu dürfen. Die Bedauernswerte hätte drei Wochen vor ihrer Festsetzung ein Kind geboren.

Er erhielt aber nie eine Antwort.

So hielt sie sich für zweiundzwanzig Jahre verborgen im Wald, lebte mit den Kräutern, Früchten und den Tieren, den Jahreszeiten, dem Regen, der Sonne, dem Schnee, der Wärme und der Kälte. Sie hatte sich damit abgefunden, dass sie niemals wieder zurückkehren würde zu ihrem Mann, ihren Kindern und dem Hof.

Es war im Februar 1660, als eine andere Frau aus Wiedensahl namens Gesche Köllers der Hexerei angeklagt war. Ihr Nachbar Kurt Wilkenings hatte sie der ‚Hexerey und Zauberey' bezichtigt. In der ersten Vernehmung gab sie zu Protokoll, dass seine Motivation wohl Hass wäre, weil sie ihm nicht zu Willen gewesen sei und er sie verschiedentlich belästigt hätte. Abt Kotzebue des Klosters Loccum saß dem Stiftsgericht vor und nahm die Anklagepunkte auf, die neben Gotteslästerung und Hostienschändung* auch einige Punkte von Schadenszauber enthielt. So hätte sie Pferde, Kühe und Schafe eines Nachbarn verhext. Die Tiere seien durch einen Zauber elendig zugrunde gegangen.

Sie verlangte selbst die Wasserprobe durchzuführen, welche für sie aber negativ ausfiel, da ihr Körper aufschwamm. Abt Kotzebue wandte sich an die Juristenfakultät Rinteln, die diesmal urteilte, sie sei zwar verdächtig, aber nicht der Hexerei überführt und daher freizulassen.

Die Wiedensahler Gemeinde verfasste eine erneute Anklageschrift, woraufhin Rinteln diesmal auf Anwendung der Tortur erkannte. So wurde sie am 5. Mai 1660 durch den Scharfrichter Henrich Farneke mit Beinschrauben und Feuer gefoltert, sodass sie sich der Hexerei bekannte und weitere Männer und Frauen aus Wiedensahl bezichtigte, darunter auch Gesche und ihren Mann Heinrich Heimann.

Heinrich wurde festgenommen und ebenfalls der Wasserprobe unterzogen. Diese fiel negativ für ihn aus, da sein Körper gleichsam aufschwamm. In der anschließenden Tortur, bei der ihm glühend heiße Eisenstangen in die Beine gebohrt wurden, pressten sie das Geständnis aus ihm, seine Frau hätte ihn ‚die Zauberey beim Trunke gelehret, vor 20 Jahren auffm Bette'.

Es dauerte nicht lange, da entdeckten die Häscher des Stiftsgerichts Gesche in ihrer Hütte im Wald und nahmen sie erneut fest.

In der Verhandlung war sie überrascht, dass ihr Bruder Arend als Zeuge geladen war. Noch überraschter war sie, wie er zu Protokoll gab, dass sie ihr Kind und ihren ersten Ehemann ermordet hätte, dazu seine Tochter, die ‚bald lahm, bald blind gewesen wäre und mit 14 Jahren verstorben, von der Tante Gesche verhext gewesen sey'.

Diese Aussage wog schwer, sodass sie einer weiteren Tortur unterzogen wurde, sich dabei erneut der Hexerei bekannte und sogar ihren Mann Heinrich als Teilnehmer an einem Hexentanz preisgab.

—

Der 2. Juni 1660 war ein trüber Tag und es war ungewöhnlich kühl im Frühsommer. Gesche Heimann, geb. Spanuth, wurde zusammen mit Gesche Köllers aus ihren Zellen, an den Händen gefesselt, vom Scharfrichter Henrich Farneke und dessen Gehilfen zum Rosenbraken, nahe dem Klosterforst geführt, gefolgt von Abt Kotzebue und seinem Gefolge und flankiert von zahllosen Schaulustigen.

Am offenkundigen Ziel angekommen waren zwei, viele Fuß hohe Scheiterhaufen aufgeschichtet, doch die Frauen wurden nicht darauf, sondern auf ein, daneben errichtetes hölzernes Podest verbracht. Gesche blickte unsicher durch die Reihen der zahlreichen, sie anstarrenden Menschen und hoffte ihren Mann Heinrich wiederzusehen, nein vielmehr fürchtete sie sich regelrecht davor, aber sie konnte ihn in der Menschenmenge nicht entdecken.

Der Scharfrichter drückte die beiden Frauen zu Boden auf ihre Knie.

Der Abt trat etwas vor und verlas laut sprechend die Urteile, damit die Anwesenden es gut hören konnten.

Dann reichte er das Papier an einen hinter ihm stehenden Mönch und er erhielt gleichzeitig von diesem ein zweites Papier, was er nun auch verlas.

Es war eine Begnadigung des Herzogs Georg Wilhelm von Braunschweig-Lüneburg, der ‚per rescriptum'[3] befahl, dass die Frauen ‚zuvor mit dem Schwerte vom Leben zum Tode gebracht werden sollen'.

Die sonst übliche Verbrennung bei lebendigem Leib sollte ihnen damit erspart bleiben, lediglich die toten Körper sollten anschließend verbrannt werden.

Gesche vernahm kein Wort, alles ging unter in der lauten Zustimmung der Menschenmenge zum Urteil und deren Missmut über die Begnadigung. Dann knotete ihr der Scharfrichter ein schwarzes Leinentuch um die Augen, welches nur noch sehr fahles Licht durchscheinen ließ, ohne dabei etwas erkennen zu können.

Abt Kotzebue forderte sie auf, den Herrgott um Gnade und um Einlass in das Himmelreich des Todes zu bitten.

Sie faltete die Hände vor ihrem Körper und betete leise mit kaum merklichen Lippenbewegungen. Als sie ihr Gebet beendet hatte, senkte sie ihren Kopf und es trat ein kurzer Moment der Stille ein.

Dann war alles schwarz.

---

[3] hier Kopie einer Verfügung

Genealogie zu Kapitel 5

Gesche Heimann, geb. Spanuth (#1-9) (geb. unbek., gest. 1660), verheiratet in erster Ehe mit einem Herrn Peeck (Vorname unbek.), also einem Abkömmling der Familie, in die der Bruder ihres Urgroßvaters (Tönnies #1-1) eingeheiratet hatte; eine Tochter Annecke; nach Tod von Mann und Tochter (Fieber) erneute Heirat mit Heinrich Heimann (Hof 33, heute Hauptstr. 107 in Wiedensahl), vermutlich mehrere nicht dokumentierte Kinder. Ihr Bruder war Arend Spanuth (#1-6) (1591-1677), zwei Kinder, Engelke (#1-10) (1621-1635) und Anna (#1-11) (geb./gest. unbek.); Halbspänner auf der „Spanuth Stätte", während des 30-jährigen Krieges zeitweise Bürgermeister von Wiedensahl; (Hof 71, heute Hauptstr. 94 in Wiedensahl).

Heinrich Heimann konnte vor seiner Verurteilung aus der Zelle des Klosters fliehen und ist offenbar nicht als Hexer verurteilt und hingerichtet worden.

Im Kapitel habe ich Auszüge aus Vernehmungsprotokollen und anderen Dokumenten verwendet, deren Originale sich (vermutlich) noch heute im Klosterarchiv befinden. Die Geschichte der Gesche Köllers wurde vor einigen Jahren von einer Fraueninitiative akribisch aufgearbeitet. Diese erreichte sogar, dass heute ein Weg auf dem Klostergelände nach ihr benannt ist.

Nach meiner Kenntnis hat sich das Kloster Loccum bis heute nicht zu den Fällen der Hexenverfolgung bekannt, resp. für das geschehene Unrecht formell entschuldigt.

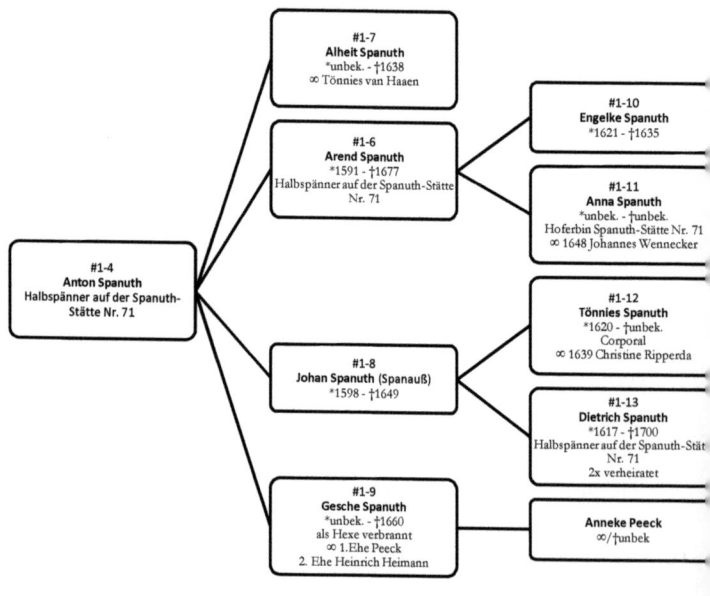

* = geb.   + = gest.   ∞ = verh.

Es war schon ein gehöriges Maß an Sturheit, als er am 18. Februar 1702 die Kurfürstenwürde annahm, wohl wissend, dass der Kaiser dies nicht auf sich beruhen lassen würde. Am 20. März marschierten Hannoversche und Cellische Truppen in das Wolfenbüttelsche Gebiet ein, schnitten die Städte Braunschweig und Wolfenbüttel von der Außenwelt ab und veranlassten Kurfürst Anton Ulrich zur Flucht nach Gotha. In einem Vergleich musste er die uneingeschränkte Führerschaft der Hannoveraner auf alle Zeit anerkennen.

6

Nienknickern*
Herbst 1702

Catrina war erzürnt, aber auf gewisse Weise auch erleichtert, als sie den Brief eines Adalbert von H…, den Rest des Namens konnte sie nicht lesen, in Händen hielt, dem sie entnahm, dass ein Gericht in Hannover ihren Mann, Martin Spanuth, am 17. Oktober 1702 zur Gerichtsverhandlung vorgeladen hatte. Sie, die sie des Lesens nur wenig kundig war, verstand aber, dass Martin im Zuchthaus säße und zumindest hatte sie damit nun endlich nach Monaten Gewissheit, dass er sie nicht wegen einer anderen Frau verlassen hatte. Der Schreiber erklärte, er würde ihren Mann bei Gericht vertreten und versprach ihn baldmöglichst wieder nach Hause zu bringen.

Jahre zuvor, 1693, ging mit ihr schon einmal die große Verzweiflung durch, was ihr Mann hinter ihrem Rücken wohl so alles trieb und sie hatte Angst, dass er irgendwann im Gefängnis landen würde, so wie sein Vater Dietrich, aufbrausend wie der war, mehrere Jahre seines Lebens hinter Gittern verbrachte und dessen erste Frau ihn daraufhin verlassen hatte.

1693 hatte er also nochmal Glück gehabt, da kam er freigesprochen auf den Hof zurück.

‚Nein, mein Herz, keine Sorge, es wird sich schon alles finden‘, so versuchte er sie stets zu beruhigen. Aber diesmal glaubte sie nicht recht daran, ihn jemals wiederzusehen.

Martin war ein Tausendsassa, einer der immer überall seine Finger im Spiel hatte. Das glaubten zumindest die Menschen in Wiedensahl und Umgebung. In Wahrheit war das aber immer nur Blendwerk, hat er nie wirklich Glück und Geschick bewiesen und lebenslänglich nach Wegen gesucht, seine geringen Einkünfte aus dem Halbmeierhof, den sein Vater durch geschicktes Taktieren dem Ehemann von dessen verstorbener Cousine Anna abschwatzen konnte und ihn damit in die Familie zurückholte, aufzubessern, denn leben, nein leben, konnte man von dem Hof nicht. Zu einem richtigen Handwerk taugte er, trotz mehrerer Versuche aber auch nie wirklich. Das Einzige, was er gut konnte, war das Schießen: Egal ob mit der Langwaffe, der Muskete oder der Pistole: niemand traf so sicher, egal wie weit entfernt oder wie schlecht das Licht war, jedes Ziel, ganz gleich, ob es stand, sich bewegte oder weglief. Er traf es immer. Und deswegen kannte ihn fast keiner unter seinem Namen, sondern alle Welt nannte ihn nur den ‚Schützen‘.

Anfangs besserte er seine Zehntschulden an das Kloster dadurch auf, dass er den Herren frische Hasen brachte oder auch mal ein junges Reh von der Jagd.

Irgendwann stand dann ein Mann auf dem Hof, in edler Kleidung, der angab ein Advokat[4] zu sein und ihn fragte, ob er gelegentlich in die Dienste seiner Kanzlei treten könnte. Er war verwundert, was er, als leibeigener Bauer, der nur leidlich lesen und schreiben konnte, für eine Kanzlei schaffen sollte.

Der Advokat erzählte, dass er und offenbar noch weitere Herren der Kanzlei Personen vertreten, die geschädigt wurden, von Menschen, die ihnen Leid angetan hätten. Man würde dies Strafsachen nennen, so etwas wie kleine Diebstähle, aber auch Überfälle mit Raub, Erpressung und sogar Mord und Totschlag.

Martin hatte Schwierigkeiten, dem Advokaten zu folgen.

Viele der Geschädigten, also die Menschen, die so etwas erlitten hätten, haben nur ein Problem bei Gericht, denn der Straftäter wurde nicht gefasst, es gäbe somit keinen Beschuldigten, zumindest kann dieser nicht wirklich verurteilt werden, denn der sei ja nicht da.

Martin guckte wohl immer noch verständnislos.

„Ich habe mir sagen lassen, dass sie der beste Schütze im ganzen Land seien", schmeichelte er nun Martin und hatte ihn damit genau dort angepackt, was ihn stets am Leben hielt: Seinem Ego.

„Da haben Sie ganz recht gehört, Herr", antwortete er mit stolzer Brust.

„Wenn also einer verurteilt werden soll, der nicht da ist, kann ich den Prozess nicht führen. Wenn wir diesen aber

---

[4] alte Bezeichnung für einen Rechtsanwalt

mit ihrer Hilfe festsetzen und vorladen können, dann profitieren wir beide davon, ich, weil ich mein Salär[5] durch einen gewonnenen Prozess erhalte und sie, weil ich sie daran beteiligen würde."

Martin verstand immer noch nicht wie das gehen soll, aber als er hörte ‚Salär' und ‚beteiligen' bekam er jetzt doch große Ohren und die sehr einfachen Windungen seines Gehirns begannen zu rotieren.

„Ich verstehe", sagte er nach einer Weile, „ich soll also einen Verbrecher festsetzen und Ihnen übergeben, damit Sie ihn verurteilen können".

„Ganz recht", sagte der Advokat, dem mittlerweile längst Zweifel kamen, dass er sich mit Martin den Richtigen für diese schwierige Aufgabe ausgesucht hatte, „nur ich verurteile den Mann nicht, sondern das Gericht. Und wie das Gericht urteilt, das wissen wir nicht vorher."

Martin grübelte.

„Und wenn der Mann gar nicht verurteilt wird, weil er vielleicht der Falsche ist oder irgendeiner lügt wie gedruckt und man es ihm nicht beweisen kann?"

Der Advokat lächelte leise, schien sein ‚Schütze' jetzt doch deutlich schlauer als gedacht.

„Das ist unser, nennen wir es mal, Berufsrisiko. Sie müssen schon sichergehen, dass sie uns den Richtigen bringen, insbesondere wenn", jetzt machte er eine kleine Pause, „wenn sie ihn uns nicht mehr lebend bringen."

Martin verstand jetzt vollumfänglich, worum es gehen sollte und sofort stellte sich diese innere Erregung bei ihm ein, die er von der Jagd her kannte: Ein unbändiges Jagdfieber erfasste ihn, dann brach es aus ihm heraus und ließ ihn an nichts anderes mehr denken, als an Geld:

---

[5] Bezahlung für die Leistung, Lohn

„Ich will ein Drittel des Salärs."

„Guter Mann", lächelte der Advokat, „auf dem Lande ist der Zehnte* das Maß aller Dinge".

„Dann will ich eben zwei Zehnte."

„Wenn sie uns den Richtigen bringen, sollen sie zwei Zehnte erhalten", sagte der Advokat mit bestimmtem Gesichtsausdruck und hielt Martin die Hand entgegen.

Er schlug ein.

Der Advokat verabschiedete sich, sagte, er würde durch einen Boten von ihm hören und gab ihm ein winziges Stück akkurat geschnittenes Papier, darauf stand einzig in schöner Handschrift ‚Adalbert von Hohensahl-Westrieth, Advokat, Hannover-Herrenhausen'.

—

Über die Jahre hinweg hielt immer mal wieder ein fremder Reiter an der Spanuth-Stätte, dem Halbmeyerhof des Martin Spanuth, stets morgens zum Sonnenaufgang oder abends kurz vorm Dunkelwerden, wenn er allein anzutreffen war, übergab ihm Zettel mit einer Personenbeschreibung, manchmal einer Gesichtsskizze, der Kennzeichnung der Person durch Narben, fehlende Gliedmaßen oder ein erblindetes Auge, der Art und Farbe der Kleidung, der Haare, des Bartes, ob blond, braun oder schwarz und auch fehlender Zähne, dazu noch der Ort der letzten Sichtung des Gesuchten und das wichtigste: Was der Mann verbrochen hatte. Dann machte sich Martin stets still und heimlich, seiner Frau gegenüber, mit einem Vorwand auf den Weg und kam irgendwann Tage, manchmal erst Wochen später wieder nach Hause.

Mörder waren am einfachsten, die konnte er tot übergeben, denn sie werden vom Gericht ohnehin zum Tode verurteilt. Alle anderen musste er aber in Gewahrsam nehmen und das war schwierig. Er musste sie mit der Waffe bedrohen, sie binden, manchmal knebeln, wenn sie schrien, ihre Körper in leinenes Tuch verhüllen und unbemerkt den Advokaten in ihrer Kanzlei übergeben, die ihm sogleich das Geld zusteckten und den Gefangenen ins Gefängnis befördern ließen.

So verdiente sich Martin über die Jahre ein erkleckliches Zubrot zu seinem Hof, um seine Familie, seine Frau Catrina und ihre drei Töchter über die Runden zu bringen.

Im Frühjahr 1693 hatte er den Auftrag, einen Betrüger zu überführen, einen reisenden Händler. Der kam ungefähr einmal jährlich aus der Kaiserstadt Speyer in den Norden. Er wurde ihm beschrieben durch seine gehobene Kleidung, seine Körpergröße und schlanke Statur und sei dazu auffällig durch eine seltsame deutsche Sprache, die nur schwer zu verstehen sei. Dieser Mann wurde in Hameln und zuletzt in Rinteln gesehen und er machte sich bei einem Blick auf eine alte Landkarte, die er besaß, Gedanken, wie dessen weiterer Weg wohl verlaufen könne. Er kam zu dem Schluss, dass Minden dessen nächste Station sei, denn diese Stadt war die einzige größere auf einer Kreuzung nach Osnabrück oder Bremen.

Das Wesergebirge südlich von Minden schien ihm ideal, diesen Mann auf seinem Weg nach Norden aufzubringen und gefangen zunehmen, denn dieses konnte er nicht umgehen und musste es durchqueren. Gleichfalls gab es nur einen einzigen befahrbaren Weg für ein Fuhrwerk und dieser bot aufgrund des regen Verkehrs den Reisenden auch einen gewissen Schutz vor Wegelagerern.

Als Martin von Norden kommend bei Barghausen auf die bergige, von dichten Wäldern umrahmte Chaussee zuritt, setzte unmittelbar Regen ein, der schwer aus den tiefhängenden Wolken fiel, die in den Bergen festhingen.

Er zog seinen Mantel enger und die Mütze tiefer ins Gesicht. Entgegenkommende Fuhrleute konnte er nicht recht erkennen, da auch diese sich auf ihrem Bock sitzend, vor dem Regenwetter einrollten wie ein Igel. Dazu war es wegen des Wetters dunkler auf der Chaussee, als es eh durch den Wald schon war.

Bauersleute konnte man an ihren Fuhrwerken und der einfachen Kleidung erkennen und es waren viele, die in die eine oder die andere Richtung unterwegs waren. Aber kein Fuhrwerk oder Kutscher kam ihm entgegen, welcher halbwegs der Beschreibung des Gesuchten entsprach. Kurz vor Ende des Gebirges in Schierholz hatte er es eigentlich schon aufgegeben, als der Regen aufhörte und er eine Rast machte, um sich die Nässe etwas von der Kleidung zu schütteln und sein Pferd zu versorgen, da bog ein kleines Fuhrwerk mit schneller Fahrt auf den Weg in Richtung der Berge ein, dass im Gegensatz zu den klobigen Bauernfuhrwerken einen eleganten Eindruck machte: Es hatte große, eisenbeschlagene Räder, über denen ebensolche Fender von vorne bis hinten an den Seiten entlangliefen, damit der aufgeworfene Schmutz der Straße das Fuhrwerk und seine geschlossene Kabine nicht beschmutzen. Obenauf waren mehrere elegant aussehende Koffer geschnallt und gezogen wurde es durch ein ungewöhnlich edel aussehendes Ross.

Auf dem Bock saß ein schlanker Mann, der angesichts des im Gebirge einsetzenden Regens sich bereits vorab in einem weiten Mantel verhüllte und den Kragen bis über die Ohren hochschlug. Trotz der Steigungen trieb der

Mann sein Pferd an, das offenbar aber keine besondere Mühe hatte, die Karosse die Berge herauf und herunterzuziehen. Martin ritt dem Mann in gebührendem Abstand hinterher. Die schnelle Fahrt des vor ihm Fahrenden schob er mit keinem Gedanken auf das Wetter, sondern, je weiter er ihm folgte, ihn beobachtete, wie er andere Fuhrwerke überholte und dabei unverständliche laute Rufe der Warnung und des Unmuts an die anderen Kutscher ausrief, einzig darauf, dass dieser Mann auf der Flucht war. Martin war davon überzeugt, dass dieser Mann flüchtete aus Sorge, dass von ihm Betrogene ihm auf den Fersen seien. Nein, mein Herr, dachte sich Martin, einen Betrogenen hast du nicht in deinem Rücken, aber mich, den Schützen!

An einer uneinsehbaren Kurve, die sich Martin bereits auf dem Hinweg ein wenig ausgeguckt hatte, setzte er zur Überholung der Kutsche an, griff nach dem Zaumzeug des Kutschpferdes und drängte dieses mithilfe des Körpers seines Pferdes vom Wege ab in einen schmalen Pfad in den Wald hinein. Der Kutscher stieß ein wirres, unverständliches Gebrüll aus und schlug mit seiner Peitsche auf Martin ein. Dieser ergriff, ein solches Verhalten in seiner Routine derartiger Manöver gewohnt, das Peitschenende und mit einem schwungvollen Anreißen derselben den überraschten Mann vom Kutschbock zu Boden.

Martin brachte das Fuhrwerk zum Stehen, stieg vom Pferd und zog seine Pistole. Der Mann schaute ihn flach auf dem Rücken liegend mit glasigen Augen an, etwas Blut rann ihm aus dem Mundwinkel, dann sagte er dumpf:

„Das wirst du noch bereuen".

Diesen Satz, frei von irgendeinem fremden Dialekt, konnte Martin glasklar verstehen. Was er dabei aber in seinem vom Jagdfieber durchfluteten Kopf und Körper nicht im Entferntesten anzweifelte, war die Überzeugung, den richtigen Täter gefasst zu haben.

—

Es war über einen Monat später, als er eines Mittags aus der Scheune trat und völlig unerwartet ein Reiter vor seinem Eingang zum Wohnbereich des Hofes stand. Es war Adalbert, der Advokat, dessen Namen sich Martin gemerkt hatte und ihn trotz einiger verstrichener Jahre wiedererkannte.

Er saß ab und sagte grußlos, mit ernstem Gesicht zu Martin, er hätte mit ihm zu reden.

Martin öffnete die Haustür und Adalbert folgte ihm, seinen Kopf unter dem niedrigen Türsturz etwas einziehend in die Küche. Martins Handzeichen, welches ihm deuten sollte, sich am Küchentisch zu setzen, folgte er nicht, stattdessen blickte er auf Catrina, die am Herd stand und sich jetzt den Eintretenden zuwendete. Martin brummelte seine Frau an und deutete mit der Hand, sie solle die Küche verlassen, was sie unverzüglich, nach Abwischen ihrer Hände in ihrer Schürze auch befolgte und die Küche in Richtung der Stallungen verließ.

Adalbert setzte sich jetzt, ohne den Mantel zu öffnen oder die Mütze abzunehmen, dann sagte er:

„Wissen sie ‚Schütze', wen sie uns da neulich nach Hannover gebracht haben?"

Martin erbleichte, wurde ihm doch in diesem Augenblick klar, dass mit seiner letzten Festnahme irgendetwas schiefgegangen sein musste.

„Nein Herr", sagte er unsicher, ihn anblickend.

„Es war auf jeden Fall nicht der gesuchte Betrüger, zumindest würde ich nicht erwarten, dass Georg Ludwig, der Thronfolger des Kurfürsten* Braunschweig-Wolfenbüttel irgendjemandem wegen ein paar lumpigen Talern betrügen muss."

„Oh, Herr!" entfuhr es Martin.

„Gut, vielleicht konnten sie es nicht besser wissen, denn der Thronfolger reiste inkognito, aber trotzdem, er verlangt natürlich, dass der Täter seiner gerechten Strafe zugeführt wird."

Martins Gesicht wurde immer bleicher und seine Knie zitterten, sodass, obwohl es sich gegenüber einem Herren der gehobenen Gesellschaft nicht geziemte, er sich seicht auf die Sitzbank schieben und setzen musste.

Adalbert ignorierte dies und fuhr fort:

„Der kurfürstliche Hof hat für unsere Kanzlei wegen der jahrzehntelangen guten Beziehungen Gnade vor Recht walten lassen und Georg Ludwig hat die Sache wohl auch schon wieder fast vergessen, angesichts dessen, dass er in Kürze vielleicht König von England werden möchte".

Martin verstand nichts von dem Gesagten.

„Ich würde ihnen vorschlagen wollen, jemand Anderen an ihrer statt in dieser Sache anzuklagen".

„Jemand Anderen?"

„Wir hätten da einen vor Kurzem verurteilten Straftäter, der zu unserem Bedauern nur mit einer Geldstrafe belegt wurde, weil wir ihm Wegelagerei nicht beweisen konnten, denn es gelang ihm, sagen wir so, ein paar Fürsprecher als Zeugen zu nennen, die behaupteten, alle seien zusammen in der fraglichen Zeit zechender Weise in einer Wirtschaft gewesen, was natürlich nicht der Wahrheit entsprach, wie auch immer, wenn wir sie als

Zeugen vor Gericht laden und sie aussagen, sie hätten diesen Mann dabei beobachtet, wie er die Kutsche Georg Ludwigs von der Chaussee abdrängte, ihn vom Kutschbock stieß und vielleicht das Fuhrwerk ausplünderte, dann…"

Er machte eine Kunstpause.

„Dann könnte ich sie noch einmal aus der Sache heraushauen und vor ein paar Jahren Gefängnis bewahren."

Martin stockte für einen Moment, angesichts dieses Vorschlags, dass ein gehobener Herr, wie Adalbert ihm anheim bot, einen Unschuldigen statt seiner hinter Gittern bringen zu wollen.

„Ja", sagte er nur knapp, tonlos.

„Gut, dann werde ich Anklage gegen diesen Mann wegen Überfalls auf den Thronfolger einreichen."

„Ja", sagte Martin erneut.

„Und das Geld, das Geld für diesen misslungenen Auftrag würde ich gerne zurückerhalten".

Mechanisch stand Martin auf und schlurfte zum Küchenbuffet, öffnete eine der Schranktüren der Glasvitrine, nahm eine Blechdose heraus, öffnete diese und entnahm ihr Geldscheine und Münzen, die er auf dem Tisch abzählte, schloss die Dose, stellte sie zurück, drehte sich um und schob Adalbert das Geld über den Tisch, welches dieser in seiner großen Geldbörse verschwinden ließ.

„Ach ja, sie erhalten demnächst eine Zeugenvorladung mit der Post, verpassen sie nicht den Termin, sonst müssen sie statt auf dem Zeugensitz auf der Anklagebank Platz nehmen."

Martin führte ihn hinaus. Er grübelte die ganze Zeit, ob die Sache doch noch einen Pferdefuß haben könnte, dann sagte er:

„Dieser Georg, dieser Thronfolger wird mich im Gericht doch wiedererkennen?"

„Guter Mann, niemals würde sich ein Vertreter des Fürstenhauses dazu herablassen, einer Gerichtsverhandlung beizuwohnen, bei der es um die Verurteilung eines Verbrechers aus dem Pöbel geht."

Damit saß er auf und zog die Zügel an, bereit, das Pferd zu wenden.

„Aber wenn dieser Mann, der dann ins Gefängnis geht, eines Tages herauskommt, dann wird der sich doch an mir rächen wollen."

„Martin", sagte Adalbert etwas seufzend, „ich dachte immer, sie seien der beste Schütze im ganzen Land."

Nie wieder kam er danach auf einen grünen Zweig. Gut, diesen Wegelagerer hatte Adalbert statt seiner hinter Gittern gebracht, aber obwohl es sich Martin selbst nicht recht eingestehen wollte, wurde er seines Lebens nicht mehr froh.

Insbesondere, als am 3. Dezember 1694 seine jüngste Tochter Anna Marie mit gerade einmal drei Jahren starb, empfand er dies als eine Strafe Gottes, konnte er seine todtraurige Frau monatelang nicht beruhigen, ihr nicht seine empfundene Verantwortung für den Tod des kleinen Mädchens eingestehen, denn dann hätte er alles noch schlimmer gemacht, als es ohnehin schon war. So trug er diese Schuld bis zum Ende seines Lebens mit sich herum.

Nach einigen Monaten betrauten die Advokaten aus Hannover ihn wieder mit leichteren Aufträgen. Aufträge, bei denen man nicht viel falsch machen konnte, weil die Gesuchten namentlich bekannt waren und einen festen Wohnsitz hatten. Er brauchte diese also nur ‚etwas überzeugen', mit ihm mitzukommen und sich der Gerichtsbarkeit zu stellen.

Im Spätsommer 1702 sollte er erneut einen Mann festnehmen, irgendwo im Osnabrückischen, Nienknickern hieß das Dorf. Eher widerwillig führte er den Auftrag aus, lag der Ort doch allein zwei Tagesreisen von Wiedensahl entfernt. Er hatte ein ungutes Gefühl, aber all die Jahre nie einen Auftrag abgelehnt und traute sich insbesondere jetzt, nach dieser Meineids-Sache erst recht nicht.

Als er das Haus in dem kleinen Ort identifizierte, saß er ab und band sein Pferd an einem kleinen Marktplatz gegenüber an. Dann ging er zu Fuß um das Gebäude herum, es war offenbar das Haus eines Handwerkers, dessen Werkstatt sich in Parterre befand. Der Vordereingang war wohl für die Kundschaft bestimmt, privat nutzte man offensichtlich eine hintere Türe. Wieder vorne bei seinem Pferd stehend, das er vermeintlich versorgte, aber tatsächlich das Gebäude und ein- und ausgehende Personen beobachtete, überlegte er seine Vorgehensweise. Es schienen immer mindestens zwei Männer im Laden, der Besitzer und ein Kunde, häufig mehrere gleichzeitig, ungewöhnlich viel Kundschaft für einen Handwerker. Auch gab es allerlei Passanten, die an dem Hauseingang vorbeigingen. Keine besonders guten Bedingungen jemanden ohne viel Aufhebens und womöglich Radau festzunehmen. Langsam verlor er die Geduld. In einem Moment, als ein Kunde den Laden verließ und sich offenbar kein Zweiter im Laden befand, spannte er die Hähne seiner doppelläufigen Pistole, die er in der Innentasche seiner Bauernjoppe trug, schob sich die Mütze zurecht und ging schnellen Schrittes über die Straße, öffnete die Tür zum Laden und der Besitzer, den er aus der Beschreibung unmittelbar als den Gesuchten erkannte, stand hinter einem sehr breiten Tresen und schaute ihn freundlich an. Martin sagte kein Wort, legte nur das Schreiben des Landgerichts Hannover auf den Tisch, sodass sein Gegenüber erkennen konnte, dass dies eine Anklageschrift wegen Hehlerei war.

„Wenn sie Heinrich Wenkmann sind, dann würde ich sie bitten, mit mir mitzukommen", sagte Martin, während er seine Joppe etwas auffallen ließ und dabei für sein Gegenüber deutlich die schwere Pistole zu sehen war.

Als er erkannte, dass Wenkmann alles andere als unvorbereitet war, war es schon zu spät, denn aus seitlicher Richtung zwischen irgendwelchen großen Kisten heraus krachte ein Schuss, der Martin den linken Oberarm durchschlug, dabei seine Joppe zerfletterte und Blut- und Fleischfetzen über den Tresen spritzen ließen. Der in selber Sekunde einsetzende Schock, der ihn fast keinen Schmerz merken ließ, erweckte seinen längst im tiefen Inneren begrabenen Jagdinstinkt und seine Reaktionsschnelle zu urplötzlichem neuem Leben. Er zog mit seiner Rechten blitzschnell die Pistole und zielte auf den Schützen zwischen den Kisten, den er mit einem gezielten Schuss in die Brust zu Tode brachte. Aber eh er sichs versah, richtete Wenkmann ebenfalls eine Pistole auf ihn und drückte eiskalt ab.

Die Pistole machte nur ein Puffgeräusch. Das Zündhütchen brannte ab, aber ein Schuss löste sich nicht.

Rohrkrepierer.

Martin, bereits geschwächt von starkem Blutverlust,

glaubte in dieser Sekunde bereits die Engel des Todes zu sehen, taumelte und nahm wahr, dass der andere versuchte den Hahn des zweiten Laufes seiner Waffe zu spannen, als er seinen mittlerweile bleischweren, aber unverletzten Arm mit der ebenso schweren Pistole anhob und ungenau zielend auf Wenkmann schoss.

Sein Geschoss durchbohrte ihm den Hals und zerfetzte ihn derart, dass sich fast der Kopf vom Rumpf trennte.

Martin versuchte, die Pistole in seine Joppentasche zurückzustecken, aber sie fiel zu Boden. Er hörte Stimmen. Es waren wohl Personen auf der Straße, die aufmerksam wurden. In dem Moment, als jemand die Tür zum Laden öffnete, stürzte er sich um den Tresen herum in die Hinterräume und stieß dabei mehrere große Kisten gefüllt mit Flaschen um, die vielfach auf dem harten Boden zerbrachen und deren flüssiger, intensiv riechender Inhalt sich über den Boden ergoss und sich dabei mit dem ganzen Blut, dass nahezu überall verspritzt war, vermischte.

Der ganze Weg zum Hinterausgang war mit diesen Kisten voller Schnapsflaschen zugestellt und er stolperte an ihnen vorbei, riss weitere dabei um und erreichte endlich die Tür nach draußen.

Er sog die kühle Luft tief ein, weil er zuvor ein Gefühl der Beklemmung, ja fast des Erstickens hatte, aber statt, dass diese ihm neue Kraft spenden würde, blendete ihn die tief stehende Abendsonne und irgendwie verlor er das Bewusstsein und er stürzte über irgendwelche Gemüsepflanzen stolpernd zu Boden in die weiche, schwarze Erde des Hintergartens.

Als er wieder erwachte, fand er seinen Arm verbunden und geschient. Ein Arzt oder Pfleger erklärte ihm, der Arm sei gebrochen, die Kugel aber hindurchgeschlagen. Er hätte nochmal Glück gehabt, sie konnten die starke

Blutung wohl noch rechtzeitig stillen.

Er würde dann jetzt den Wachsoldaten Bescheid geben, damit diese ihn in die Zelle bringen würden.

Über ein halbes Jahr später, er war mittlerweile vom Zuchthaus in Osnabrück in eines in Hannover verlegt worden, öffnete ein Wärter seine Zellentür, sagte, er hätte Besuch und brachte ihn in einen kleinen Besucherraum, wo bereits ein Mann in gehobener Zivilkleidung ihn erwartete.

„Mein Name ist Bernhard Brodstedt, Syndikus in der Kanzlei des Advokat Adalbert von Hohensahl-Westrieth", stellte sich der Mann vor, „ich bin beauftragt sie in der Sache, wegen der sie hier einsitzen, zu vertreten".

Martin bekam die Ansprache nur so halb mit angesichts der klirrenden Ketten an den Handgelenken und der Anweisung des Wärters auf einem Stuhl Platz zu nehmen.

„Warum ist denn der Herr Advokat von Hohensahl nicht selbst da?", fragte Martin enttäuscht.

„Der genießt bereits seine Pension".

„In welcher Pension ist er denn abgestiegen?"

„Guter Mann, der Herr von Hohensahl-Westrieth ist nicht mehr für die Kanzlei tätig, er befindet sich im wohlverdienten Ruhestand, um die letzten Jahre seines Lebens zu genießen".

Martin war enttäuscht und ungläubig zugleich, war es doch jenseits seiner Vorstellungskraft, dass ein Mann nicht bis zum letzten Tag seines Lebens für seinen Broterwerb arbeiten würde.

Der Syndikus schilderte ihm den möglichen weiteren Verlauf seines Verfahrens. In einigen Monaten würde sich entscheiden, ob es gelänge, dass er wegen Totschlags zu zehn bis zwanzig Jahren Zuchthaus verurteilt würde oder doch wegen Mordes, dann müsse er mit dem Tod durch Enthauptung rechnen. Aber die Mühlen der Justiz würden sehr langsam mahlen.

„Aber ich habe doch gar keine Schuld, ich musste mich gegen die zwei Männer zur Wehr setzen, die vollkommen unverhofft auf mich geschossen haben", sagte Martin mit immer stärker aufkommender Verzweiflung.

Der Syndikus sagte dazu nichts, sondern zog aus seiner Manteltasche mehrere gefaltete Blätter Papier heraus, die er nunmehr auf dem Tisch glattstrich. Es waren Seiten von Tageszeitungen. Martin wusste, was das ist, hatte selbst aber abgesehen mal von der fetten Überschrift eines Exemplars in einem Kolonialwarenladen nie eine Zeitung wirklich gelesen.

Der Syndikus deutete mit dem Finger auf bestimmte Stellen auf den Seiten.

Martin bemühte sich, die Großbuchstaben zu lesen:

‚Gewalttätiger Überfall' stand auf einer Seite und ‚Blutbad in Nienknickern' auf einer anderen.

„Alle Zeitungen schreiben, sie hätten die Werkstatt des ehrbaren Kaufmanns Heinrich Wenkmann überfallen, ausgeraubt und ihn und seinen Sozius kaltblütig erschossen und ich denke, dies ist auch die Meinung des Gerichts".

„Aber das ist doch gar nicht wahr! Ich war im Auftrag ihrer Kanzlei unterwegs und sollte Wenkmann für sie festsetzen und nach Hannover verbringen. Sie wollten ihn wegen Hehlerei vor Gericht bringen!"

Auf den erst etwas überraschten Blick des Syndikus

folgte schnell ein strenger und betont emotionsloser:

„Ich bedaure, keiner meiner Kollegen kann sich daran erinnern, Ihnen irgendeinen Auftrag erteilt zu haben".

„Ich flehe Sie an! Helfen Sie mir!" schrie Martin, wollte aufstehen und reckte dem Syndikus die schweren Ketten seiner Arme entgegen. Da wurde er von dem Wärter gepackt und aus dem Raum geführt.

„Helfen Sie mir!", rief Martin erneut über seine Schulter hinweg, „rufen Sie mir den Advokat Adalbert! Ich flehe Sie an!!! Helfen Sie mir!!!"

Adalbert von Hohenstein-Westrieth waren angesichts des Vorwurfs des Mordes an zwei Menschen die Hände gebunden, war hier, mit geschickter Argumentation, bester Beziehungen zu wichtigen Personen bei Gericht, an der Tatsache, dass es zwei Tote gab, nicht vorbeizuargumentieren.

Es dauerte in der Gerichtsbarkeit sowieso seine Zeit und brauchte auch seine Zeit, das Gericht zu einem anderen Ansatz der Beurteilung der Lage zu bewegen, dabei wechselnde Zuständigkeiten von Richtern und Anklägern zu nutzen und ‚das Pferd von der anderen Seite aufzuzäumen', wie er es nannte, denn zunehmend wurde dieser Fall für ihn zu seiner Ruhestandsbeschäftigung, half diese ihm das oft eintönige Einerlei seiner Alterspension etwas aufzuhellen.

Es gelang also mehr und mehr den Fall über die Anklage wegen Hehlerei und Steuerbetrug gegen Wenkmann aufzuziehen, bei dem der ehrbare Bürger,

Martin Spanuth, der nie zuvor von einem Gericht verurteilt wurde, dieser Betrug auffiel, er ganz im Sinne der Gesetzeslage Wenkmann daraufhin zur Rede stellte, dabei völlig unverhofft von dessen Kollegen angeschossen wurde, was er im Übrigen nur knapp überlebte und er ausschließlich aus Selbstverteidigungsgründen auf den Mann und Wenkmann schießen musste.

Beide dabei zu töten war mit Nichten seine Absicht, sondern allein der Tatsache geschuldet, durch die schwere Verletzung, die durch den Blutverlust seine Sinne trübte, ihn ungenau schießen ließ, denn eigentlich sei Martin Jäger, der allein deshalb eine Waffe in seiner Jacke hätte, um auch mal unverhofft ein schönes Stück Wild erlegen zu können.

Martin sei in der ganzen Gegend bekannt dafür, der beste Schütze zu sein, dessen Kugel niemals sein Ziel verfehle und insofern sei die ganze Sache eine einzige Verkettung bedauerlicher Umstände.

Es muss Anfang 1707 gewesen sein, als morgens die Zellentür geöffnet und Martin als einziger der vier Insassen aufgefordert wurde, seine wenigen persönlichen Sachen zusammenzupacken und dem Wärter zu folgen. Er wunderte sich, dass ihm keine Handketten angelegt wurden, sie mehrere Türgitter durchschritten und ihm an einer Durchreiche in der Wand ein zusammengelegter Stapel seiner Kleidung durchgeschoben wurde, welche er nach Anweisung des Wärters gegen die Gefängniskleidung wechseln sollte.

Immer noch im Unklaren, was das alles soll, zog er sich

vor den Augen des Wärters aus und das seit damals ungewaschene Hemd und Hose, an denen noch deutlich die Blutflecken zu erkennen waren, an, dazu streifte er seine Bauernjoppe über und schob sich seine Mütze auf den Kopf. Dem Wärter weiter folgend, erhielt er an einem Kabuff zwölf Taler in bar ausgezahlt, was er mit seinem Namen auf einem Formular bestätigen musste. Dahinter befand sich ein großes, stählernes Tor. Der Wärter schloss mit einem großen Schlüssel, an einem noch viel größeren Schlüsselbund, eine kleine, im Tor befindliche Schlupftür auf, hielt diese mit einer Hand offen, hob die andere zum Gruß an die Stirn und sagte:

„Auf nimmer wiedersehen".

Wie im Traum trat Martin durch die Tür, die hinter ihm sofort wieder zufiel und er stand vor den Zuchthausmauern an einer Chaussee, wo Menschen ihres Weges gingen und Fuhrwerke in die eine oder andere Richtung unterwegs waren.

Nach vier Tagen kam er in Wiedensahl an und betrat das Gelände seines Hofes. Alles schien gut in Schuss, der Garten gepflegt, die Obstbäume in voller Blüte und ein neuartiges Fuhrwerk mit zwei jungen, gut genährten Rössern stand vor der Tür. Ein junger Mann lud irgendetwas vom Fuhrwerk ab, eine junge Frau mit lieblichem Gesicht stand vor der Tür und sprach mit dem Mann auf dem Fuhrwerk.

Als die junge Frau ihn erkannte, schrie sie auf und kam ihm freudestrahlend entgegen. Es war seine Tochter, die Ilse Margarete. Auch seine Frau, die Catrina, hörte die Worte vor der Tür und kam heraus. Sie wirkte gefasst, ungläubig, aber doch erfreut, sodass Martin auf sie zuging, ihre Hand ergriff und sie kurz an sich drückte.

Der junge Mann sprang vom Fuhrwerk und begrüßte

Martin mit Handschlag, und Ilse erklärte ihm etwas stockend, dies sei der Hans Heymann, ihr Ehemann, und Catrin fuhr fort, dass die beiden mit ihrem Segen den Hof übernommen hätten.

Martin lächelte und sagte nichts.

Die anderen verstanden seine Reaktion genau als das was er mit seinem Lächeln kundtat:

Er war einverstanden, mehr noch, er war glücklich wieder zu Hause zu sein, er war einfach glücklich mit allem.

Noch im Herbst desselben Jahres verstarb Martin Spanuth, den alle Welt nur den ‚Schützen' nannte.

Genealogie zu Kapitel 6

Martin Spanuth (#1-22) (1656-1707) erbte den Hof 71, den ursprünglich der olde Tönnies (#1-2) übernommen hatte (sein 3-fach Urgroßvater, siehe Kapitel 2). Die Übernahme des Hofes ist in der Genealogie und anderen Dokumenten umstritten, weil der Hof eigentlich an Arend Spanuths (#1-6) Tochter Anna (#1-11) fiel (siehe Kapitel 5), die ihrerseits mit einem Johannes Wennecker verheiratet war. Vermutlich hatten diese keine Erben, sodass Martins Vater Dietrich Spanuth (#1-13) den Hof in die Familie zurückholen konnte. Martins zweite Tochter Ilse Spanuth (#1-31) war die letzte Spanuthsche Erbin auf dem Hof. Die Figur des Advokaten Adalbert von Hohensahl-Westrieth ist erfunden, nicht jedoch die Schießerei in Nienknickern und Martins Teilnahme daran. Es ist anzunehmen, dass er anwaltliche Hilfe hatte, denn späteren Dokumenten ist zu entnehmen, dass er wegen der Sache nicht dauerhaft inhaftiert war.

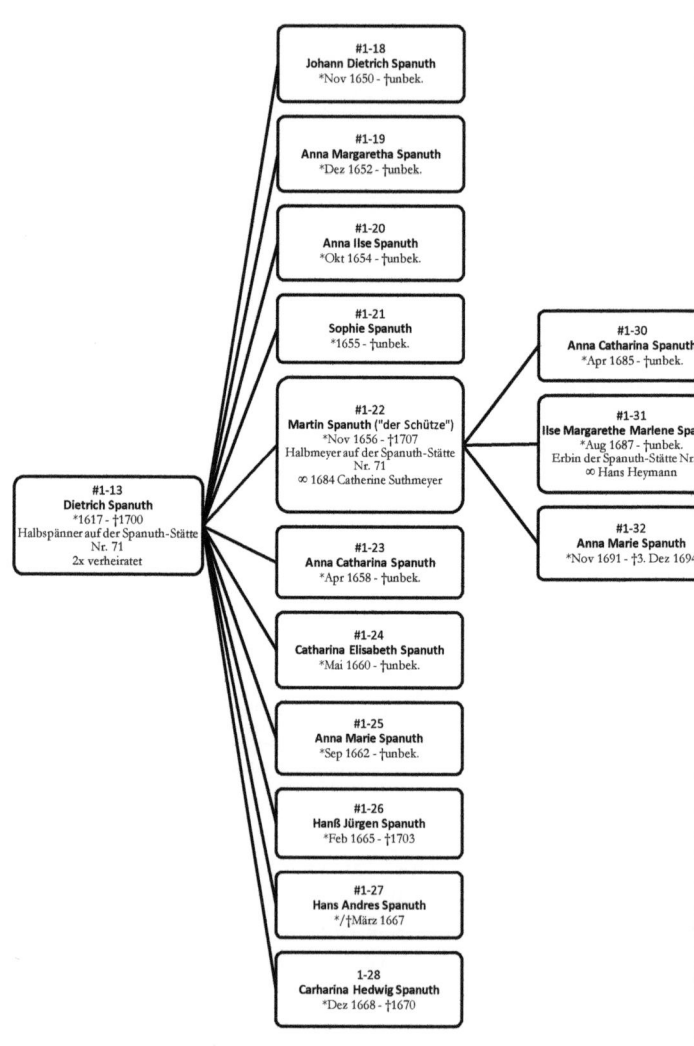

* = geb. + = gest. ∞ = verh.

Die Kugel riss ihm den Hut vom Kopf, verletzte ihn aber nicht, gleichwohl war es der Auslöser, wenn auch nicht unbedingt von ihm so gewollt, dass seine Soldaten am 17. Juli 1791 das Feuer auf die demonstrierenden Pariser Bürger eröffneten. So entstand auf dem Marsfeld am zweiten Jahrestag des Sturms auf die Bastille eine Massenpanik mit vielen Toten und Verletzten und General La Fayette wurde durch sein Unvermögen, seine Truppen in dem Chaos zu führen dafür verantwortlich gemacht, mehr noch, gewannen im Anschluss daran die radikaleren Kräfte in der Bevölkerung weiter an Macht und die Französische Revolution nahm ihren Lauf.

7

Windheim
Spätsommer 1791

Charlotte erschrak kurz, als die Tür zum Speisesaal aufging und Heinrich Christian den Raum betrat, war sie doch gerade dabei, den sonntäglichen Frühstückstisch einzudecken und sie selbst mit den Gedanken ganz woanders. Wirklich überrascht war sie aber nicht, denn ihr Herr war morgens immer schon früh auf den Beinen, insbesondere seit dem Tod seiner geliebten Frau Clara, die 1787 so plötzlich verstarb und ihr mit dem Tod der Herrin genauso plötzlich die Rolle zufiel, nicht nur für den Haushalt in der großen Wohnung, sondern auch vermehrt für die Kinder, von denen neben den drei wilden Jungen noch die gerade erst fünfjährige Anna Sophie behütet werden mussten. Aber sie liebte ihre Rolle in der Familie, hatte sich voll und ganz eingefunden, spürte sie doch neben aller noch immer vorhandenen Trauer ihres Herren und manchmal auch der Kinder, dass sie wie ein Familienmitglied behandelt und geachtet wurde.

„Guten Morgen, Herr von Bismarck", begrüßte sie daher ihren Herrn freundlich, der allerdings nur mit einem Brummen antwortete, sich an seinen Platz am Tisch setzte und sie ihm dabei den Stuhl etwas unterschob.

Während er nach der Zeitung griff, die sie ihm stets an seinem Platz neben seinem Gedeck ablegte, kam sie schon mit der Kaffeekanne aus der Küche zurück und schenkte ihm eine Tasse ein.

„Sind die Kinder bereits wach?", fragte er.

„Ja Herr, sie kleiden sich bereits an und werden pünktlich zum Frühstück bei Tische erscheinen."

„Gut Charlotte", sagte er zufrieden, „bitte denke daran, dass der Johann in sauberer Zivilkleidung erscheint. Keine Uniform! Ich habe ihn bereits ermahnt, dass wir sonntags keine Uniform tragen!"

„Ja, Herr, ich werde gleich nochmal nachschauen."

Heinrich Christian war zeit seines Lebens Soldat ganz im Sinne der Tradition seiner familiären Abstammung, der Schönhauser Linie des Geschlechts von Bismarck. Aber sein Verhältnis zu dieser Familie war zwiegespalten, war er doch ein verstoßenes Kind, hasste er manchmal seinen Familiennamen und hätte damals im kalten Februar 1773, als er seine liebste Clara geheiratet hatte, bevor diese dann im folgenden Sommer den Johann Heinrich zur Welt brachte, viel lieber ihren Familiennamen angenommen. Dann hätte er Spanuth geheißen, was ihm überhaupt nichts ausgemacht hätte. Aber die Annahme des Namens der Ehefrau war nicht statthaft und wäre ihm in seiner militärischen Laufbahn wohl eher hinderlich gewesen. So hießen sie also von Bismarck und er begnügte sich mit Kleinigkeiten, sich von diesem ungeliebten Familienstamm abzugrenzen, indem er zum Beispiel auf seinem Helm zwischen den Hörnern das Wappen des Bismarck'schen Geschlechts entfernt und durch das Wappen der Graf Luckner Husaren ersetzt hatte. Auch das übliche Hausieren mit einem berühmten Namen war ihm vollkommen abhold, im Gegenteil, wo es ging, verschwieg er ihn.

—

Tatsächlich hatte er es nie erlebt, war er erst ein Jahr alt, so schilderte es später einmal seine Großmutter und spielte mit hölzernen Klötzchen auf dem Boden der Wohnstube, als wohl sein Vater eintrat und seiner Mutter verkündete, er werde sich von ihr trennen.

Karl Ludolf von Bismarck, Oberstleutnant und Johanniterritter auf Uenglingen und Bindfelde hatte sich für die Hochzeit mit seiner Mutter Sophie Elisabeth Senff, der Tochter des Hofarztes, nicht zuvor die königliche Genehmigung eingeholt, heiratete er die schwangere Frau, im Glauben, diese Dinge im Nachhinein regeln zu können.

Der königliche Hof stufte seine Mutter als unebenbürtig und in der Folge ihren Sohn Heinrich Christian als nicht lehnsberechtigt ein.

Seine Mutter musste mit ihrem kleinen Sohn das Haus verlassen, konnte in der Wohnung ihrer Eltern unterkommen, aber starb bereits ein Jahr später. Heinrich Christian wurde von den Großeltern großgezogen.

Heinrich Christian stand auf, angelockt von den wärmenden Sonnenstrahlen, die durch das Fenster hindurchschienen, öffnete es weit und trat einen Schritt vor auf den Abtritt. Er sog die frische lauwarme Morgenluft ein, die heute am Sonntag frei von dem steten Geruch von Pferden und deren Exkrementen war, denn diese wurde samstags stets entfernt, und zudem war heute auf der vor dem Fenster verlaufenden Chaussee nur geringer Verkehr. Wenige Fuhrwerke und vereinzelte Coupés[6] ratterten mit ihren eisenbeschlagenen Rädern und dem Klackern der Hufe über das Pflaster.

Darüber hinaus genoss er die zivile Kleidung an seinem Körper. Gut, der Binder umschlang seinen Hals mit einem mehrfach verschlungenen Knoten und saß relativ eng an, aber das weiße Hemd war deutlich weiter, als das untere Hemd der Uniform. Man konnte die Arme richtig frei bewegen. Der Gehrock war modisch, elegant, tailliert geschnitten und nicht eng am Hals, im Gegensatz zum Dolman, dem Rock* der Uniform. Diese deutlich über die Hüfte ragende Jacke, im Sommer zu warm, im Winter zu kalt, mit ihren Tressen, den Dienstrangabzeichen auf den Schultern, einigen Orden, die Heinrich Christian

---

[6] hier zweiachsige Pferdekutsche (siehe auch Glossar)

unbedingt tragen musste, wenn er nicht von irgendjemanden auf ihr Nichtvorhandensein angesprochen werden wollte, vor allem aber die achtzehn Paar Knöpfe und Brustschnüre, die jedes Mal zu schließen waren und auch immer geschlossen zu bleiben hatten, um den strengen Tragevorschriften der Uniform zu entsprechen. Der Säbel, den er nur heute im Schrank stehen lassen konnte. Er wusste nicht, aus wie oft gefaltetem Stahl er bestand. Er war schwer, unhandlich und hinderte stets am Gehen, am Stehen und Reiten. Er war einem immer im Wege und abgesehen vom Gefecht im Kriege auch vollkommen unnütz. Der überaus lästige Husarenhelm, ein hoher zylindrischer Hut, gehalten durch einen Kinnriemen, ohne den sich der Helm gar nicht auf dem Kopf halten konnte, hinderlich beim Sprechen, drückte dieser doch häufig den Unter- gegen den Oberkiefer; heute dagegen genoss er es, keine Kopfbedeckung zu tragen, sich den frischen Wind durch das bereits lichte Haar gleiten zu lassen. Dazu die Hose: Viel weiter war diese, als die Uniformhose und lang bis zu den Hacken. Die Uniformhose schnürt einen eng ein, bestimmt durch ihre Enge jeden Schritt und steckt stets fest in den langschäftigen schwarzen Stiefeln, die einen im Übrigen wegen der Sporen an den Hacken nur beschwerlich gehen lassen. Jetzt hatte er schwarze, lederne, flache Schuhe an, breiter im Bereich der Zehen, die ein wunderbares, befreiendes Gefühl der Füße, und all das zusammen, des ganzen Körpers vermittelte.

Um acht Uhr dreißig läuteten drüben auf dem Kirchhof zum ersten Mal die Glocken, die letzten Schläfrigen daran zu erinnern, sich bereitzumachen für den Gottesdienst.

Geschirrklappern hinter ihm ließ ihn sich umdrehen. Charlotte war bei den letzten Vorbereitungen für das

Frühstück, da sprang eine Seitentüre auf und seine Kinder stürmten herein. Die Anna Sophie kam auf ihn zu und er nahm sie auf seine Arme, die Jungen begrüßten ihn mit einem „Guten Morgen Herr Papa!" im Gleichklang eines Chors.

Alle setzten sich, einschließlich Charlotte, die seit Claras Tod auf Geheiß Heinrich Christians ebenfalls am Tisch Platz nahm.

Sie falteten die Hände, senkten die Köpfe und schwiegen still. Dann sprach Heinrich Christian ein kurzes Gebet, welches in seinem Schlusssatz stets mit Bitte um Gottes Segen für seine verstorbene Frau, der Mutter seiner Kinder abschloss.

Auf sein „Amen" und dessen Nachsprechen aller Anderen, folgte sofort das turbulente Durcheinander von Kindern, die sich den Teller mit Wurst, Käse und Brot auffüllten, als gäbe es sogleich nichts mehr zu Essen, während Charlotte Gläser mit Wasser auffüllte und anschließend der kleinen Anna Sophie beim Essen behilflich war.

Nur der bereits achtzehnjährige Johann schwieg still und schien sich sichtlich unwohl in seiner Kleidung zu fühlen. Seit einem Jahr befand er sich in militärischer Ausbildung und entwickelte bereits einen Habitus, der der ihn umgebenden Gesellschaft stets vergegenwärtigen soll, dass er als angehender Offizier der Hannoverschen Husaren eine Respektsperson sei, der sich viele andere unterzuordnen hätten.

Heinrich Christian missfiel dieses Verhalten, war er sich aus eigener Erfahrung jedoch bewusst, dass die jungen Männer beim Militär, die dazu auserkoren sind, eine Offizierslaufbahn einzuschlagen, exakt in diesem Sinne geprägt werden. Er selbst bildete sich nie etwas darauf ein, war er stolz, dass sich sein Status nicht nach seinem Rang, sondern nach seiner Leistung als Offizier bestimmte, was er damals im Siebenjährigen Krieg zur Genüge unter Beweis stellen konnte.

Gut, er war natürlich froh, dass es noch keine Notwendigkeit für den jungen Mann gab, seine Fähigkeiten in einem Krieg beweisen zu müssen, aber er versuchte seine Söhne zu erziehen im Sinne, als Soldaten ihrem Land und seinen Bürgern zu dienen und nicht irgendwelchen, wie auch immer verehrten Offizieren, denn diese sind sterblich, dass Land und das Volk aber bleibt.

Das durfte er natürlich so niemals wörtlich zum Ausdruck bringen, denn an einer falschen Stelle kundgetan würde dies mindestens als Wehrkraftzersetzung oder sogar als Hochverrat eingestuft. Nein, er versuchte seinen Söhnen auf andere Art die Augen zu öffnen und die Sinne zu schärfen, und eines seiner Instrumente dafür ist das Bestehen auf einen Sonntag in Zivil.

Er hatte noch einen zweiten Grund dafür.

Dieser war die Arroganz.

Diese verdammte Arroganz, die in der Offizierschaft der Husaren herrschte, dieser unzweifelhaften, unumstößlichen Gewissheit, dass sie die Besten seien. Keine Einheit sei besser ausgerüstet, hätte die besten Pferde, die tapfersten Soldaten und die geschicktesten und führungsstärksten Offiziere, die ihre Einheit in den sicheren Sieg der Schlacht, ja des ganzen Krieges führen würden.

Er wusste, dass das nicht wahr war, denn er hatte es selbst erlebt, damals als gerade einmal einundzwanzigjähriger Volontär in dem Regiment der Graf Luckner Husaren. In der Nacht zum 23. Juni 1758 bereiteten sich die, irgendwo in Kempen, in einem gewaltig großen Lager gesammelten Truppen ihres Feldherren, des Prinzen Ferdinand von Braunschweig, auf den Angriff der sie erwartenden französischen Truppen des Grafen von Clermont vor. Sie wussten, dass die Franzosen mit 47000 Mann von Süden auf sie zukamen und Prinz Ferdinand wollte, weil sie nur über 32000 Mann verfügten, ihnen von hinten bei Krefeld in den Rücken fallen. Diese Aufgabe kam maßgeblich den Husaren zu, die mit ihren schnellen, muskulösen Pferden und ihrer heldenhaften Kampfkraft, die gewaltige französische Armee in einer zweiten Flanke ablenken sollten, um damit der vorrückenden Infanterie größere Chancen und Durchschlagskraft zu verleihen.

Sie ritten in den anbrechenden Morgen hinein und gerade als das erste Licht des Tages am Horizont erschien, kamen sie aus der Deckung von Wäldern hinaus über eine Anhöhe und dann sah er zum ersten Mal in seinem Leben die schier unfassbar große französische Armee, die, begleitet von Trommeln und Fanfaren, in Einheiten sauber geordnet in Richtung Norden auf die Infanterie Prinz Ferdinands zumarschierte und ritt.

Die Offiziere ihrer Husaren zogen ihre Säbel und streckten sie gemeinsam in die Höhe, dann ließen sie sie abfallen in Richtung der Franzosen: das Zeichen zum Angriff. Wie eine gewaltige 1000-köpfige Flutwelle setzten ihre Pferde zum Galopp an und weder die Husaren, die mit ausgestreckten Säbeln, dabei laut brüllten, noch deren Pferde schienen sich irgendeiner Gefahr bewusst, in den Augen von Pferden und Reitern lag nicht der geringste Zweifel, dass sie die Franzosen in einem Handstreich niedersäbeln und in einem einzigen gewaltigen Blutbad vernichten.

Heinrich Christian, mitten in dieser Welle

galoppierend, hörte aber nach wenigen hundert Fuß des Weges auf den Gegner zu anderes Gebrüll von der gegenüber liegenden Seite, welches ihr eigenes und den Krach der fliegenden Hufe ihrer Pferde übertönte:

Die Franzosen hatten sie erwartet!

Während die ersten von ihnen nun den hintersten Infanteristen in den Rücken fielen und die nahezu wehrlosen und überraschten Männer mit ihren Säbeln in Stücke schlugen, zogen angaloppierende französische Husaren ihre Säbel und schlugen ihrerseits auf die Husaren des Prinzen ein.

Die Welle ihrer Reiter geriet ins Stocken, Pferde stießen ineinander, kamen ins Straucheln, verloren die Orientierung, wurden nun von links abgedrängt und durch die Franzosen mit den Hieben ihrer Säbel getroffen und deren Infanterie, längst der Lage besser Herr geworden, richtete ihre Musketen auf sie und feuerte ohne Unterlass in die Masse der Prinzen-Husaren hinein.

Eine unfassbare Panik machte sich unter den Prinzen-Husaren breit, schlugen sie vollkommen planlos um sich, was wenig erfolgreich war, denn um einen Gegner wirklich zu treffen, müssten sie ihr Pferd gleichzeitig etwas wenden und den eigenen Körper dabei noch drehen.

Aber das ging nicht, reichte der Platz zum Wenden nicht aus, standen die Körper der Pferde der eigenen Kameraden, so dichtgedrängt wie sie waren, im Weg, schnitten sich die Hiebe der gegnerischen scharfen Säbel wie Messer in weicher Butter durch ihre stolze Uniform hindurch, durch ihren Rücken, schlugen ihnen Arme ab oder den Schädel vom Rumpf und sie fielen zu Boden wie zentnerschwere Mehlsäcke, die von einem Fuhrwerk zu Boden stürzen, aufreißen und sich in ihrer Masse auf dem Boden verteilen, ihre Körper von anderen Pferden und

Reitern zermalmt werden wie Kartoffelstampf.

Heinrich Christian konnte der misslichen Falle, in die sie geraten waren, gerade noch gewahr werden, er als Linkshänder seinen Säbel einem mächtigen Hieb eines Gegners entgegenstellen, dessen Absicht es war, ihn von oben bis unten in zwei Hälften zu spalten, aber der zweite Hieb schlug seinem Pferd fast den Kopf vom Rumpf und ließ es blitzartig in sich zusammensacken und zu Boden stürzen.

Als bereits gut ausgebildeter Reiter weiß er natürlich, dass nichts so wichtig ist, wie im Fall des Sturzes des Pferdes schnell die Stiefel aus den Steigbügeln zu befreien und achtzugeben, vom Körper des Tieres nicht darunter begraben zu werden, denn abgesehen davon, sich in einem solchen Falle dabei selbst ein Bein zu zermalmen, man in dem Moment selbst kampfunfähig und zum hilflosen Opfer seines Gegners wird.

Statt vom eigenen Pferd begraben zu werden, stürzte ein anderes Pferd auf ihn, als er liegend, versuchend seinen Säbel zu greifen und in Kampfstellung zu bringen, von dem Gedärm und Blutschwall des stürzenden Tieres übergossen und darunter begraben wurde.

Er sah nichts mehr, war sein Helm längst fortgerissen und sein Kopf und das ganze Gesicht von Blut und Innereien des Tieres besudelt und damit seine Augen für Minuten ohne Licht, ohne Orientierung, was um ihn herum geschieht, ob ihn jemand angreift oder ein Pferd ihn unter seinen Hufen zu zertrampeln droht.

Er war begraben von Teilen der Tierkörper, aber auch anderer Männer oder deren Körperteilen, konnte aber erkennen, dass sich das unmittelbare Kampfgeschehen von ihm entfernte, das Kampfgeschrei leiser und ersetzt wurde durch das Schmerzgeschrei und Gestöhne sterbender Männer und Pferde.

Sein unfassbar starker Herzschlag während des Angriffs ging zurück, die Kühle seines Kopfes und seiner Gedanken gewannen wieder die Oberhand und diese sagten ihm, er solle ruhig liegenbleiben, solle abwarten was geschieht, das Schlachtgetümmel sich weiter entfernen lassen und dann, wenn es an der Zeit ist, sich vorsichtig von den toten Körpern um sich herum befreien und rückwärtig auf die Anhöhe und in den Wald hinein versuchen zu fliehen.

Nach einer nach seinem Gefühl unfassbar langen Zeit, die tatsächlich aber höchstes fünfzehn Minuten betrug, zog er sich hervor, glücklich offenbar körperlich unversehrt zu sein, verschwendete keinen Gedanken daran, nach irgendeinem der zahlreichen herumliegenden Säbel zu greifen, sondern robbte auf dem zertrampelten, von unzähligen toten Männern und Pferden übersäten Feld, sich fortbewegend wie ein Salamander auf dem Bauch, weg vom Schlachtfeld.

Nach zwei Tagen kam er völlig ausgezehrt, in unvollständiger, verdreckter Uniform, von oben bis unten mit Blut besudelt im Lager Kempen an.

Zu seiner großen Überraschung wurde er freudig empfangen, von den Sanitätern versorgt, neu eingekleidet und eine Woche später mit einer Handvoll Männern von Prinz Ferdinand persönlich mit einer Tapferkeitsmedaille für seine Teilnahme an der gewonnenen Schlacht bei Krefeld ausgezeichnet.

Heinrich Christian ging in der Reihe seiner Familie voran und wurde vom Pastor vor der Kirche mit Handschlag begrüßt, drehte sich um und blickte auf seine Kinder, die nach ihm ebenfalls dem Pastor die Hand gaben. Als Johann an der Reihe war und der Pastor offenbar ein paar freundliche Worte an ihn richtete, die Heinrich Christian nicht verstehen konnte, aber ahnte, dass sich diese wohl auf seinen schönen Anzug bezogen, sah Johann kurz verschmitzt lächelnd zu seinem Vater herüber.

Heinrich Christian wendete sich um, um nun die Kirche zu betreten, die die Gemeinde mit lauter Orgelmusik empfing und er war zum ersten Mal seit langem wieder richtig glücklich.

Genealogie zu Kapitel 7

Clara Margarethe Catherina Luise Spanuth (#8-133) (1746-1787), Ur-Urenkelin von Dietrich Spanuth (#5-55) (siehe Kapitel 4), war Ehefrau von Heinrich Christian von Bismarck, (1737-1804), Abkömmling der Schönhauser Linie des Geschlechts der von Bismarcks, selbiger, in der 1815 auch Otto von Bismarck geboren wurde (Christians Neffe), der bekanntermaßen der Schöpfer des 1. Deutschen Reiches mit Wilhelm I als Kaiser und ihm selbst als Reichskanzler war; Die Söhne Johann Heinrich und Friedrich Wilhelm wurden anerkannte hochrangige Militärs, Friedrich Wilhelm dazu Militärschriftsteller, der umfassende Werke zur Militärstrategie und Kriegsführung geschrieben hat.

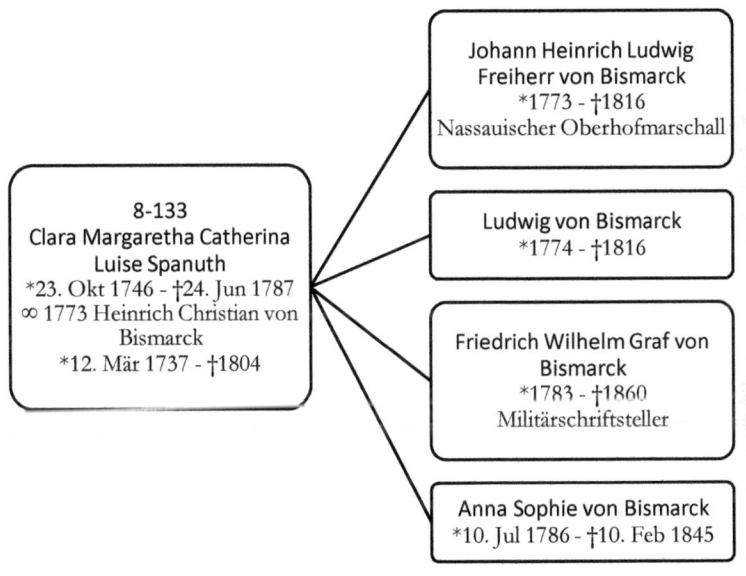

* = geb. + = gest. ∞ = verh.

James W. Marshall war am Morgen des 24. Januar 1848 auf einer Kolonie in New-Helvetia eingeteilt. Er staunte nicht schlecht, als er, der mit seinen Kollegen das neue Sägewerk auf Sutter's Mill errichten sollte, einen riesigen Goldklumpen auf seiner Schaufel hatte. Sein Auftraggeber, der Besitzer der Ranch, Johann August Sutter, konnte nicht verhindern, dass sich diese Nachricht in Windeseile verbreitete und wenige Monate später selbst im New York Herald zu lesen war. Wie eine riesige Welle auf dem stürmischen Meer brach damit ein bisher einzigartiger Goldrausch über Kalifornien herein.

8

Castle Garden*
Sommer 1848

„Du bist ja irre!"

Hermann machte einen regelrecht geschockten Eindruck, als Christoph ihm sagte, er würde abhauen.

„Und dass Du Cousine Anna Louisa noch gleich mitnehmen willst! Spinnst Du komplett?"

Christoph sah stumm zu Boden und ertrug die Vorhaltungen seines Bruders geduldig.

„Die ist erst 14 und Du 15!"

„Das weiß ich doch alles!"

Von der alten Beverstedter Kirche mit ihren zwei Türmen klang die Glocke herüber, die neun Uhr schlug.

Sie hatten endlich Feierabend und saßen nun auf der Treppe des Hinterausgangs der Backstube in der Morgensonne, die sie an diesem kühlen Morgen ein wenig erwärmte.

Sie schwiegen sich an, aber Hermanns anfängliches Entsetzen wich von Minute zu Minute Bewunderung für seinen drei Jahre jüngeren Bruder.

„Da will mein kleiner Bruder sich doch einfach so mir nichts, Dir nichts vom Acker machen. Ich glaub' es nicht", sagte Hermann, leise lächelnd, schlug ihm auf die Schulter und war jetzt plötzlich voller Anerkennung gegenüber seinem Bruder, der ihm offenbarte, nach Amerika auswandern zu wollen.

„Und wie hast du dir das vorgestellt?"

„Ich hab' etwas Geld gespart und wir fahren nach Bremen. Von da gehen Schiffe nach Amerika". Er faltete ein offenbar irgendwo entwendetes Stück eines Plakates auf und zeigte es seinem Bruder. Darauf war das Bild eines großen dreimastigen Segelschiffes zu erkennen.

„Südseefischerei-Compagnie" las Hermann jetzt vor, „Vollschiff ‚Bremen*?"

„Schau mal, ein riesiger 3-mastiger Segler!"

„Und da kann man einfach so mir nichts, dir nichts aufbrechen, sich eine Karte für die Schiffspassage kaufen und in Amerika empfangen die dich mit offenen Armen?"

„Ich hab' mich erkundigt. Ohne jemals Militärdienst geleistet zu haben, bekomme ich keine Papiere."

„Du müsstest also heimlich abhauen?"

„Wenn man jung und gesund ist und ein ordentliches Handwerk gelernt hat, nehmen die mich in Amerika."

„Und Cousine Anna Louisa?"

„Die werd' ich als meine Frau ausgeben."

„Du bist verrückt! Die ist doch noch ein Kind!"

„Nein, sie ist eine junge Frau, und sie weiß bereits gut damit umzugehen."

„Da bin ich ja mal gespannt, was der Vater dazu sagt", meinte er dann und erhob sich.

„Das werde ich ihm schon erklären, der wird es verstehen". Aber Hermann sah deutlich, dass Christoph davon selbst nicht wirklich überzeugt war.

Sie standen, wie jeden Tag, außer am Ostersonntag und an Weihnachten seit zwei Uhr in der Backstube und waren daher morgens nach Arbeitsende rechtschaffen müde und so ging Hermann um das Haus herum in den Wohnbereich, der an der Bäckerei angrenzte.

Christoph war tatsächlich voller Zweifel, ob es richtig ist, seine Heimat zu verlassen, seine Familie zu verlassen, einfach sein ganzes bisheriges Leben hinter sich zu lassen. Niemals zuvor stand er vor so einer schweren Entscheidung. Aber auch immer wieder fragte er sich, was er denn zu verlieren hätte?

Seit dem Ende der Volksschule, da war er elf, stand er tagein, tagaus in der Backstube. Der Vater war der Patriarch, der uneingeschränkte Herrscher in der Familie, gab seinen Söhnen Order, was sie zu tun und zu lassen hätten und manchmal auch eine gehörige Backpfeife, wenn sie nicht so spurten, wie er es sich wünschte. Er hatte viel gelernt seit dem, ja ein ordentliches dunkles, festes Brot konnte er backen, dazu die Schrippen, kleine Weißmehlstücke mit glasierter Außenhaut, die sich in der Kundschaft immer größerer Beliebtheit erfreuen.

Als Kind stand er mal in Bremen vor dem Fenster eines Cafés, einem Überbleibsel der Franzosenzeit*, wie sein Vater abwertend urteilte. Aber er war fasziniert, wie die Menschen dort an kleinen Tischchen saßen, Kaffee tranken und dazu auf edlem Geschirr Kuchen aus

Blätterteig und wunderbare riesige Fruchtstücke, bestehend aus gelierten Beerenfrüchten, auf einem flachen Biskuitboden aßen, dazu Sahne in einem schön geschwungenen Häubchen obendrauf, Torte hieße das, erklärte der Vater damals. Er konnte den Blick kaum davon abwenden und er spürte, wie ihm das Wasser im Mund zusammenlief, sodass er sich mit dem Mantelärmel über das Gesicht wischen musste.

Später fragte er den Vater, warum sie aus der Bäckerei nicht auch ein Café machen könnten und er das Zubereiten von solchen Kuchen und Torten nicht erlernen könnte. Aber der Vater wies den Vorschlag barsch ab. Sie lebten schließlich nicht in Bremen, sondern hier in Beverstedt auf dem Dorf, da ginge so etwas nicht.

Nein, mit der Großstadt hatte sein Vater nichts am Hut und offenbar hatte ihn die Besatzungszeit der Franzosen in seinem Leben noch sehr geprägt, sodass er alles Französische ablehnte und auch ausdrücklich der Mode widersprach, französische Wörter zu gebrauchen. So sprach er betont immer von seiner Geldbörse und nie von seinem Portemonnaie.

Und wie soll es werden, wenn der Vater mal nicht mehr ist?

Dann erbt Bruder Hermann die Backstube und er würde dann weiter Geselle bleiben und in jeder Nacht hinten am Tisch den Teig kneten, Brote formen, in den Ofen schieben, aufpassen, ob sie gut durch sind, sie wieder rausholen und nach vorne in den Laden schaffen, wo die Mutter und seine Cousinen sie verkaufen würden.

Nein, so möchte er nicht sein ganzes Leben verbringen.

Als er eines Nachts wieder mit dem Vater und dem Bruder in der Backstube stand und der Hermann kurz die

Arbeit unterbrach, um auf den Abort[7] zu gehen, brach die innere Anspannung in ihm auf und er sprach ihn an:

„Vater, ich werde gehen".

Johann Andreas Spanutius ist stets ein mürrischer, vollkommen seinem Handwerk verhafteter Mann. Er blickte kurz auf, dann sagte er:

„Der Abort ist besetzt, Dein Bruder sitzt drauf".

Christophs Konzentration auf das, was er seinem Vater mitteilen wollte, mitteilen musste, wurde durch dieses Missverständnis nicht beeinträchtigt, wo es doch normal ist, dass die Arbeit einzig zum Zweck des Ganges auf den Abort unterbrochen wird.

„Vater, ich meine, ich werde fortgehen, fortgehen von hier".

Vater Johann schaute erst erstaunt und hörte mit dem Kneten des Teiges für einen Moment auf.

„Ja", sagte er und knetete weiter, hörte aber sofort wieder damit auf.

„Ich weiß, dass Du irgendwann fortgehen wirst, aber noch bist Du viel zu jung dafür".

„Nein, Vater, ich fühle mich alt genug".

Johanns Erinnerung an sein eigenes Fortgehen aus dem väterlichen Hause kam für einen Moment wieder in ihm auf. Es war ein Sprung ins eiskalte Wasser damals, als er aus der Tischlerei seines Vaters floh, um Bäcker zu werden. Er weiß nicht mehr, wie alt er damals war, aber sehr jung muss er gewesen sein, daran erinnerte er sich und auch an die Vorhaltungen seines alten Herrn, der böse war und ihn für einen Dummkopf hielt. Was hatte er alles durchmachen müssen, mit wenig Geld und nur mit der Mitgift seiner Emma die Backstube aufgebaut. Schon

---

[7] Toilette

damals hatte er sich geschworen, dass seine Söhne das alles nicht erleben müssen, wenn sie sich eines Tages aufmachen wollen ins Leben.

„Und wohin willst Du denn fort?", fragte er vorsichtig.

Christoph war erfreut und erstaunt, dass sein Vater ihm keine Vorhaltungen, geschweige Anstalten machte, ihn zu schlagen. Fast euphorisch rief er daher:

„Nach Amerika will ich Vater, nach Amerika!"

Nun machte sich bei Johann allerdings doch eine Enttäuschung breit, dass sein Sohn nicht wie zuerst gedacht vielleicht in Beverstedt ein Café eröffnen wolle, sondern, dass er tatsächlich für immer weggehen würde.

„Amerika?"

„Ja Vater, ich gehe nach New York und eröffne da eine Zuckerbäckerei!"

„Mmh", sagte er nur.

„Die Menschen werden sie lieben, die süßen Sachen, die ich ihnen backe, sie werden sie mir aus den Händen reißen, Millionen Menschen leben da Vater, Millionen!"

Johann schaute seinen Sohn an, diese Freude, diese Euphorie des jungen Lebens, es war wie ein Spiegelbild seiner selbst damals.

„Dann versuche das man mal Deiner Mutter beizubringen", sagte er nun, als sein Bruder vom Abort zurückkam, schob ein großes Backblech in den Ofen und ging in den Nebenraum an die große Teigmischmaschine.

Als Christoph Tage später am frühen Abend mit dem Fuhrwerk von einer Fahrt von der Mühle aus der Nähe von Bremen heimkam, schwer beladen mit Säcken von Mehl, wurde er schon sehnlichst von Anna Louisa, die am Verkaufstresen in der Bäckerei arbeitete, empfangen. Während er allein sämtliche Säcke ablud und in einen Lagerraum in der Backstube hineintrug, wich sie ihm die ganze Zeit nicht von der Seite, denn sie war höchst neugierig, was er auf seiner Reise in Erfahrung gebracht hatte. Während er das Fuhrwerk tagsüber beim Müller stehenließ, der es über den ganzen Tag hinweg belud, nahm er eines der Pferde und ritt hinauf nach Bremerhaven. Sein Ziel war das ‚Auswandererhaus' genannte, fast schlossartige Gebäude, in dem er sich kundig machen wollte, wie sie auf ein Schiff nach Amerika gelangen könnten. Ungewöhnlich viele Menschen hielten sich da auf, vielen sah man an, dass sie nicht aus der Gegend stammten und so manche unterhielten sich in fremden Sprachen. Christoph musste Anna Louisa erzählen, dass nur ein einziges Schiff von Bremerhaven aus nach Amerika gehen würde, die Dreimastbark „Bremen", die sei für dieses Jahr schon voll belegt. Es gäbe noch ein amerikanisches Schiff, den Raddampfer „Washington", aber ob man mit dem mitkäme, konnte man ihm nicht sagen. Auf seine Enttäuschung hin, teilte der Mann am Schalter des Auswandererhauses mit vorgehaltener Hand leise sprechend mit, er könne ja nach Hamburg fahren, dort würden viel mehr Schiffe nach Amerika ablegen.

„Hamburg?", meinte Anna Louisa enttäuscht, „wie sollen wir denn da hinkommen?"

„Na, mit der neuen Eisenbahn von Bremen aus".

„Dann ist mein ganzes Geld schon weg, bevor wir überhaupt auf dem Schiff sind!"

„Ganz so teuer wird es schon nicht werden."

Als Christophs Vater in die Backstube kam, um sich von seinem Sohn vom Mehleinkauf berichten zu lassen, verschwand Anna Louisa still und heimlich zurück an den Verkaufstresen, wo sie Christophs Mutter schon sehnlichst und mit bösem Blick erwartete. Christophs Vater war stolz auf seinen Sohn angesichts der vielen Säcke voll Mehl, die an der Wand gestapelt standen und er dachte daran, wie er bloß die gute Arbeitskraft seines Sohnes eines Tages ersetzen soll. Aber vielleicht lässt er sich noch ein bisschen Zeit mit dem Weggehen.

Aber da hatte sich der alte Mann getäuscht.

—

„Habt ihr gehört? Revolution ist ausgebrochen in Paris! Sie haben den König verjagt und jetzt die Republik ausgerufen!", erzählte Christoph aufgeregt am Essenstisch in die Runde der Familie. Sein Vater hatte die Nachricht in der Wirtschaft schon gehört und war zwiegespalten, ob dies nun eine gute oder doch eine schlechte Nachricht sei.

„Wir brauchen hier keine Revolution, wir brauchen nur wieder normale Preise für unser Mehl", brummte er.

Tatsächlich hatten sich die Preise für Mehl und andere Dinge des täglichen Bedarfs in letzter Zeit drastisch verteuert. Grund dafür war eine wirtschaftliche Schwächephase im Deutschen Bund*, sowie Missernten, die insbesondere die ärmere Bevölkerung belasteten und diese machte deutlich mehr als die Hälfte der Gesamtbevölkerung aus.

„Stattdessen wollen sie wohl die Akzise* weiter erhöhen", fuhr er fort, „wo soll das bloß noch hinführen?"

Allen in der Familie war klar, dass sie in schwierigen Zeiten leben und die Revolution in Frankreich bereitete ihnen Sorge, dass bald auch bei ihnen Aufstände ausbrachen und die Menschen auf die Barrikaden gehen könnten.

Christoph führte das Gespräch am Familientisch nicht

ohne Absicht auf das Thema dieser Ungewissheit über die Zukunft, suchte er doch nach einem Anlass, seinen Eltern und insbesondere seiner Mutter, die Absicht, das Land verlassen wollen, ja es verlassen zu müssen, nahezubringen.

„Frau Mama, ich werde gehen", sagte er nach einer kurzen Pause, „hier gibt es für mich keine Zukunft".

„Aber Jung', wo willst Du denn hin?"

„Nach Amerika, Mama", sagte er voller Euphorie, „sie sagen, da gäbe es unbegrenzte Möglichkeiten, jeder, der fleißig ist, kann es da zu was bringen und ich will Zuckerbäcker werden, in New York!"

Seine Mutter hob die Schürze vor ihr Gesicht und jammerte, der Vater legte ihr seinen Arm auf die Schultern und versuchte sie zu beruhigen.

„Emma, wir mussten damals auch das väterliche Haus verlassen und uns auf eigene Füße stellen."

„Ich weiß Johann, aber wir waren nicht aus der Welt".

„Das stimmt wohl", grummelte er und streichelte sie.

—

„Frau Mama, bitte!", sagte Christoph mit leicht verzweifeltem Blick auf seine Mutter, denn diese packte seinen Koffer und stopfte ihn regelrecht voll mit allerlei Dingen, von denen sie glaubte, er würde sie in Amerika unbedingt benötigen: Winterkleidung, Sommerkleidung, und alles in mehrfacher Ausfertigung, dazu Verpflegung aller Art in haltbarer Form, getrocknet, gepökelt, eingeweckt. Ihr fiel immer noch etwas ein.

„Der Koffer lässt sich doch schon gar nicht mehr

schließen!"

„Aber mein Sohn, wie willst du denn in der Fremde überleben? Es wird doch seine Zeit dauern, bis du dein erstes Geld verdienst, und bis dahin?"

Christoph sagte nichts weiter, wusste er doch, dass sie vielleicht recht hatte. Die Anfangszeit wird sicher schwer und er muss gut mit seinem wenigen Geld und dem was er hat haushalten.

Er half ihr den Koffer zu schließen, was leidlich ging und nur mit einem zusätzlichen Gurt hielt.

In eine am Koffer befindliche flache Außentasche steckte er seine Taufurkunde und den Gesellenbrief der Bäckerinnung, die einzigen Papiere, die er besaß.

Am nächsten Morgen verabschiedete er sich von seinen Eltern. Seine Mutter weinte, auch sein Vater musste sich Tränen verkneifen, er musste versprechen, sofort nach Ankunft nach Hause zu schreiben.

Er merkte, wie auch ihm die Tränen kamen, daher trat er fast fluchtartig vor die Tür, wo sein Bruder bereits auf dem Bock sitzend auf ihn wartete, denn heute musste er nach Bremen zur Mühle, wie zukünftig wohl immer, und er nahm seinen Bruder mit bis dahin.

Hermann ließ nun die Peitsche knallen und das schwere Fuhrwerk mit den zwei Pferden setzte sich in Bewegung.

Kurz vor Ortsende ließ Christoph seinen Bruder die Pferde halten und etwas rechts der Chaussee heranfahren.

Da trat bereits ihrer beider Cousine Anna Louisa, bekleidet mit einem viel zu dicken Mantel und einem ebenfalls viel zu großen Koffer hinter dichtem Buschwerk hervor.

Hermann verzog das Gesicht, sagte aber nichts.

Christoph half ihr den Koffer auf die Ladefläche zu

heben und sie selbst hockte sich neben den Koffer rücklings dazu, denn auf dem Bock war nur Platz für Zwei.

Die Brüder verstanden sich wortlos, denn ohne sich vorher darüber verständigt zu haben, lenkte Hermann das Fuhrwerk nicht zur Mühle, sondern durchfuhr ganz Bremen bis zum Hafen hinauf. Christoph wies ihm den Weg bis zum Auswandererhaus.

Hermann war erstaunt über den ganzen Trubel, der hier herrschte, Christoph beinahe geschockt, angesichts dessen, dass noch viel mehr Menschen vor dem Gebäude standen, als bei seinem letzten Besuch und sogar auf den Wiesen drumherum Zelte aufgeschlagen waren.

Die Männer stiegen vom Bock, halfen Anna Louisa herunter und beförderten die schweren Koffer zu Boden.

Hermann verabschiedete sich von den beiden, nicht zuletzt, weil er die verlorene Zeit zum Müller wieder aufholen musste und er im Übrigen auch kein Freund langer Abschiede war.

So ließ er Christoph und Anna Louisa etwas ratlos stehen und dem unglaublichen Trubel und Gedränge vor dem Haus, mit vielen Menschen und ebenso vielen Kindern, von denen so einige seltsam gekleidet aussahen und noch viel seltsamere Sprachen sprachen.

Christoph kannte das ja schon, aber für Anna Louisa war es ein Schock. Aber wohl auch ein erfreulicher Schock, denn nach wenigen Minuten schon hatte sie den wohl überwunden und sie sah Christoph lächelnd an.

„So wird es wohl sicher in New York zugehen?"

„Nein, viel schlimmer", sagte er bestimmt, aber frohen Mutes.

Sie reihten sich ein in eine der Schlangen der Wartenden, erreichten aber nach Stunden immer noch nicht das Gebäude. Offizielle des Auswandererhauses versuchten vor dem Gebäude für Ordnung zu sorgen, achteten auf die Reihen und wurden von den Menschen mit Fragen bestürmt. Auch Christoph nahm die Gelegenheit wahr, einen der Ordner zu fragen, wie denn die Aussichten seien auf dem nächsten Schiff, diesem Segler, der ‚Bremen', mitfahren zu können.

Das Schiff käme in einer Woche aus Amerika zurück, es seien aber bereits alle Fahrkarten verkauft, in zwei Wochen würden Karten für die übernächste Fahrt verkauft, die ginge dann in sechs Wochen ab.

Christophs Enttäuschung über die Antwort hielt sich in Grenzen, denn von seinem ersten Besuch am Auswanderhaus war er bereits darauf vorbereitet, dass sie wohl warten müssten, um an Bord zu kommen.

„Fahren sie nach Hamburg, da gibt es viel mehr Schiffe, da finden sie vielleicht irgendeinen Frachtsegler, der sie mitnimmt".

Jetzt empfahlen die hier sogar ganz offiziell, nicht auf die ‚Bremen' zu warten.

Auf seine Frage, wo man denn hier bleiben könne, antwortete der Mann, das Haus sei vollkommen überbelegt, sie sollen sich in den Zelten einen Platz suchen, wenn sie denn einen finden.

Christoph und Anna Louisa traten aus der Reihe und gingen schweren Ganges mit ihren Koffern um das Gebäude herum. Rückseitig waren noch viel mehr Zelte aufgestellt, alle gleicher Art, weiße Leinwand, wie ein Pavillon, abgespannt mit Seilen, die häufig als Wäscheleinen genutzt wurden und Frauen, die vielfach davor an einem Feuer saßen und Essen zubereiteten:

Die Menschen hatten sich hier offenbar eingerichtet.

Christoph wies Anna Louisa an, auf ihn zu warten und auf die Koffer achtzugeben, dann ging er von Zelt zu Zelt und fragte nach einem Schlafplatz. Wo er auch reinschaute, waren die Zelte voller Menschen und Koffern, lagen Tücher und Decken auf dem Boden, die einen belegten Schlafplatz kenntlich machten. In einem Zelt fand er eine Ecke, besser, meinte er, man könnte daraus eine geeignete Ecke schaffen, wenn die anderen etwas zusammenrücken würden, aber die mürrischen Männer verstanden ihn offenbar nicht, sprachen eine vollkommen fremde Sprache.

Er ging weiter, von Zelt zu Zelt.

Nach einiger Zeit konnte er eine Frau, deren Deutsch er verstehen konnte, überreden, ihm eine Ecke im Zelt, in der gerade einmal eine Person Platz hätte, zu gewähren.

Er lief zurück, um Anna Louisa und die Koffer zu holen.

Als sie gemeinsam das Zelt betraten, war die Frau erbost über Christoph, denn er hätte ihr nichts von einer weiteren Frau erzählt und im Übrigen, diese riesigen Koffer, die passen überhaupt nicht mehr hierher.

„Hier sollen wir schlafen?", fragte Anna Louisa.

„Besser als nichts", sagte Christoph bestimmt, nahm die Koffer und baute mit ihnen eine kleine Burg, die ihre Ecke etwas abgrenzte, dabei schob er Gepäckstücke der anderen Bewohner etwas zur Seite, was die Frau, die das trübe Gesicht der Anna Louisa sah, jetzt ohne weitere Widerworte hinnahm und sich wieder ihren Kindern zuwendete.

Er nahm seine Jacke, ließ Anna Louisa ihren ohnehin zu warmen Mantel ausziehen und bereite daraus eine Schlafgelegenheit. Als er damit fertig war, sah er sie an.

„Na, ja, wir können ja abwechselnd schlafen".

Sie zeigte es nicht, aber insgeheim war sie froh, dass ihr Cousin sich so um ihr Wohl kümmerte, wohl wissend, dass sie sich ohne ihn niemals auf die Reise gemacht hätte.

Irgendwann zum Abend hin, legte sie sich in die bereitete Ecke und versuchte zu schlafen, was angesichts der nicht enden wollenden Laute und Geräusche der Menschen in ihrer Nähe schwierig war, hatte sie doch nie zuvor im Leben irgendwo anders geschlafen als in ihrer Nische auf dem elterlichen Hof. Aber irgendwann schlief sie ein und merkte fast nur unterbewusst, dass sich jemand neben sie legte und aufgrund der Enge sich dabei recht dicht an ihren Körper schmiegte und seinen Arm um ihre Taille legte. Sie zog das Dreieckstuch ihres Kleides etwas hoch, bedeckte damit Christophs Arm und legte ihre Hand dabei auf seine.

Christoph konnte es nicht sehen, aber sie lächelte im Schlaf.

Ein paar Tage später kam Christoph zum Zelt, vor dem Anna Louisa versuchte, etwas Essbares für sie beide zuzubereiten. Er wurde begleitet von einem unbekannten Mann.

„Ich bringe gute Nachricht", sagte er ihr erfreut, „wir können mit dem nächsten Schiff mitfahren".

Sie sah ihn fragend an.

„Dieser Herr hier würde uns seine Fahrkarten verkaufen."

„Würde?", fragte sie skeptisch, gefiel ihr das Gesicht des Mannes doch so überhaupt nicht.

„Neunzig Taler will er dafür haben".

„Neunzig Reichstaler für zwei Karten?"

„Nein", sagte Christoph etwas kleinlaut, „für eine".

„Hattest Du nicht gesagt, die Fahrt würde 45 ½ Taler kosten?" Anna Louisa verzagte angesichts des Essens, was ihr wegen der wenigen Zutaten und fehlenden Küchenhilfsmitteln schwerfiel, einigermaßen passabel hinzubekommen. Und jetzt noch dieser linkische Kerl, der ihnen seine Fahrkarten für fast das Doppelte anbot!

„Sie können auch noch ein paar Monate hier kampieren, aber glauben sie mir, der Herbst und Winter kommt schneller, als sie denken, junge Frau", sagte der Mann kalt, als schien ihn Anna Louisas spröde Reaktion persönlich zu beleidigen.

Tatsächlich kalkulierte sie im Kopf aber blitzschnell ihr Geld, wusste, wie viel Christoph hatte und wog es ab mit ihrer Nische im Zelt und den Aussichten auf die Alternative zu warten und hoffen.

Während sie ihn dabei mindestens so kalt kalkulierend ansah, wie er und Christoph fast erstaunt über das Verhalten seiner Cousine danebenstand, sagte sie tonlos:

„60"

„80"

„Wir zahlen ihnen genau 25 ½ Taler mehr, als der aufgedruckte Preis, keinen lumpigen Groschen mehr!"

Dabei ließ sie für einen Moment regelrecht die Zähne blecken.

Der Mann lächelte ebenso für einen Moment, konnte er sich doch eine gewisse Bewunderung für diese selbstbewusste junge Frau nicht verkneifen. Dann sagte er wieder mit seinem kalten Blick:

„Abgemacht"

„Lass Dir die Fahrkarten zeigen!", befahl sie Christoph barsch, nicht eine Sekunde nach der Zustimmung des Mannes.

Etwas zaghaft streckte dieser ihm seine nach oben offene Hand entgegen und der Mann griff in eine Innentasche seiner Jacke. Dabei brachte er gleich einen kleinen Stapel bedruckter Fahrscheine hervor, zeigte einen davon Christoph, ließ ihn dabei aber nicht los.

„Südseefischerei Companie", las er vor und sah dazu den Aufdruck eines Wappens und ein skizziertes Segelschiff, die ‚Bremen', wie er meinte zu erkennen, „Fahrkarte 3. Klasse, einfache Fahrt. Abfahrt 20. Juni 1848".

Anna Louisa sah Christoph erwartungsvoll an. Auf sein leises Nicken hin griff sie unter ihren Rock und zog ihren Geldstrumpf hervor, dann zählte sie 71 Taler ab. Christoph zog ebenfalls schnell seine Geldbörse aus der Hosentasche und beide übergaben dem Mann das Geld gegen zwei Fahrscheine. Mit einem „Gute Fahrt" verschwand der Mann sofort wieder im Getümmel der Auswanderer.

Christoph setzte sich zu ihr auf den Boden und beide sahen sich ihre Fahrkarten an, als betrachteten sie ein wertvolles Schmuckstück. Dann schlang er spontan seine Arme um sie, drückte sie und flüsterte:

„Gut gemacht!"

Beide steckten die Fahrscheine in ihre Geldbörsen und verstauten diese wieder sicher am Körper.

Schon den ganzen Morgen über standen die Menschen dichtgedrängt am Kai, sahen sie doch einen herannahenden Segler, von dem alle erwarteten, es sei endlich die ‚Bremen', denn diese war bereits mehrere Tage überfällig. Christoph und Anna Louisa konnten die innere

Unruhe über die Ankunft des Schiffes kaum ertragen und mussten den Worten anderer Auswanderer, die offenbar mehr Kenntnisse der Seefahrt hatten, Glauben schenken, wonach man die Ankunft eines Schiffes nie sicher weiß, denn diese hänge stets von günstigen Winden ab.

Es dauerte Stunden, bis das Schiff endlich nach mehreren Manövern anlegen konnte und Männer des Auswandererhauses nur mit viel Mühe die Ordnung der wartenden und drängenden Menschen sicherstellen konnten. Immer wieder mussten sie sich mit lauten Rufen und einem Zurückdrängen der Leute und ihres Gepäcks vom Anlieger bemühen. Das Schiff müsse zuvor noch entladen werden.

Während die Auswanderer mit einem gewissen Abstand zum Schiff in Reihen anstanden, gingen nun Schauerleute an Bord und trugen stundenlang schwere Kisten und Ballen mit irgendwelcher Ladung von Bord, die auf Fuhrwerke verladen und abgefahren wurde. Nachdem dieses offenbar fertig war, wurden die Auswanderer immer ungeduldiger, tönte die eine oder andere Stimme des Unmuts aus der Masse.

Dann endlich ließen die Seeleute die Menschen an den Gangways in zwei Reihen anstehen und die Leute drängten sich mit ihrem Gepäck oder einem Kind in der einen und ihrer Fahrkarte in der anderen auf die enge Gangway und balancierten auf dem leicht auf- und abwärts schaukelnden und dabei knarzenden Steg steil aufwärts an Bord des Seglers. Empfangen wurden sie von mürrisch blickenden Seeleuten, die sich ihnen so in den Weg stellten, dass sie nur eines Weges gehen konnten, der geradewegs zu einer Treppe führte, die in den Schiffsbauch hinunterführte. Dabei war ihnen der kontrollierende Blick auf die Fahrkarte offenbar weniger wichtig, als zügig die

Menschenladung unter Dreck zu verbringen.

 Christoph erreichte weit vor Anna Louisa diese Treppe, hatten sie doch abgesprochen, dass er ihnen einen Platz an Bord sichern sollte. Er mühte sich, den schweren, sperrigen Koffer die schmale, sehr steile Treppe abwärts zu tragen. Unter Deck herrschte bereits ein unbändiges Gewusel, versuchten sich die Menschen eine der auf der ganzen unteren Ebene längsseitig an der Bordwand eingebauten Etageren, Schlafnischen aus groben Holzplanken, die auf zwei Ebenen in den Unterbau gezimmert wurden, zu sichern. Christoph drängte sich mit seinem Gepäck weiter in den Schiffsrumpf hinein, fand eine offenbar noch nicht belegte Etagere ganz oben und hievte seinen Koffer hinauf, dann kletterte er hinterher und ließ sich erschöpft in die hölzerne Ebene des Bettrahmens hineinfallen, denn eine Matratze gab es darin nicht. Von oben die Szenerie beobachtend hielt er Ausschau nach Anna Louisa, die er erst eine halbe Stunde später entdeckte und die angesichts ihres Koffers mit hochrotem Kopf offenbar vollkommen mit ihren Kräften am Ende war. Er rief ihr zu und kletterte von oben herunter. Dann versuchte er ihren Koffer unterhalb der unteren Etagere zu verbringen, die allerdings schon mit anderen Gepäckstücken befüllt war. Er zerrte und schob an den Koffern, Paketen und Säcken, half dazwischen Anna Louisa in seine obere Etagere zu klettern und verbrachte dann seinen eigenen Koffer ebenfalls noch irgendwo unter der Schlafnische.

 Erschöpft ließ er sich auf die lange Sitzbank fallen, die sich in der Schiffsmitte auf ganzer Länge des Raumes, nebst eines ebensolchen Tisches und einer Sitzbank auf der anderen Seite, längs durch das ganze Schiff hindurchzog.

Er blickte nach oben zu Anna Louisa, die sich etwas erholt hatte und angesichts der geglückten Sicherung eines Schlafplatzes jetzt mit einem Lächeln auf ihn herunterschaute. Dann ging ihr Blick in ihre grobe hölzerne Koje, die gerade so lang, wie sie groß, aber genauso schmal, wie ihre Schlafnische in dem Zelt zuvor war. Und hier sollten sie jetzt zu zweien liegen?

Das machte ihr nichts, das hatten sie ja bereits geübt.

Aus dem Unterdeck heraus bestand keine Möglichkeit des Blicks nach draußen, Licht fiel lediglich über die Treppe zum Oberdeck und einigen kleinen Öffnungen im selbigen ein. Jetzt, wo sich alles etwas gefunden und beruhigt hatte, wurden angesichts zunehmender Dunkelheit einige Talglichter angezündet, die an Balken und den mächtigen Masten hingen, die geradewegs durch das Deck hindurchragten.

Christoph wunderte sich etwas über dieses seltsam schwankende Gefühl, als bewege sich der Boden unter den Füßen und die Schritte wurden unsicher. Das Wasser in seinem Becher, das er sich zuvor aus einem Fass gezapft hatte, schwappte über, da dieser auf dem Tisch nicht mehr gerade und sicher stehen konnte. Er musste ihn festhalten, denn das Schiff hatte längst abgelegt und Fahrt aufgenommen.

Alle Erwachsenen hatten Schwierigkeiten mit dem Schwanken des Schiffes, fühlten sich unwohl und einige wurden bleich im Gesicht. Den Kindern tat das nichts, im Gegenteil machte ihnen das Herumtollen offenbar umso mehr Spaß.

Anna Louisa fühlte sich schlecht, ein Gefühl, wie das einer herannahenden Krankheit. Sie merkte, wie sie aufstoßen und manchmal würgen musste, aber angesichts der Tatsache, dass sie den ganzen langen Tag nichts zu essen hatten, kam nur Galle aus ihrem Inneren hoch in ihren Mund, die sie anekelte und versuchte im Abort auszuspucken, was aber nicht so einfach war, denn dieser war ständig belegt. Offenbar ging es vielen Reisenden nicht gut. Da beide sehr müde von dem anstrengenden Tag waren, richteten sie sich in ihrer Koje zum Schlafen ein.

Die erste Nacht war schrecklich. Das Gefühl in der Magengegend, diese seltsame Übelkeit steigerte sich im Liegen sogar und verursachte zusätzlich Kopfweh, dazu kam das stete und unregelmäßige Schaukeln des Schiffes, mal durch Wellen von der Seite, mal von vorne und sämtliches hölzernes Gebälk ächzte und knarzte unentwegt.

Im Morgengrauen erwachten sie durch Stiefelgetrampel und laute Rufe von Kommandos der Seeleute über ihnen an Deck. Sie, wie auch nahezu alle anderen Bewohner des Zwischendecks dösten weiter in ihren engen Kojen, unterhielten sich leise und warteten einfach darauf, dass es ihnen wieder besser gehen, das Schiff und seine Mannschaft endlich Ruhe geben würde.

Nach ein paar Stunden, die Seeleute waren bis auf wenige auf Deck nicht mehr zu hören, schien das Schiff endlich etwas ruhiger und gleichmäßiger auf dem Meer zu segeln. Es lag zwar leicht schräg, aber immerhin ruhiger und die Mägen der Reisenden schienen sich langsam zu besänftigen und sich an das Segeln zu gewöhnen. Als jetzt auch noch ein paar Sonnenstrahlen durch die wenigen Außenöffnungen hineindrangen, veranlasste dies manch einen aufzustehen und sich anzuziehen. Auch Christoph und Anna Louisa krochen aus ihrer Koje, tranken etwas Wasser und aßen von einem Stück Brot, welches sie gestern noch an Land gekauft hatten.

Die Treppe zum Zwischendeck wurde geöffnet und ein Seemann erlaubte ihnen, eine Zeitlang an Deck zu gehen. Die Menschen stiegen die steile Treppe hinauf, traten an Deck und sogen die frische, aber kalte Seeluft in sich hinein, die offenbar sofort für Erholung von der Übelkeit und rotbäckige Gesichter sorgte.

Sie betrachteten staunend, wie das doch recht kleine Schiff durch die riesigen Wellenberge glitt und jedes Mal, wenn das Schiff oben auf so einem Wellenberg war, konnte man den endlosen Horizont sehen, auf dem so weit das Auge reichte, nichts als das Meer zu sehen war.

Nach einiger Zeit wurden alle wieder unter Deck beordert. Dort wurde am Ende des Decks Essen ausgegeben: Ein Becher heißer Tee, Brot und auch Wurst und Käse, die bereits in Scheiben geschnitten, nur noch auf das Brot gelegt werden mussten. Jetzt kehrte auch bei den letzten der Passagiere die Zuversicht zurück. Man setzte sich an die Tische, unterhielt sich mit wildfremden Anderen, versuchte deren Deutsch zu verstehen und unterhielt sich in Zeichensprache, wo Verständigung nicht möglich war.

So gab es jetzt täglich morgens und abends Tee mit Brot und mittags eine warme Mahlzeit als Eintopf, ‚Misch-Masch', wie Christophs Vater zu Hause zu sagen pflegte, wenn seine Mutter mal wieder Reste von Essen der Vortage zusammenmischte, um daraus ein weiteres Gericht zu zaubern. Beim Gedanken daran wurde er wehmütig.

So gewöhnten sie sich an die Fahrt, dem engen Beisammensein der Fahrgäste, was nicht immer einfach war, aber wenn es wirklich mal Streit gab und Männer aufeinander losgingen, kamen sofort Matrosen heruntergestürmt, griffen die Streithähne und ließen sie ein paar Stunden bei Wind und Wetter oben auf Deck stehen, bis sie sich wieder beruhigt hatten.

Christophs Befürchtung, die Fahrt könne zwölf Wochen lang dauern, so erzählte es ihm jemand, trat zu seinem Glück nicht ein, denn eines Morgens nach sechs Wochen und drei Tagen Fahrt über den Atlantik wurden sie von Matrosen bei leichter See und recht klarem Wetter nach oben beordert und konnten sehen, dass Land in Sicht war und mehr noch, die ersten riesigen Häuser einer Stadt zu sehen waren:

New York!

Sie durften bis zum Reffen der Segel auf Deck bleiben und hörten, wieder unter Deck, gespannt, wie ihr Schiff an Fahrt verlor, beidrehte und offenbar anlegte.

Längst hatten alle ihre Sachen gepackt und sich angekleidet. Sie mussten aber noch Stunden warten, bis endlich die Ersten die steile Treppe aus dem Schiffsbauch heraus an Deck und von da aus weiter in Einerreihen zu der steilen Gangway marschieren und von Bord gehen durften. Unsicheren Schrittes und abwechselnd ebensolchen Blickes in Richtung Kai ging Christoph voran, dicht gefolgt von Anna Louisa und folgte der Menschenschlange, die von bewaffneten Männern bewacht, die Auswanderer auf ein rundliches, wie eine alte Burg aussehendes Gebäude zuführte. Sie hatten den Eindruck, in ein Gefängnis geleitet zu werden.

Durch ein Tor in den hohen Mauern erkannten sie einen unbedachten, offenen Innenraum, der genau wie beim Bremer Auswanderhaus mit großen grauen Zelten ausgestattet war. Doch bevor sie in diesen Innenraum hineintreten durften, mussten sie an einem Tisch warten, an dem ein Uniformierter saß, der jeden Ankommenden ansprach:

„Name?", fragte er auf Englisch und da Christoph nicht sofort reagierte, fragte ein, in einem seltsamen Anzug gekleideter Zivilist, der neben dem Uniformierten stand auf Deutsch:

„Wie ist ihr Name?"

„Christoph Spanutius", antwortete er nun prompt und der Zivilist sagte laut:

„Christopher Spanious"

Der Uniformierte sah eine lange gedruckte Liste durch, auf der Suche nach seinem Namen. Als er ihn offenbar fand, hakte er ihn ab und sagte:

„Block F, ask for a place to rest there", und machte eine Handbewegung, die ihm deutete, dass er weitergehen solle.

Christoph ging etwas vor, wartete aber dann auf Anna Louisa, hinter ihm, die ebenfalls ihren Namen nannte, allerdings den bereits in Bremen falsch angegebenen, damit sie als Ehepaar eingestuft werden:

„Anna Louisa Spanutius"

„Anne Spanious", übersetzte wieder der Zivilist.

Der Uniformierte fand auch ihren Namen auf der Liste, hakte ihn ab und schaute sie streng an. Sie schaute ebenfalls streng zurück, durfte sie doch nicht den geringsten Zweifel erwecken, dass sie als jetzt gerade einmal Fünfzehnjährige, Ehefrau des vor ihr noch wartenden Christoph sei.

„Just follow your husband", sagte der Uniformierte und winkte wieder mit der Hand, sie solle durchgehen.

Demonstrativ nahm Christoph seinen Koffer in die linke und Anna Louisas Hand in die rechte:

„Hello Anne, welcome to New York", sagte er in ungelenkem Englisch.

"Hello Christopher", antwortete sie mit einem Lächeln.

Gemeinsam gingen sie hinein in den mittlerweile dunklen und durch viele Petroleumlampen, die an den Zelten hingen, erhellten Innenraum des Castle Garden.

Im Zelt mit der Aufschrift ‚Block F' wurden sie erneut nach ihren Namen gefragt und es wurde ihnen ein Schlafplatz in einem weiteren Zelt zugewiesen. Nur weil sie als Ehepaar galten, durften sie gemeinsam in einem Zelt, welches mit vielen anderen Paaren und deren Kindern belegt war, unterkommen, denn Einzelreisende wurden strikt nach Geschlechtern getrennt.

Die vielen Menschen dichtgedrängt im Zelt, die verschiedenen Sprachen, Aussehen und Gerüche, dazu die Ecke mit dem kleinen hölzernen Bettrahmen, zu dem sie jetzt ihre Koffer hinzustellten entlockte ihnen nur ein leises Lächeln, denn das kannten sie ja schon.

—

Zwei Tage später wurden sie einzeln in einem Zelt zur ärztlichen Untersuchung aufgefordert. Christoph musste die Brust freimachen, ein Arzt horchte seinen Oberkörper mit einem Hörrohr ab, sah ihm in den Rachen, prüfte die Augen und ließ ihn Kniebeugen machen, während er unentwegt redete und eine Frau an einem Tisch dessen Worte aufschrieb. Christoph verstand nur wenig, hatte aber den Eindruck, dass der Arzt mit ihm zufrieden war.

Die Tatsache, dass er keinen Pass hatte, führte zu Nachfragen und der Notwendigkeit, Gründe dafür anzugeben, aber offenbar konnte er die Beamten mit seinen handwerklichen Fähigkeiten und seiner guten Gesundheit überzeugen.

So trafen sie nun beide wieder vor dem Zelt aufeinander, nahmen ihre Koffer in die eine und die Hand des anderen in die andere und wurden von einem Beamten zum Ausgang geführt. Christoph drückte mit der Hand eine Tür auf, auf der in großen Buchstaben ‚Push to New York' stand.

Genealogie zu Kapitel 8

Christopher Spanutius (#10c-3000) geb. 26.05.1833 in Beverstedt bei Bremen, gest. 21. März 1905 in New Haven, Connecticut, USA, verheiratet in 1. Ehe mit Mary Kuhner und nach deren Tod 1875 mit Anna Louisa Ficken (einer Nichte seiner Mutter), war Confectioner (Zuckerbäcker) in New York, später in New Haven. Im Internet fand ich einen Zeitungsauschnitt des ‚Journal Courier' aus New Haven vom 3. Januar 1906, worin das Vermögen eines Christopher Spanutius für 10129,- $ zur Zwangsversteigerung angekündigt wurde. Sein Lebensweg in Amerika war fernerhin offenbar wechselhaft. Seine umfangreichen Nachfahren leben heute in Pennsylvania, Texas und Kalifornien. Christophers Linie in der Familie kann zurückverfolgt werden zu einem Arnold Spanuth (#10-34) (1536-1607), einem Abkömmling der Kellereihoffamilie, seinerseits Amtsschreiber in Stadthagen, dem der Autor die ersten Aufzeichnungen von Stammbäumen ab Tönnies (#1-1) und diverser Chroniken und Lebensläufen der Familienmitglieder verdankt.

Dieses Kapitel steht stellvertretend für 43 Familien oder Einzelpersonen aus dem Familienstamm, die in der Zeit von 1845 bis 1915 nach Nord- und später auch Südamerika auswanderten.

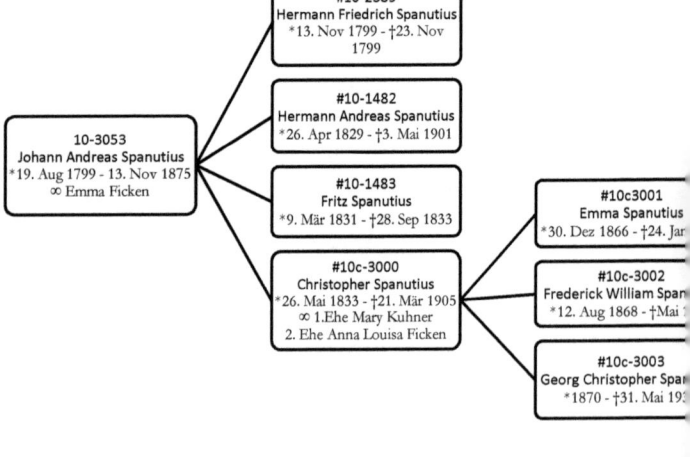

* = geb.   + = gest.   ∞ = verh.

Er hatte bereits eine beachtliche politische Laufbahn hinter sich, in der er sich, selbst aus ärmlichen Verhältnissen stammend und als aufstrebender Handwerker verstehend, vom liberalen Bildungsbürgertum aber nach und nach abwendete und angesichts der unhaltbaren Zustände der armen, arbeitenden Bevölkerung und nach der Lektüre von Marx, Schritt für Schritt eine Hinwendung zum Sozialismus vollzog. Dies führte dazu, dass August Bebels Initiative am 7. August 1869 in Eisenach zur Gründung der Sozialdemokratischen Arbeiterpartei führte.

9

Hannover
Herbst 1869

„Ungerecht bist du!", jammerte Dorette verzweifelt, „immer bin ich an allem Schuld!". Sie schluchzte, weinte und wischte sich die Tränen: „und du weißt auch, dass ich recht bin!" Heinrich Wilhelm sah zu Boden, hatte sich sein Jähzorn wieder gelegt und in seinem Inneren rotierte es. Ja, natürlich trägt seine Frau keine Schuld an dem Dilemma, im Gegenteil, war sie immer bemüht, es ihm recht zu machen, ihm zu helfen, die misslichen Umstände ihres Lebens irgendwie zu heilen. Er schämte sich, war aber außerstande, sich bei ihr für sein Verhalten zu entschuldigen. Das kannte sie schon, reichte es ihr mittlerweile, wenn er sich beruhigte und seine Sanftmut zurückkehrte.

Heinrich Wilhelm Spanuth hatte ein schweres Leben hinter sich. Die Kindheit in Engern, einem Dorf gegenüber der Stadt Rinteln, auf der anderen Seite der Weser, dort wo sich die armen Leute ansiedelten, die sich das Leben in Rinteln nicht leisten konnten. Sein Vater als Leineweber verdiente mit seinem Gewerbe zeitlebens nie genug Geld, trotz, dass seine Mutter eine wirklich ausgezeichnete Geschäftsfrau war, entwickelte sie doch immer wieder neue Ideen, was man aus Webstoff so alles machen könne, nicht nur weißes Leinen, sondern kunstvoll gefertigte Tücher, die den Frauen als Hals- und Kopftuch zu ihrer Tracht dienen konnten. Und verkaufen konnte sie diese obendrein, war sie auf allen Märkten der Gegend bekannt für ihre Geschäftstüchtigkeit.

Aber seine sechs Kinder fraßen seinem Vater die Haare vom Kopf, wie er es auszudrücken pflegte, was aber nicht wirklich stimmte, denn Haare hatte er nach seiner Erinnerung, nur Heinrich Wilhelm und seine Geschwister litten ihre ganze Kindheit lang Hungers.

Das naheliegende Wesergebirge mit seinen Luhdener Klippen war das Rückzugsgebiet der Kinder, sammelten sie sommers Waldbeeren und suchten sie winters, in Ermangelung von Schuhwerk, die Füße in alte Leinen gewickelt, nach trockenem Totholz, welches sie, ohne vom Förster des Diebstahls bezichtigt zu werden, nach Hause schafften, um die Wohnung der Familie wenigstens etwas zu erwärmen.

Früh war ihm klar, dass er nicht wie seine Vorväter Leineweber werden wollte, so nahm er die Anweisung des Vaters, das Schneiderhandwerk zu erlernen, gerne an.

Sie fanden einen Schneider in Steinbergen, der ihn zum Lehrling nahm, was zum Glück nicht weit war, sodass er die drei Jahre der Lehrzeit täglich eine gute halbe Stunde des Weges zu Fuß dorthin gehen konnte.

Aber nach Abschluss der Lehre hatte er genug, musste er der Strenge des Vaters und des Lehrmeisters entfliehen und tat dies sogleich, indem er sich auf Wanderschaft begab.

Und diese nahm er wörtlich: Er marschierte aus seinem Heimatdorf gen Norden, denn er wollte unbedingt einmal in seinem Leben eine richtig große Stadt sehen mit ebensolchen großen Schiffen. Als er nach einer Woche und mehr als einundzwanzig Meilen Fußmarsches Hamburg erreichte, war sein Erspartes bereits aufgebraucht, musste er sich sofort eine Anstellung bei einem Schneider suchen.

Im Nachhinein wusste er es nicht mehr, ob es die Anstrengung des ungewohnt langen Weges, oder die bald zwanzigstündigen Arbeitstage bei dem Schneider waren, auf jeden Fall fand er sich blutspeiend auf dem Straßenpflaster liegend und später in einem Krankenhaus am Hafen wieder.

Wieder bei Bewusstsein fragte er den Doktor, der an seinem Bett stand, ob er die Krankheit denn überleben würde.

„Guter Mann, glauben sie mir, sie werden schon überleben, denn sonst würde ich sie nicht behandeln. Tote bezahlen mir nicht meine Rechnung!"

Diesen Satz merkte er sich, war er doch zuerst eine

berechtigte Hoffnung, das Krankenhaus irgendwann gesund wieder zu verlassen, aber fernerhin sein lebenslängliches Gegenbeispiel zu seinem christlichen Glauben, der sich durch diese Krankheit offenbarte und ihn nach der tatsächlichen Genesung einem von Lebensjahr zu Lebensjahr strengerem Pietismus* zuführte.

Die vollständige Gesundung des Zwanzigjährigen hauchte ihm neuen Lebensmut ein, verließ er die große Stadt, die ihm kein Glück brachte, setzte seine Wanderschaft über Oldesloe[8] und Lübeck bis nach Schwerin fort.

Nach allem, was er bisher gesehen hatte, gefiel es ihm hier einfach ausgezeichnet, war der Meister seiner Gesellenstelle, die er dort annahm, ein umgänglicher, freundlicher, ja fast liebevoller Mann, der ihm sofort Vorschuss auf seinen Lohn gab. Aber das war es nicht allein: Er war fasziniert von der schönen Stadt, dem Schloss am See und überhaupt der herrlichen Landschaft drumherum mit ihren Seen und der Natur. In jeder freien Stunde ging er hinaus und ergötzte sich an der Naturschönheit.

Er gestand es sich nicht ein, aber er befand sich, trotz jetzt einiger verstrichener Jahre, immer noch auf Wanderschaft und eine solche führt irgendwann wieder zu einer Rückkehr in die Heimat. Er erinnerte sich nicht des Grundes, aber eines Tages kündigte er seine Stellung bei dem Schneider und wanderte nach Ende des Winters im Frühjahr 1838 wieder in Richtung der Heimat.

---

[8] Oldesloe hieß erst ab 1910 Bad Oldesloe

Immer mal wieder, wenn er sich an seine frühen Wanderjahre erinnerte, fiel ihm auch dieses seltsame Erlebnis ein, welches ihn, irgendwo im Nirgendwo Mecklenburgs oder schon auf der anderen Seite der Elbe, vielleicht im Celler Land ereilte, auf einer einsamen Chaussee, links dichter Wald, rechts vereinzelte Bauerngehöfte, manchmal Felder oder eingezäunte Wiesen, auf denen Viehzeug stand.

Auf einem wirklich sehr einsamen Abschnitt, auf dem ihm keine Wanderer entgegenkamen, Reiter oder Fuhrwerke überholten, man stets dieses mulmige Gefühl hatte, gleich würde ein Wegelagerer aus dem Wald hervorbrechen und einem das wenige Geld und die armseligen Habseligkeiten stehlen, sah er von vorne ein großes Tier auf sich zukommen. Je näher er kam, desto klarer wurde ihm, es handelte sich um ein Rindvieh, genauer ein Ochse, und weit und breit war dazu kein Bauer zu sehen, der das Tier führte, es war ganz augenscheinlich allein, vielleicht aus seinem Stall oder Umzäunung ausgebrochen.

Beide, der Ochse und Heinrich Wilhelm wurden, je weiter sie aufeinander zuliefen, immer langsamer und kamen irgendwann, höchstens fünfzig Fuß voneinander entfernt zum Stehen und sahen sich an.

Heinrich Wilhelm war mulmig zumute, hatte er doch den Eindruck, dass der Ochse, der mitten auf der Chaussee stand, ihn offenkundig nicht einfach an sich vorbeimarschieren lassen wollte, denn der fing nun an zu schnaufen und mit den Hufen zu scharren.

Dem anfänglichen Respekt gegenüber dem großen, mächtigen Tier, wich zunehmend Angst und als der Ochse nun schnaufend anlief und wie von Sinnen auf ihn zu rannte, packte ihn die nackte Panik und er flüchtete links in den dichten Wald hinein. Er merkte, dass der Ochse ihm auf den Fersen war, er Büsche und kleine Bäume einfach umriss und von Sekunde zu Sekunde näher an ihn herankam, denn Heinrich Wilhelm hatte deutlich mehr Mühe, die Äste von sich wegzuschlagen, zu rennen und nicht zu stolpern.

Er musste schnellstmöglich wieder raus aus dem Wald, hoffte, auf der gepflasterten Chaussee, seinem Verfolger schneller entweichen zu können. Als er aus dem Dickicht heraus war und um sein Leben lief, sah er wie mehrere Bauersleute mit Forken, Knüppeln und Seilen in den Händen auf ihn zuliefen.

Er rannte an den Männern vorbei und lief weiter seines Weges, sah aber, wie die Bauern den Ochsen offenbar zum Stehen brachten, ihn beruhigten, ihn anriefen mit seinem Namen; „Ruhig Karli, ruhig mein Bester!", und dieser nun zumindest von einer weiteren Verfolgung von ihm absah.

Heinrich Wilhelm hörte auf zu laufen, ging wieder über in seinen Gehschritt und versuchte sein stark schlagendes Herz zu beruhigen, öffnete seinen Mantel, damit der Schweiß seines erhitzten und schwitzigen Körpers trocknen und abkühlen konnte.

Trotz der Anstrengung und unerwarteten lebensbedrohlichen Lage, der er meinte nur knapp entronnen zu sein, legte er keine Ruhepause ein, marschierte er stramm, wie ein Getriebener, weiter seines Weges. Dabei grübelte er unentwegt, wieso dieses Tier ihn so bedrohte, so jagte, wie einen Hasen, dem ein Fuchs nach dem Leben trachtete.

War er diesem Ochsen je zuvor begegnet? Hatte er diesem Tier irgendetwas Böses angetan? Was war es, was das Tier so reizte, es wütend machte? War es vielleicht seine Erscheinung, sein langer filzener Mantel, der wegen der vielen purpurnen Fäden von Weitem aussah, als sei er blutrot?

Er wusste es nicht, fing an, laute Zwiegespräche mit dem Herrn zu führen, redete unentwegt, faltete in Abständen die Hände zum Gebet und bat den Herrn um Vergebung für eine Untat, derer er sich nicht erinnerte und die er vielleicht in einem früheren, anderen Leben verübt hatte.

Es dauerte lange, bis sich seine Aufgewühltheit und Ratlosigkeit über das Ereignis legten, sein pietistisch geprägter christlicher Glaube ihm wieder Ruhe gaben und Zuversicht, sich weder in diesem, noch in einem anderen Leben irgendeines unchristlichen Vergehens gegenüber diesem Tier schuldig gemacht zu haben.

Eine Antwort vom Herrgott bekam er daraufhin aber niemals.

—

Als er Hannover erreichte, was einen guten Tagesmarsch von seinem Heimatdorf Engern entfernt lag, machte er dort erneut Station und suchte sich wieder eine Gesellenstelle. Diese fand er bei dem Schneidermeister Volcker und dazu Wohnung nebenan in der Kramerstraße.

Hannover erinnerte ihn sehr an Hamburg, nur dass der Hafen mit seinen großen Schiffen fehlte, aber sonst war es gleich: Viele, viele Menschen wohnten in engen Gassen und noch viel engeren Wohnungen. Stets war es laut, ratterten Fuhrwerke über das Pflaster, tobten Kinder umher und dazu lag stets ein erbärmlicher Gestank von Pferdemist, Aborten und Abfällen in der Luft, die in jeder

Ecke lagen, mit den unvermeidlichen Hunden, Katzen und Ratten, die darin herumwühlten.

Trotzdem blieb er, war er in Engern höchstens mal auf Besuch bei den Eltern und hatte nicht die Absicht nach Hause zurückzukehren, denn das hatte, neben der Ungewissheit eine geeignete Stelle auf dem Dorf zu finden, noch einen weiteren Grund.

Dieser lag in Catherine, der Tochter des Meisters. Er, mittlerweile siebenundzwanzig Jahre alt, verliebte sich in die Zwanzigjährige und sie heirateten am 18. August 1839 in der Marktkirche, am Ende der Kramerstraße.

Die ersten Jahre lebten sie mit seinen Schwiegereltern gemeinsam über der Werkstatt des Schwiegervaters, arbeitete er dort als Geselle und Catherine vorne im Laden, wenn sie nicht gerade wegen Unwohlsein nicht arbeiten konnte, denn hier wurden die ersten sechs ihrer Kinder geboren. Der Erste, der Ferdinand war wohlgeraten, wie sich später herausstellte, ein schlauer Kerl, viel schlauer als er selbst, sollte der doch mal das Lyzeum[9] besuchen, das Lehrerseminar belegen, dazu Naturwissenschaften, Mathematik und Geschichte studieren!

Aber die vier folgenden, der Eduard, der Hermann, der Gustav und eine Tochter, der sie noch nicht einmal einen Namen geben konnten, starben ganz kurz nach ihrer Geburt.

Heinrich Wilhelm war zerrissen von seinem Glauben an den Herrgott und der Trauer um die toten Kinder, verbrachte jede freie Stunde in der Kirche, nicht nur an Sonntagen. Als dann der August 1845 geboren wurde und sich dessen Gesundheit als stabil herausstellte, waren sie wieder froh, gewann er neuen Lebensmut und brachte ihm

---

[9] veraltete Bezeichnung für ein Gymnasium

die gerade aufkommende Eisenbahn neues Glück, denn es gelang ihm zum Schneider der hannoverschen Eisenbahnbeamten zu werden.

So bezogen sie am 8. Oktober 1845 endlich ihre erste eigene Wohnung im Kreuzkirchhof Nummer 5. Er konnte die großzügigen Räume im Erdgeschoss nutzen, die Schneiderei zu vergrößern, hatte mehr als zwölf Gesellen und mehrere Lehrlinge in Beschäftigung. Catherine gebar hier noch weitere 5 Kinder: die Bertha, die Anna, Emma, Marie und den Johannes.

Heinrich Wilhelm war im gesamten Gemeindegebiet um die Kreuzkirche herum bekannt, nicht nur als angesehener, erfolgreicher Unternehmer, sondern auch durch sein entschiedenes Eintreten für alles Christliche, eines, was das Sozialleben aller anderen Menschen um ihn herum bei Weitem übertraf und ihn zu einer Respektsperson machte. Am deutlichsten zeigte sich dies in seiner Schneiderei und in der Familie: Eine tiefe, aus der Heiligen Schrift geschöpfte Erkenntnis prägte einen über die Maßen milden Umgang mit der Kundschaft und den Gesellen sowie eine ebenso strenge, stets aus der Bibel abgeleitete Erziehung seiner Kinder. Je älter er wurde, desto mehr entzog er sich allen nicht christlichen Aktivitäten, so ging er nie in eine Wirtschaft, geschweige, dass er, abgesehen vom heiligen Abendmahl, Alkohol zu sich nahm, auch ging er nie ins Theater oder nahm er an Wahlen teil, wie den Bürgervorstandswahlen, weil er diese Dinge den Weltkindern[10] überlassen wollte.

Er war zufrieden mit sich und weitestgehend mit den Seinen und wurde jäh überrascht von der Krankheit seiner Frau, die sich schon nach der Entbindung des letzten

---

[10] Er meinte damit weltliche, nicht (streng) religiöse Menschen

Kindes, des Johannes, nicht wieder recht erholen sollte. Im Gegenteil, wurde sie immer schwächer, stand nach der Entbindung nicht mehr im Laden und irgendwann konnte sie das Bett nicht mehr verlassen. Der hinzugezogene Arzt konnte ihr auch nicht recht helfen und da er einen Krankenhausaufenthalt glaubte nicht hätte bezahlen können und er generell weltlichen Vertretern gleich welcher Art weniger traute, als dem Herrgott, war späterhin der Pastor der einzige regelmäßige Besucher, der außer ihm selbst Catherine versuchte zu helfen.

Aber seine Gebete wurden nicht erhört: Catherine starb am 15. April 1859 und damit stürzte die Welt um ihn herum vollständig in sich zusammen, sollte es Jahre dauern, bis er neben allen täglichen Lebensumständen seinen Glauben wieder fand und auch wieder Vertrauen und Zuversicht schöpfen konnte.

Als er im Spätherbst 1861 mit einer stillen Andacht seinen 50. Geburtstag beging, nahm er den Rat des Pastors an, sich eine andere Frau zu suchen, damit seine Kinder eine neue Mutter erhielten. Und diese fand er dann tatsächlich mit der Dorothea, die alle französisch klingend Dorette nannten, einer Frau, die ein paar Jahre älter als er war, selbst keine Kinder mehr bekommen konnte und glücklich war, die Mutter seiner Kinder zu sein.

Für die Kinder war sie ein Segen, allerdings weniger für ihn, lebte doch jetzt eine Frau in ihrem Haushalt, die in Vielem ganz anders war, als Catherine, die ihren eigenen Kopf hatte und nicht wie eine Magd sich stets seinem Willen beugte. Dorette brachte in ihm ewig Erinnerungen an Catherine zutage, ohne dass sie irgendeine Schuld daran trug, nur konnte er sich einfach nicht daran gewöhnen, denn, was ihm erst viel später klar wurde, im Gegensatz zu Catherine liebte er Dorette nicht.

In dieser Phase des erneuten Umbruchs kam sein Freund Anger auf ihn zu und überredete ihn, die Schneiderei deutlich zu vergrößern, weil dieser ihm einen großen Auftrag des hannoverschen Militärs vermitteln konnte. Voraussetzung dazu war allerdings, die Anmietung weiterer Räume, der Beschäftigung von weiteren Gesellen und vor allem der Erwerb von Nähmaschinen, die er sich nicht leisten konnte. Er musste also Kredit nehmen, was angesichts seines Ansehens nicht so schwer war, aber er sah sich mit den Offizieren der Versorgungseinheiten erstmals einer ganz anderen Klientel von Kunden gegenüber. Diese Männer stellten Forderungen, setzten Termine und stellten Ansprüche hinsichtlich der Qualität der Uniformen, die er schneiderte und tatsächlich sahen sie wohl in dem Heinrich Wilhelm, dem weichen, streng gläubigen, pietistischen Christen, keinen ebenbürtigen Geschäftspartner, sondern ein willfährigen Gehilfen, den man benutzt, wie ein Militärgerät und zur Seite schiebt, wenn es seine Schuldigkeit getan hatte oder eben auch schon vorher, wenn sie, einer vermeintlichen Vertragsklausel folgend, meinten deren Nichterfüllung seitens Heinrich Wilhelm zu erkennen und ihm irgendwann den Auftrag aus formalen Gründen, ohne jegliche Berücksichtigung seiner Argumente zu entziehen.

Alle guten Worte gingen ins Leere, an eine anwaltliche Unterstützung war überhaupt nicht zu denken, natürlich wegen der Kosten, aber vielmehr auch, weil ein Prozess gegen das Militär, gegen den Staat, gegen den König, niemals zu gewinnen wäre.

Er musste also Bankrott anmelden, mit der Folge, dass alles, was in seiner Schneiderei nicht niet- und nagelfest war, unter den Hammer kam und zu erbärmlich geringen Preisen veräußert werden musste. Nur die Schulden, die blieben ihm erhalten und wollten weiterhin bedient werden.

So sah er sich also nun zurückversetzt in seine Kindheit, in der Mangel, Not und Hunger das tägliche Leben bestimmten. Nur kam jetzt ein Hadern mit Gott, Schmerzen am ganzen Körper und insbesondere ein leidiges Magengeschwür hinzu.

Und heute Morgen ist er halt mal wieder geplatzt, hatte Dorette ihm seine Morphiumspritze aufgezogen und statt der erhofften Wirkung tat sich nichts, hatte sie das Pulver so stark mit Wasser gestreckt, dass keine Wirkung eintrat.

Aber sie tat Recht, war sein Verhalten doch egoistisch, das teure Morphium zu verbrauchen und Dorette hatte nichts in der Küche, um nur halbwegs den Kindern ein Mahl zubereiten zu können.

Er erhob sich aus dem Sessel und zögernden Schrittes ging er auf sie zu, öffnete die Arme und ihre Trauer und Wut hatten sich jetzt so weit gelegt, dass sie sich sogar freute, dass er sie in die Arme schloss, sie an sich drückte und ihr einen Kuss auf die Wange gab.

„Du bist Recht, mein Weib", sagte er, „und ich ein alter Narr, der geglaubt hatte, der Herrgott würde alles schon richten."

„Vergib Gott!"

„Das brauch ich nicht Weib, der Herrgott hat keinen Grund mir zu zürnen, ich habe ihn nur zeitlebens nicht richtig verstanden."

Sie sah ihn etwas fragend an.

„Die Gerechtigkeit des Herrn ist manchmal eine andere, als die, die wir verstehen, aber sie bleibt dabei trotzdem Gottes Gnade."

Genealogie zu Kapitel 9

Heinrich Wilhelm Spanuth (#20-330) (1811-1872) entstammt aus einer Leineweberfamilie, die ihren Ursprung hatte in Wilcken Spanuth (#3-97) (kommt in Kapitel 2 vor), einem Sohn von Tönnies (#1-1), der nach Tönnies Wechsel auf den Kellereihof später mit seinem Bruder, dem lütje Tönnies (#2-58) (auch Kapitel 2) Erbe der sog. Spanuth-Stätte wurde, die daraufhin in zwei Höfe geteilt wurde (Höfe 76 und 78, heute Hinter dem Sahl 14 und 8 in Wiedensahl). Da Heinrich Wilhelms Vorväter keine Hoferben werden konnten, wurden sie Handwerker und zogen über Volksdorf, Pollhagen und Echtorf nach Engern. Heinrich Wilhelm heiratete 1839 Catherine Volcker (1818-1859) und nach deren Tod 1862 Dorothea Oldershausen (geb. unbek., gest. 1885)
Der Autor entstammt dieser Linie der Familie.

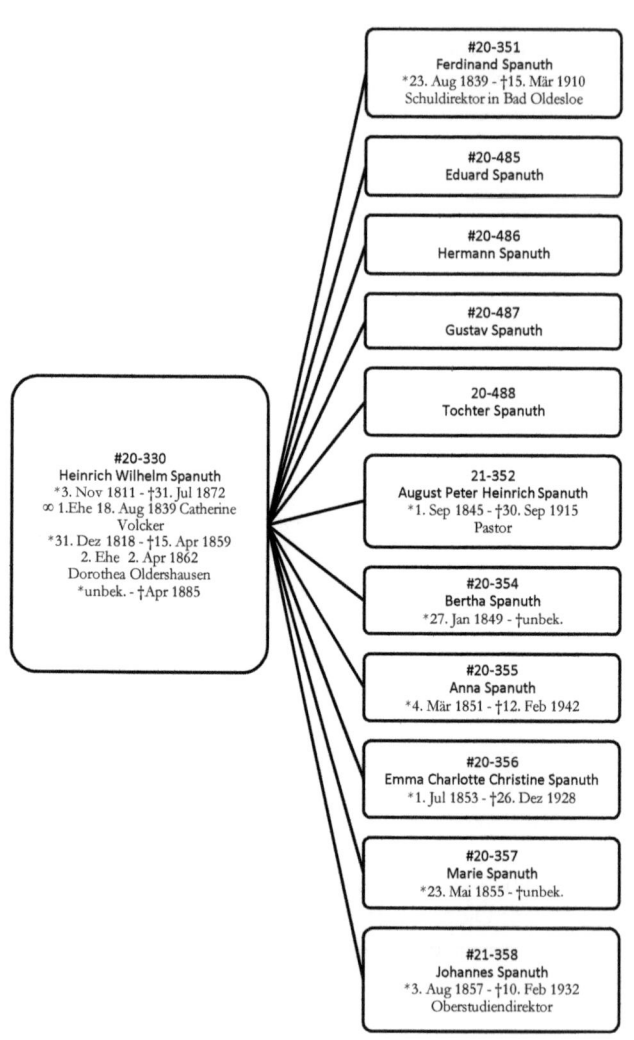

* = geb.   + = gest.   ∞ = verh.

Es war schon ein Affront der besonderen Art, dass maßgeblich auf Initiative Bismarcks am 18. Januar 1871 ausgerechnet im Spiegelsaal des Schlosses von Versailles, vor den Toren von Paris, der preußische König zum Deutschen Kaiser Wilhelm I gekrönt wurde. Damit entstand erstmals in der Geschichte ein deutscher Nationalstaat, der allerdings, nicht zuletzt wegen dieser Demütigung gegenüber Frankreich, noch durch mancherlei Höhen und Tiefen, insbesondere zweier Weltkriege, gehen musste, eh daraus das freiheitlich demokratische Deutschland entstehen konnte.

10

Sedan
Früherbst 1870

Ruhe, von der alle wussten, es war die Ruhe vor dem Sturm, lag über der ganzen ländlichen, von viel Wald und Wiesen durchzogenen Gegend, obwohl die Stadt Sedan und die Maas ganz in der Nähe lagen. Trotzdem, es war endlich mal für einen Moment leise und er konnte sich etwas besinnen, stille Gebete sprechen, Tagebucheinträge nachtragen und an dem Brief an seinen Freund Hoffmann von Fallersleben weiterarbeiten, denn derer beider Anspruch an eine briefliche Konversation geht über das Maß einer oberflächlichen Berichterstattung aus dem Felde* doch deutlich hinaus. Aber nach nur wenigen

Sätzen brach er ab, stand die äußerliche Stille doch in einem zu krassen Gegensatz zu einer inneren Unruhe, spürte er, dass die bevorstehende Schlacht das Maß aller zuvor geschlagenen Schlachten in diesem entsetzlichen Krieg wohl nochmal deutlich steigern und er damit dem möglichen Ende seines noch so jungen Lebens gegenüberstehen würde.

Er blickte auf seine Hände, die zwar voller Matsch und Dreck, die Fingernägel mit tiefschwarzen Rändern unter den Nägeln, aber heil waren, nur ein paar Schrammen vielleicht, dank des Herrgotts konnte er alle Finger ohne Probleme bewegen, denn diese waren in seinem bisherigen Leben sein wichtigstes Werkzeug, ohne die wäre er nichts, ohne die wäre alles, was er bisher erreicht hatte, verloren. Bei dem Blick auf seine Beine und Füße in der verdreckten Uniform und den schlammbeschmierten Stiefeln wurde ihm aber auch klar, dass er ohne diese ebenfalls seine vorherige Laufbahn als Orgelvirtuose nicht würde fortsetzten können.

Mein Gott, wie viele Kameraden hatte er schon erlebt, mit abgerissenen Händen, Armen oder Beinen!

Es gab kein Instrument, das einem Musiker mehr abverlangte als eine große Orgel: Mit den Händen bediente er zwei Manuale und spielte mit der linken Hand meist die Altstimme, mit der rechten Sopran. Dazu gleichzeitig die Bassstimme mit den Füßen auf dem Fußmanual.

Er hat bisher keinen Organisten erlebt, der das Instrument besser beherrschte, als er selbst. Ganz ohne Eigenlob, so glaubte er dies zumindest, brachte er diese Meinung aber niemals jemandem gegenüber zum Ausdruck, denn das brauchte er auch gar nicht: Stets wurde er nach Konzerten in den höchsten Tönen für sein virtuoses, das Instrument vollumfänglich beherrschendes

Spiel gelobt, sei es durch das Publikum, welches über die Jahre der Konzertreisen immer zahlreicher wurde oder über die Zeitungen, die zuletzt über jedes seiner Konzerte, zumindest in den größeren Städten berichtete. In Leipzig stand in der Zeitung, er sei ‚ein Virtuose in des Wortes verwegenster Bedeutung und außerdem eine sehr interessante Persönlichkeit'.

Tatsächlich hatte er sich vom klassischen Orgelspiel der Kirchenorganisten weit entfernt. Er konnte es insgeheim nicht ertragen, wie diese ihre sonntäglichen Choräle spielten. Die sind ohnehin meist in einem gemächlichen 4/4-Takt zu spielen, aber oft lassen sie sich in diese Getragenheit noch tiefer hineinfallen, lassen sie die schweren Bässe dröhnen und hinken mit der Melodiestimme dem eigenen Basslauf hinterher oder sie preschen diesem auf und davon, ganz gleich, ob die Gemeinde mit ihrem Gesang dem Orgelspiel noch folgen kann oder nicht.

Sein Verständnis des Spiels war es sicher nicht, dem Gesang der Gemeinde eine Käseglocke überzustülpen, sie darin gefangenzuhalten, sie zu erdrücken oder womöglich sogar, mit der Orgel der Gemeinde die Mächtigkeit des Herrn zu vergegenwärtigen.

Abgesehen davon, dass er zumeist abseits der Gottesdienste Konzerte in den Kirchen spielte, war seine Intension stets, seine Freude am Spiel, die Schönheit und Erhabenheit des größten Instrumentes der Menschheit seinem Publikum zu vermitteln, es mitzunehmen auf eine fantastische Reise, voller Gefühl, Emotion, ja Freude und Glück, einem kurzzeitigen Entfliehen des Alltags und der Vermittlung neuer Kraft und Stärke, diesen dann anschließend wieder zu bewältigen.

Der von ihm so hochverehrte Johann Sebastian Bach

bot dafür mit seinen Orgelwerken die Musik, mit der man, vorausgesetzt, man beherrscht das Instrument perfekt, genau dieses Ziel erreicht.

Wenn er in einer großen vollbesetzten Kirche sein Konzert mit Bachs Toccata und der sich daran anschließenden Fuge beginnt, kann er sein Publikum vom ersten Ton an in seinen Bann ziehen, es mit sich auf eine Reise nehmen in die Wunderwelt der Musik, es teilhaben lassen an all seiner Schönheit und es am Ende beglückt wieder entlassen.

„Essen fassen", sagte leise ein Melder, der durch die Schützengräben schlich und Hermann und seine Männer informierte, dass offenbar noch Zeit war, vor Beginn der Schlacht noch etwas in den Magen zu bekommen.

„Mit vollem Magen stirbt es sich besser", brummte der neben ihm liegende Karl.

„Wenn du das Frühstück als unsere Henkersmahlzeit verstehst, haben wir von vornherein verloren", sagte Hermann bestimmt.

Karl brummte nur.

„Auf geht's Kameraden."

Hermann kroch voran, die Männer seiner Schützengruppe ihm nach.

Unmittelbar nach dem kargen Essen beorderte er seine Leute zurück an die Stelle, in der sie schon in Warteposition lagen, hatte Hermann doch als Führer seiner fünf-Mann-Schützengruppe von den Befehlshabern der 11. Jäger der III. Armee den Befehl, zusammen mit mehreren anderen Schützengruppen einen Vorstoß zu leiten, der die Franzosen zu einem Angriff, zum Verlassen ihrer Deckung bewegen würde.

Und auf den Startschuss zu diesem Befehl warteten sie nun. Hermann hatte die Information, dass er auf eine blaue Leuchtkugel achtgeben sollte, mit der Folge, dass er nun das Terrain permanent beobachten musste, damit er im mittlerweile gleißenden Sonnenlicht diese Kugel dann auch rechtzeitig erkennt.

Unbedarft war er, der er gerade erst im Frühsommer 1869 nach Marburg kam, um sich zum Theologiestudium einzuschreiben und er fast zeitgleich mit den ersten Vorlesungen die Einberufung zum Wehrdienst bei den 11. Jägern erhielt. Er dachte sich nicht wirklich was dabei, wieso ihm trotz Studentenstatus kein Aufschub gewährt wurde und er das gerade begonnene Studium jäh unterbrechen musste. Jetzt wusste er es: Sollte er nach der kurzen Grundausbildung sogleich in den begonnenen Krieg gegen Frankreich ziehen. Am 24. Juli fand vollkommen unvorbereitet die Mobilmachung und der sofortige Abmarsch des 11. Jägerbataillons statt, erst zu Fuß marschierend bis Frankfurt und dann mit dem Zug über Mannheim und Heidelberg bis Karlsruhe. Von hier aus marschierten sie weiter in Richtung französischer Grenze.

Bei Weißenburg trafen sie auf die französischen Truppen der Elsass-Armee und dort erlebte er am 4. August seine erste große Schlacht. Die Armee der

Verbündeten zog weiter nach Frankreich hinein nach Süden, wo sie am 6. August nahe einem größeren Dorf namens Wœrth erneut auf die Franzosen trafen. Ein grausames Gemetzel fand dort statt, Todessturm nannten sie es im Nachhinein, mussten sie dort über eine riesige freie Wiese und einen anschließenden kleinen Fluss hinwegkommen. Wurden sie erst auf der Wiese von den Franzosen stark dezimiert, so mussten sie sich erneut einem Gemetzel an der Mühle am Fluss stellen, dem einzigen Übergang. Den kompletten restlichen Tag sahen sie sich in einem Straßenkampf auf der Morsbronner Chaussee, der Hauptrasse des Ortes, bis sie die Franzosen endlich bei einsetzender Dunkelheit zum Rückzug zwangen. Bestimmt jeder Dritte seiner Kameraden hatte diesen Angriff nicht überlebt und ihm selbst wurde anschließend das Eiserne Kreuz verliehen, was ihn insgeheim etwas enttäuschte, hatte er doch eher damit gerechnet, zum Gefreiten befördert zu werden.

Stattdessen wurde er wegen seiner vorzüglichen französischen Sprachkenntnisse, die er sich in der Schule angeeignet hatte, zum Fourier bestimmt, er sollte also zugewiesenen Unteroffizieren als Übersetzer dienen. Allerdings war ihm nicht recht klar, wo seine Sprachkenntnisse denn tatsächlich benötigt werden könnten: Beim Verhör französischer Gefangener vielleicht, oder wenn sie selbst in Gefangenschaft gerieten? Er wollte lieber nicht darüber nachdenken. Folge dessen war, dass er nun noch näher der Frontlinie zugeteilt war, als ohnehin schon.

―

Die Sonne trat jetzt über die Baumwipfel und ihre Strahlen ließen ihn seine Augen zusammenkneifen und er summte ‚Ein feste Burg ist unser Gott', als nun Gewehrsalven zu hören waren und anschließend die Geräusche von Kanonen.

Auch ohne die Signalrakete wussten sie nun: Es geht los! Allerdings waren sie überrascht, dass die Geräusche nicht von vorne auf sie zukamen, sondern der Feind sie ganz offenbar in ihrem Rücken angriff! Panik brach aus unter seinen Männern, denn erste Granaten schlugen bereits in ihrer unmittelbaren Nähe ein. Hermann rief seine Leute zusammen und kurz entschlossen lief er voran durch das Gewirr der Schützengräben, fort von den Einschlägen. Sein Ziel war es nicht, zu fliehen, sondern etwas entfernt sich zu sammeln, neu zu orientieren und sich dann dem Angriff entgegenzustellen. Als sie das entfernteste Ende der Schützengräben erreicht hatten, krabbelten sie heraus und sie mussten sich weiter auf allen Vieren fortbewegen, da die Massivität des Angriffs der Franzosen nicht nachließ. Als sie an das Ufer der Maas kamen, orientierte Hermann sich mit einem Kartenauszug und wurde gewahr, dass sie vom Gegner in eine Falle gedrängt werden, denn der Fluss machte an dieser Stelle eine Schleife, die die Landfläche in einen regelrechten Sack zwängte und aus diesem, so mussten sie feststellen, kommen sie nun so nicht mehr heraus.

Sie saßen in der Falle und diese schien sich angesichts des immer stärker werdenden Beschusses langsam immer weiter zuzuziehen. Es blieb ihnen nur, sich schwimmend zu retten. Einige Kameraden packte die Verzweiflung, angesichts dessen, nicht schwimmen zu können, andere rissen sich Teile der Uniform vom Leib und zogen die Stiefel aus, um sich in den Fluss zu stürzen. Auch

Hermann war zuletzt als Kind geschwommen und konnte nicht behaupten, dies in besonders guter Erinnerung zu haben. Er legte nichts von seiner Kleidung ab und auch sein Gewehr spannte er über die Schulter, dann watete er durch das dichte Schilf des Flussufers voran und versuchte dabei seine Männer beisammenzuhalten.

Das Wasser war fast erfrischend, angesichts der Anstrengung ihrer Flucht und sickerte nun in die Stiefel und die Hosenbeine herauf, was jeden Schritt in dem weichen Untergrund immer schwerer werden ließ. Als sie bis zur Hüfte im Wasser standen, endete auch der Schilfgürtel und fast ohne weitere Überwindung ließ Hermann nun seinen Körper in das Wasser gleiten, angesichts des Geschreis vieler Kameraden, die offenbar von Gewehrkugeln getroffen wurden und weiterer um ihn herum zischender Geschosse, die spritzend in das Wasser eintauchten.

Er musste selbst die Panik unterdrücken, als er merkte, dass seine ersten Schwimmbewegungen mit den Armen ihn nicht auf die Wasseroberfläche hoben, sondern im Gegenteil, die schwere Kleidung und das Gewehr seinen Körper wie Blei nach unten zu ziehen schienen. Er setzte all seine Kraft der Arme und Beine ein, um irgendwie den Kopf über Wasser halten und atmen zu können. Krampfhaft schaute er nach seinen Männern, versuchte das Kommando zu behalten, sie anzutreiben, nicht in Panik zu geraten, dabei war er selbst wie nie zuvor gepackt von der Angst in der Strömung dieses breiten, manchmal reißenden Flusses zu ertrinken. Eine kleine Stromschnelle erfasste sie und nahm sie mit sich, ließ sie tatsächlich etwas auf sich gleiten und einfacher vorankommen, sodass Hermann Gelegenheit fand, sich wieder auf Anderes konzentrieren zu können. Sie entfernten sich vom Feind und dessen Geschossen und so versuchten sie mit Schwimmbewegungen über die Strömung hinweg in Richtung der anderen Uferseite zu gelangen, Hermann mit Bedacht darauf, dass zumindest einige seiner Leute ihm folgten. Es war schwierig, die Strömung wollte sie nicht loslassen und mit letzter Kraft konnten sie sich der anderen Seite nähern, kamen irgendwann einem Schilfgürtel näher, in dem man zum Stehen kommen konnte. Hermann war so entkräftet wie nie zuvor im Leben, aber überglücklich, all seine fünf Männer lebend über den Fluss geleitet zu haben und sie bewegten sich langsam watend ans Ufer. Als sie es erreichten, ließen sie sich zu Boden fallen und mussten sich minutenlang ausruhen, bis sie sich wieder etwas erheben konnten, sich vom Gewehr, dem schweren, nassen Uniformrock und den Stiefeln zu befreien.

Sie waren allein an dem Uferabschnitt und der Feind und die Kampfhandlungen waren offenbar weit entfernt, aber gänzlich von der anderen Uferseite zu vernehmen. So wrangen sie ihre Kleidung etwas aus, zogen sich anschließend wieder an und machten sich, Hermann voraus, auf den Weg flussaufwärts. Unterwegs trafen sie auf andere Kameraden, die es ebenfalls geschafft hatten, aber Hermann konnte auch so manchen sehen, dessen Körper bäuchlings den Fluss entlangtrieb.

Erst am Abend trafen sie auf Teile der bayrischen Armee südlich von Sedan und konnten sich weitere zwei Tage später wieder ihrer Einheit, der 11. Jäger anschließen.

Als er für die Rettung seiner kleinen Einheit später eine Auszeichnung erhielt, war er insgeheim regelrecht froh, durch diese unerwartete Flucht über die Maas die wohl größte Schlacht des Deutsch-Französischen Krieges ‚verpasst' zu haben. Im Anschluss daran war die französische Gegenwehr nahezu gebrochen, marschierten sie zielstrebig auf Paris zu und Hermann wurde endlich zum Gefreiten befördert und darüber hinaus dem persönlichen Schutz des Königs, des Kronprinzen und von Bismarcks in Versailles zugeteilt.

Die Zeit bis zum Ende des Krieges verbringt er in Sèvres, süd-westlich von Paris im Quartier und dort kann er sich nahezu ungehindert der Literatur, Musik und Philosophie hingeben, zumal er mit Hecht, Maetzold und Suchier auf Gleichgesinnte traf, die sich in dieser Hinsicht gegenseitig zu beflügeln schienen.

Am 23.12.1870 erschien von Hermann Spanuth ein Gedicht in der Marburger Zeitung:

> *Nun kommt in stillen Prangen* *
> *Die süße Weihnachtszeit;*
> *Es will das Herz umfangen*
> *Wie Klang aus alter Zeit;*
> *Wie Klang aus jenen Tagen,*
> *Wo Kinderfreud und Lust*
> *Das junge Herz getragen,*
> *Des Lebens unbewusst.*
>
> *Im Donner schwerer Schlachten,*
> *Da wird das Herze still;*
> *Da schweigt, was es umnachten,*
> *Was sonst es freuen will.*
> *Da steht der Mann, der ganze,*
> *Verlangt vom Vaterland,*
> *Ob auch zum Siegeskranze*
> *Der Tod die Blumen wand.*

Wohl mag in stillen Stunden
Das Herz zur Heimat gehn;
Es sieht sich treu verbunden
Dort ja die Lieben stehn.
Von neuer Kraft umfangen,
sind besser wir bereit,
So kommt in stillen Prangen
Auch uns die Weihnachtszeit.

Sèvres vor Paris, den 7. Dezember 1870
Spanuth

Es war für Hermann Spanuth der bis dato glücklichste Moment seines Lebens, als er im Juli 1871 als Vizefeldwebel mit Offiziersqualifikation aus dem Militärdienst entlassen wurde.

Genealogie zu Kapitel 10

Hermann Spanuth (#22-403) (1845-1899) war ein Neffe von Heinrich Wilhelm Spanuth (#20-330) (siehe Kapitel 9). Offenbar hatte er mindestens ab der weiterführenden Schule Anpassungsschwierigkeiten, möglicherweise würde man ihn heute als hochintelligent einstufen. Er vertiefte sich in die Poesie und Musik und entwickelte eigene Gedichte und Kompositionen (welches Instrument wird in den Dokumenten leider nicht genannt, vermutlich Klavier). Die Notwendigkeit Geld zu verdienen veranlassten ihn Musikunterricht zu geben und er ließ sich selbst zum Orgelspieler ausbilden. Offenbar verfügte er über außerordentliches Talent, welches dazu führte, dass er im gesamten deutschen Raum über Jahre hinweg Konzerttourneen absolvierte. Mit Hoffmann von Fallersleben pflegte er eine jahrelange (Brief-)Freundschaft. Zu denen im Kapitel geschilderten Personen ‚Hecht, Maetzold und Suchier' sind den Dokumenten keine weiteren Informationen zu entnehmen, außer dass diese zu einem Kreis intellektueller Freunde gehörte. Nach dem Krieg setzte er Konzertreisen und Studium offenbar parallel fort. Ab der Ordination 1881 war er dann ausschließlich als Pastor an wechselnden Stätten tätig.

Er starb 1899 in Wallensen, Kreis Hameln.

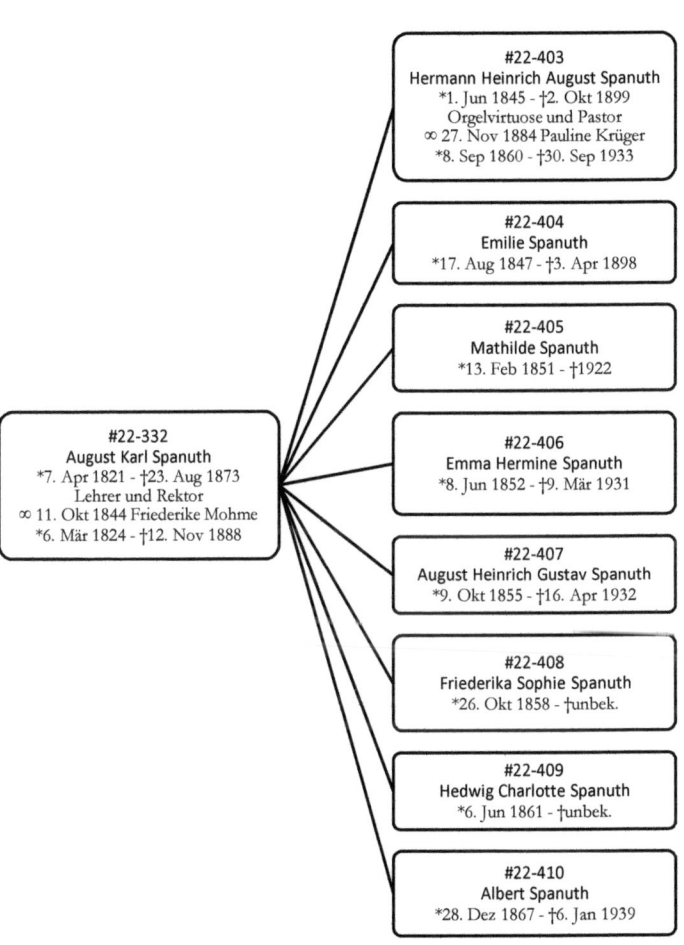

* = geb. + = gest. ∞ = verh.

Natürlich wusste er, dass sie es überqueren mussten, aber das Transatlantische Gebirge war dann doch deutlich mächtiger, als er erwartete und er musste sich vollkommen auf seine Erfahrungen und sein Gespür verlassen, eine Passage zu finden, hindurchkommen zu können und dabei seine Männer beisammen zu halten, denn Roald Amundsen verlangte ihnen alles ab auf dem eisigen und durch unzählige Gletscherspalten geprägten Pfad auf seinem Wettlauf zum Südpol, den er dann am 14. Dezember 1911 dann tatsächlich auch als erster erreichte.

11

Heiligendorf
Ausgehender Winter 1911

Als ‚betagte alte Dame' bezeichnete er seine Mühle immer mal wieder liebevoll, wenn er sich nicht gerade ärgerte, wenn einmal wieder irgendetwas ‚seinen Geist aufgab', wie er es ausdrückte, denn die bereits im Mittelalter gebaute Mühle hatte mancherlei technische Finessen, die man heute längst nicht mehr so konstruieren würde, und die, wenn sie denn nach so langer Zeit kaputtgingen, nur mithilfe eines guten Zimmermanns oder Tischlers wieder zu reparieren sind. Und dafür hatte er absolut kein Geld übrig. Der Winter war ohnehin länger und härter als normal, mit der Folge, dass die Schunter, die ein eher gemächliches Flüsslein war, über Wochen zugefroren war und damit die Mühle außer Betrieb bleiben musste. Und als sich das große Wasserrad, welches wochenlang stark vereist war, nun durch einsetzendes Tauwetter erstmalig wieder etwas bewegte und damit das große vertikale Winkelrad im Mühlengebäude mit seinen 26 Zähnen antrieb und sich behäbig endlich wieder drehte, war er froh und lächelte.

Karl Spanuth wusste, dass die ungezählten Säcke Korn der Bauern, seiner Kunden, die in der Mühle herumlagen, sehnlich darauf warteten, dass er ihnen daraus Mehl mahlte. Er musste zusehen, dass das Korn trocken blieb und nicht anfing zu schimmeln und so ließ er seine Söhne wochenlang in den umliegenden Wäldern Holz sammeln, damit er zusätzlich den Lagerraum heizen konnte, um sich einigermaßen der Kälte und Feuchtigkeit zu erwehren.

Er ging aus dem Untergeschoss hinauf in das Erdgeschoss und kurbelte frohen Mutes vorsichtig die Königswelle, eine, aus einem ganzen Eichenstamm gefertigte, sich drehende Verbindung, mit dem horizontal laufenden, daran befestigten Winkelrad abwärts, damit dessen Zähne nun in das Zahnwerk des vertikalen Winkelrades griffen, um damit den Läuferstein der Mühle anzutreiben.

Statt eines sich drehenden Läufersteines hörte er von unten nur ein lautes Krachen, welches ihn laut vor Wut aufschreiend sofort die Kurbel wieder zurückdrehen und damit die Königswelle wieder anheben ließ. Er lief wieder nach unten und sah, was er ohnehin schon ahnte: An dem horizontalen Winkelrad waren zwei Zähne abgebrochen und ein dritter hing nur noch schief im Rad. Er fluchte laut, war wütend über sich selbst, weil er wusste, es war seine Schuld, hatte er die metallene Senke, in der die große

Welle vertikal stehend die Kraft nach oben an den Läuferstein, dem oberen der beiden Mühlsteine übertrug, nicht ausreichend abgeschmiert, war offenbar die Vaseline, die er verwendete, durch die Kälte des Winters ranzig geworden und ließ daher die Welle nicht ausreichend in der Mulde gleiten und damit die Zähne des Winkelrades abbrechen.

Jedes Mal, sinnierte er, jedes verdammte Mal nach dem Winter geht irgendetwas schief, hatte er nicht aufgepasst, hatte alltägliche Handgriffe und Besonderheiten der Mühle nicht präsent, meinte sich einzugestehen, eigentlich kein wirklicher Müller zu sein, sondern wäre lieber irgendetwas anderes geworden, was ihm mehr gelegen hätte, so wie sein Onkel. Aber daran war damals nicht zu denken. War sein Vater ja nahezu ein glücklicher Müller, der nur durch den Zufall, dass der ältere Bruder des Vaters die Mühle von ihrem Vater, seinem Großvater, geschenkt bekommen hatte, aber für sich wohl feststellte, dass das Müllerhandwerk nichts für ihn war und er die Mühle damit dem Bruder, seinem Vater, für kleines Geld verkaufte. So blieb ihm, als einziger Sohn, nur die Mühle fortzuführen.

Aber das Müllerhandwerk hatte sich in den letzten Jahrzehnten stark verändert. Gab es jetzt riesige Mühlen, die dampfbetrieben, mit mehreren großen Mahlwerken ganzjährig ununterbrochen Korn mahlen konnten und dieses dann, mit manchmal motorgetriebenen Fuhrwerken, vollbeladen in ebenso riesige Backfabriken abfuhren.

Seine Existenz beruht einzig darauf, dass er seine Stammkundschaft hat, die ihm bis heute die Treue hält und die insgeheim wohl auch den weiten Weg bis Braunschweig scheut und den Großmühlen ohnehin mit einer gewissen Skepsis gegenübersteht.

Allerdings pünktlich und ordentlich mahlen muss er denn schon noch und nun musste er schnellstens zusehen, den Schaden zu reparieren. Mit Klopfholz und Beitel ausgestattet, entfernte er die abgebrochenen Zähne des Winkelrades und nahm sie mit in seine Werkstatt auf der Rückseite der Mühle. Glücklicherweise ist das zusägen und hobeln neuer Zähne mit der Vorlage der alten Zähne für ihn nicht sehr schwierig. Nach wenigen Stunden Arbeit hatte er exakte Kopien der Zähne erstellt, die sich in der Länge und Stärke nicht von den Originalen unterschieden, denn das war für ein sich mitunter schnell drehendes Winkelrad von enormer Wichtigkeit, da alle Zähne gleichmäßig ineinandergreifen müssen.

Er fräste die Löcher im Winkelrad sauber und fasste die neuen Zähne ein, die er mittels des Klopfholzes wieder fest mit dem Rad verband.

Zufrieden mit seiner Arbeit spannte er die mittlerweile aus der Schule zurückgekehrten Söhne Hugo und Henry ein und nachdem er die Welle frisch abgeschmiert hatte, ließ er die beiden Jungs gemeinsam das schwergängige Kurbelrad zum Absenken der Welle drehen und beobachtete das Einrasten des frisch reparierten horizontalen in das vertikale Winkelrad im Untergeschoss.

Das schwere, ja klobige Drehen des vertikalen Rades bei gleichzeitigem Rauschen des Wassers, welches über die Schaufeln des hinter der Mauer gut zu vernehmenden unterschlägigen Wasserrades zu hören war, war wie Musik in seinen Ohren, kam doch jetzt noch das Geräusch der ineinandergreifenden Zähne, das schwerfällige Anlaufen der großen Königswelle und von oben das deutliche Schleifgeräusch des sich jetzt auf dem Mühlstein sich drehenden Läufersteins hinzu.

Die Mühle lief.

Zufrieden ging er nach oben, füllte den ersten Sack Korn in den Trichter und beobachtete, wie das Korn durch das Steinauge in den Mahlgang hineinrieselte und zwischen die beiden Mühlsteine gelang, um von den tonnenschweren Steinen zu feinem Mehl zerrieben zu werden.

Stundenlang ließ er nun seine Söhne Sack um Sack gefüllt mit Korn mit der Schubkarre heranfahren, während er selbst vorsichtig den Trichter beschickte, den Inhalt hineinrieseln ließ und immer wieder zum Mehlkasten herabstieg, in dem das Mehl zwischen den Mühlsteinen wieder herausgepresst, durch mehrere Siebe, sauber in Kleie, Gries und feinem Mehl getrennt wurde. Nur das Mehl wird in leinene Säcke gefüllt, die er punktgenau gegen einen leeren Sack am Füllstutzen wechseln, den jeweils vollen zubinden und zur Seite schaffen muss. Die Söhne schafften die Mehlsäcke auf dem Weg zurück zum Lagerraum wieder heraus. Die Kleie sammelt die Mühle in dem Kleiekotzer, einem Auffangbehälter unterhalb des Mehlkastens, die kann er später an Schweinebauern verkaufen, den Gries muss er erneut wieder nach oben schaffen, um ihn wieder in den Trichter zu schütten, damit er nochmals gemahlen wird.

Stundenlang arbeiteten er und die Söhne in ihrem wohlerlernten Rhythmus und der Vater musste seine Söhne nicht mahnen und sie murrten auch nicht. Es ging schon gegen Mitternacht, als ihm auffiel, dass die Arbeit aller immer langsamer zu werden schien. Zuerst glaubte er, es sei die Erschöpfung insbesondere der Kinder und auch er war schweißgebadet. Aber nein, die Mühle schien langsamer zu laufen!

In seiner Müller-Routine beschlich ihn eine Ahnung, was der Grund dafür sein könnte und er ließ die Söhne an das Kurbelrad treten und es von ihnen mit Mühe und letzter Kraft drehen, damit die Welle angehoben und der Mahlvorgang unterbrochen wurde.

Nun war es plötzlich deutlich leiser in der Mühle, aber von draußen war ein gequältes Ächzen von Holz, welches unter enormer Anspannung fast zu bersten schien zu hören. Er lief vor die Tür auf die Brücke, die das Mühlengrundstück über die Schunter zur Straße nach Heiligendorf verband und versuchte trotz der Dunkelheit zu erkennen, was dem Mühlenrad so entsetzlich zusetzte. Das wenige Mondlicht zeigte deutlich, dass das Wasser am Gefrieren war, dass von oben Eisschollen nachschoben und sich zwischen den Schaufeln des Mühlenrades verhakten.

Erst jetzt merkte er, dass es bitterkalt geworden war und der Schweiß auf seinem Körper zu frieren begann. Das riesige Rad quälte sich aufwärts und trug dabei immer mehr Eisschollen hinauf, bis es durch sie regelrecht zugesetzt war und fast zum Stillstand kam.

Er fluchte, stürzte wieder in die Mühle, seine dicke Jacke zu holen und lief dann die Schunter am Ufer den Mühlenarm fünfzig Meter flussaufwärts zu seinem Sperrwerk. Mehr vom plätschernden Wasser, als tatsächlich vom Uferlauf geleitet, platschte er mehrfach in das eiskalte Wasser oder rutschte auf dem Eis umher. Am Sperrwerk drehte er mit vor eisiger Kälte schmerzenden Händen das stählerne Rad der Sperre, um den weiteren Wasserzulauf zu verringern, aber das Rad war in diesem stark angefrorenen Zustand noch schwergängiger als ohnehin.

Als der Wasserzulauf halbwegs abgesperrt war, lief er zurück und schaute sich sein stark vereistes Mühlenrad an. Kurzentschlossen lief er in die Scheune, eine Spitzhacke zu holen, kehrte zurück und kletterte an der Brücke hinab in den Fluss, der jetzt nur noch knöchel- bis knietiefes Wasser aufwies. Allerdings war es bitterkalt und seine Stiefel und Hose waren nass bis zum Hosenbund. Er fing an, das Eis zwischen den Schaufelrädern zu zerhacken und das riesige Mühlenrad vom Eis zu befreien. Seine Söhne standen auf der Brücke, das Mühlenrad festzuhalten, während er hackte, und es jeweils eine Schaufel weiterzudrehen, wenn er wieder einen Eisklotz zerbrochen hatte. Es dauerte eine geschlagene Stunde, bis er das Rad vom Eis befreit hatte. Er hatte nochmal Glück gehabt, das Rad schien nicht vom Druck des Eises beschädigt. Er kletterte wieder auf die Brücke hinauf, gab seinen Söhnen einen dankbaren Klaps auf die Schulter und erklärte den Arbeitstag für beendet.

Als sie das Wohnhaus betraten, zogen sich die Jungs sofort in ihr Zimmer zurück und Karl mühte sich in seiner nassen Kleidung die steile Treppe hinauf in den ersten Stock des Hauses zu steigen, denn dort befand sich das elterliche Schlafzimmer. Als er es betrat, fand er seine Frau tief schlafend, aber von dem kleinen Handleuchter brannte noch ein Kerzenstummel, der ihm etwas Licht machte.

Er mühte sich aus den nassen Stiefeln und Hose, zog das Hemd über den Kopf und dann das Nachthemd über die gestreckten Arme, welches er anschließend den feuchtkalten Körper hinunterzerren musste, bis es über die Knie fiel. Schnell, aber vorsichtig schob er seinen Körper unter die pralle Daunendecke in das Ehebett, damit seine Frau nicht erwachte. Er rollte sich auf die Seite und zog die Beine etwas an, um sie zusätzlich mit den Händen etwas zu reiben, denn sie waren eiskalt und er konnte nicht feststellen, ob die Beine oder seine Hände vor Kälte taub waren. Er versuchte die Füße auch noch etwas aneinanderzureiben und es dauerte geraume Zeit, bis der Unterkörper und auch die Hände zu kribbeln anfingen, das deutliche Zeichen, dass die Durchblutung wieder einsetzte.

Er blickte zum Fenster hinaus, oder besser, durch die rundliche Öffnung in der Mitte einer der Glasscheiben, denn es war nahezu gänzlich von Eiskristallen eingefasst, nur das jetzt hellere Mondlicht warf einen trüben Lichtkegel hindurch auf den Läufer am Boden vor dem Bett.

Die einsetzende Erwärmung seines Körpers führte dazu, dass er wieder an etwas anderes denken konnte, er in einen Halbschlaf überging und über alles nachgrübelte.

Wie so oft, besonders zur Winterzeit, zweifelte er an allem, an seinem Leben, dem seiner Familie, an der ‚alten Dame', nein an dieser verdammten Mühle! Alle werfen ihm ewig Knüppel zwischen die Beine: Die Bauern, die ihr Korn nach der Ernte erst im Spätsommer anliefern und es dann sofort gemahlen haben wollen, die Schunter, die in heißen Sommern nicht genug Wasser führte und im Winter ihm die Mühle mit Eis zusetzte, die Raiffeisenkasse, die ihm keinen Kredit gewähren will und die Frau und Kinder, die er immer unregelmäßiger satt bekommt und ihnen ab und zu etwas zum Anziehen kaufen kann.

Irgendwann schlief er ein.

„Ich habe nachgedacht", sagte Karl Spanuth, am Kaffeetisch des Esszimmers in dem großen Wohnhaus seiner Mühle sitzend. Es wurde draußen gerade etwas hell, Frieda, seine Frau, hatte soeben die Kinder fertiggemacht, ihnen ein karges Frühstück für die Pause übergeben und sie in die weiße Winterlandschaft auf ihren halbstündigen Fußmarsch zur Schule entlassen. Sie setzte den Wasserkessel gerade nochmal auf den Herd, nachdem sie zuvor einen Holzscheit in das Feuer nachgeschoben hatte und blickte ihn nun erwartungsvoll vom Herd aus an.

„Ich werde die Mühle aufgeben", sagte er fast tonlos, doch verständlich, aber ohne sie anzublicken.

„Und wie willst Du dann Dein Geld verdienen und uns ernähren?", fragte sie, in Kenntnis, dass ihr Gatte nicht zum ersten Mal solche Anwandlungen hatte.

„Vielleicht gehen wir nach Amerika".

„Amerika", erwiderte sie platt und mit deutlicher Abneigung und auch Enttäuschung, angesichts dieses nicht gerade Euphorie verbreitenden Vorschlags.

„Na, oder vielleicht werd' ich Metzger und mache eine Schlachterei auf".

Sie nickte stumm und wendete sich ab. Im Rausgehen sagte sie nur: „Ich geh' dann mal die Hühner füttern."

„Ja, ja", sagte er vergrätzt und machte eine müde Handbewegung.

Er wusste genau, dass seine Frau ihn manchmal nicht ernst nahm und das ärgerte ihn jedes Mal.

Aber irgendwann, irgendwann, da wird er es ihr beweisen!

Genealogie zu Kapitel 11

Karl Spanuth (#37-981) (1862-1928), verheiratet seit 1898 mit Frieda Beese (1876-1958), vier dokumentierte Kinder, erbte von seinem Vater (ebenfalls Karl #37-977) die 1317 erstmals erwähnte Schwinkermühle an der Schunter, einem Flüsschen, welches aus dem Höhenzug Elm im östlichen Niedersachsen nach 58 km bei Braunschweig in die Oker fließt. Die Familie betrieb bereits seit Generationen Wassermühlen in der Region, von denen es erstaunlich viele dort gibt, Wikipedia listet 28 Mühlen allein an diesem Fluss. Die Mühle scheint noch heute im Familienbesitz zu sein. Es gab immer mal wieder Bestrebungen, ein Museum dort einzurichten oder zumindest Maßnahmen zu ergreifen, die den Verfall der Mühle verhindern.

Mehrere Abkömmlinge der Familie leben (lebten) seit ca. 1630 im Kreis Gifhorn in Fallersleben, Ehmen, Hattorf, Glentorf und Heiligendorf. In der Familienforschung von 1912 konnte kein Zusammenhang zu den Familien, die ihren Ursprung in Wiedensahl hatten, hergestellt werden. Ein Zusammenhang ist wahrscheinlich, aber es ist zumindest nicht unmöglich, dass der Name Span Uth dort unabhängig entstehen konnte. Erschwerend kommt leider hinzu, dass eine durch einen Brand verursachte große Lücke in den Kirchenbüchern die Rückverfolgung unmöglich macht.

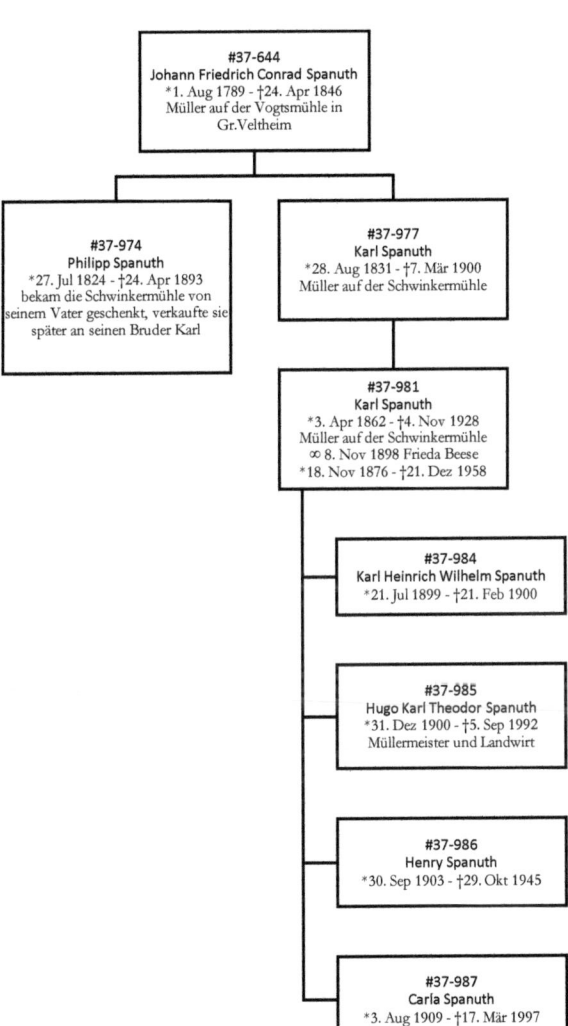

* = geb. + = gest. ∞ = verh.

Als der Regenguss aufhörte und die Wolken aufbrachen, erschien die Sonne wie eine undurchsichtige, sich drehende Scheibe am Himmel. Sie war erheblich weniger hell als gewöhnlich und warf bunte Lichter auf die Landschaft. Die Sonne habe sich dann zur Seite geneigt und sich in einem Zickzackkurs auf die Erde zubewegt. Die Anwesenden erschraken, weil sie dachten, das Ende der Welt stehe bevor. Es war genau so, wie es die drei Schäferkinder Jacinta, Francisco und Lúcia vorhergesagt hatten und 30-40000 anwesende Menschen waren am 13. Oktober 1917 Zeuge der Erscheinung der Jungfrau Maria, die später als das Sonnenwunder von Fátima bekannt wurde.

12

Ohlendorf[11]
Frühling 1917

Sie war noch mittendrin in ihrer Bibelgeschichte von Herodes, der heimlich die drei Weisen aus dem Morgenland ausforscht, um den Ort herauszufinden, wo denn der Stern aufgegangen sei, der den Geburtsort des neugeborenen Königs der Juden aufzeigt, und die Kinder hingen ihr an den Lippen. Sie vergaßen vollkommen die Zeit und die Kinder erschraken regelrecht, als laut das

---

[11] Es gibt mehrere Orte gleichen Namens, dieser liegt zwischen Salzgitter-Bad und Schladen

Schellen der Schulglocke erklang. Stundenende, und nicht nur das, Schulschluss am Samstagmittag, der gleichzeitiger Beginn der Ferien war. Alle riss dieses Läuten heraus, aus ihrer Stimmung, ihrem orientalischen Traum, der Anspannung, ob Herodes die Weisen überlisten würde. Aber nur einen Moment später waren die Kinder wieder erwacht, waren wieder im Hier und Jetzt, sprangen von ihren Stühlen, griffen nach ihren Ranzen, in die sie schnell alles, was auf dem Tisch vor ihnen lag, hineinpressten und sich dabei sofort anfingen, laut zu unterhalten und gegenseitig aufeinander einzureden. Nur die Lehrerin, die zuvor vor der Klasse stand, setzte sich still an ihr Pult, zog sich das Klassenbuch vor den Körper und machte ihre Eintragungen. Sie reagierte mit einem knappen aber freundlichen „Schöne Ferien" auf ein „Auf Wiedersehen Frau Spanuth" mancher Kinder.

Und nach wenigen Minuten saß Käthe Spanuth allein in der Klasse und das laute Geplapper, das Geschiebe der Stühle und die Schritte der Kinder der Mädchenschule Northeim wurden immer leiser, bis sie ganz verklangen.

Sie klappte das Klassenbuch zu und schob ein paar Hefte und Bücher in ihre Tasche. Dann stand sie auf, nahm den Schwamm zur Hand und wischte die Tafel selbst, was normalerweise immer eines der Kinder machen muss, aber sie ließ die Kinder frei, ganz bewusst, sie wollte ihre Ruhe, diesen Moment des Durchatmens, des auf sich Besinnens, der Freude, morgen früh sich auf den Weg nach Holdenstedt zu machen, dort wo ihre Mutter seit dem Tod des Vaters vor zwei Jahren lebte.

Ganz offenbar hatten es auch die Lehrerkollegen sehr eilig, das Schulgebäude zu verlassen, sodass sie schon nach kurzer Zeit wirklich kein Geräusch in dem großen Gebäude mehr vernahm, bis auf das Zwitschern der Vögel vor den halboffenen Fenstern. Sie blickte hinaus und sah aus ihrem 3. Stock über die Baumwipfel die Ausläufer des Harzes in ihrem gedeckten, aber noch frischen Grün schier endloser Wälder.

Der Gedanke an die Mutter, den Vater, ja an die ganze Familie, ihre acht Geschwister, riefen die Erinnerung an ihr ‚Kindheitsparadies' wieder hervor. Es war irgendwann Anfang der 1880er Jahre, sechs war sie da erst, ein aufgewecktes Kind, wie manche Erwachsene damals so sagten und sie und ihre Geschwister erlebten im Ohlendorfer Pfarrhaus und vor allem in dessen verwunschenen Garten glückliche Jahre der frühen Kindheit. Bis ihr Vater, August Peter Spanuth erneut von der Kirche versetzt wurde und die Familie nach Schulenburg umziehen musste.

Sie träumte, wie so oft, am Fenster stehend vor sich hin und erinnerte sich:

Aus der Jugendzeit,
klingt ein Lied mir immerdar,
o wie liegt so weit,
was mein einst war!

O du Heimatflur,
lass zu deinem seligen Raum,
mich nur einmal nur,
entfliehen wie im Traum!

Sich umdrehend, nach der Tasche greifend und mit der seligen Vorfreude auf ihre Reise ging sie durch die offenstehende Klassentür und stieg schnellen Schrittes das Treppenhaus hinunter, winkte dem Hausmeister kurz, der von seiner Wohnung aus sie beobachtete, wie sie das

Schulgebäude und das Gelände eilig verließ, um zu ihrer kleinen Wohnung am oberen Tor zu marschieren.

Dort fing sie nun an, ihren kleinen Handkoffer zu packen, denn sie wollte morgen den Frühzug nehmen, der sie über mehrere Stunden Fahrt über Salzgitter, Wolfenbüttel und Braunschweig, wo sie umsteigen musste, bis nach Uelzen bringen würde.

Sie war sehr pünktlich am Bahnsteig und wartete geduldig auf das Einfahren des Zuges mit seiner dampfenden und ächzenden Lokomotive, deren grelles Fahrlicht kurz aufblendete, angesichts dessen, dass es gerade erst begann hell zu werden. Der richtige Wagon 4. Klasse war schnell ausgemacht und nach dem Öffnen der Coupétür* sah sie erfreut, dass von den sechs Sitzplätzen des Abteils nur zwei belegt waren, mit zwei Damen, keine Herren, zum Glück, die sich sonst die ganze Zeit über Politik unterhalten würden und dabei ihre Rauchschwaden der Pfeifen und Zigarren in dem kleinen Coupé verbreiten würden. Nein, reisende Männer gab es schon geraume Zeit nicht mehr, denn jeder halbwegs taugende Mann befand sich im Feld*, im Kampf gegen den Franzmann, um das Vaterland zu verteidigen.

Sie hob ihren kleinen Koffer hoch in die Kofferablage, öffnete den Mantel etwas und nahm schnell Platz in Fahrtrichtung am Fenster, denn der Wagon ruckelte bereits, als sie den Pfiff der Lokomotive hörte und sich der Zug ächzend und knarrend in Bewegung setzte.

Sie blickte hinaus und sah den Bahnsteig vorbeiziehen

und die anfänglich den Blick trübenden dicken Qualmwolken der Lokomotive schienen sich bei immer schnellerer Fahrt in der Luft aufzulösen.

Auch die anderen beiden Damen kannten sich offenbar nicht, strickten oder lasen und so sank Käthe immer tiefer in die Ecke ihrer hölzernen Sitzbank, lehnte den Kopf an die Außenwand, und das monotone Schnaufen des Zuges, das gleichmäßige rattern und klappern der stählernen Räder auf ebensolchen Gleisen ließen sie sanft entschlummern.

Und da hörte sie es dann:

„Komm doch mal rüber! Du kennst mich ja noch! Du kennst doch noch das traute Pfarrhaus! Du kennst doch noch den Garten und die Häuser in der Nachbarschaft!"

Es war der schlanke Kirchturm, der sie rief, der irgendwann aus dem Zug heraus zu sehen sein würde, der sie lockte, sie hinzog in ihr versunkenes, seit den Tagen der Kindheit nie wieder besuchtes und doch nie vergessenes „Kindheitsparadies"!

Aber aus dem Kommen wurde lange nichts, nur im Geiste war sie oftmals da, denn dort haben alle lieben und liebsten Geschichten ihren Schauplatz.

Ihre Kinderphantasie hatte das Pfarrhaus zu einer prächtigen Königsburg gemacht, in der Herodes die drei Weisen aus dem Morgenland ausforscht, und wo der stolze Pharao seinen Thron hat und Josef vor ihm steht und ihm seine bangen Träume deutet. Ein anderes Mal wurde das Haus zum Märchenschloss mit langen Gängen und geheimnisvollen Winkeln. Dornröschen hielt dort seinen hundertjährigen Schlaf in einer Stube oben neben der Treppe, die sich zum zauberhaften Turmzimmer wandelte.

Von hohen Rosenhecken umgeben, ist das Haus den neidischen Blicken der Dorfbewohner entzogen. An der

Gartenseite, gleich unter dem „Turmzimmer" stand eine Rosenlaube, von dort aus hatten natürlich ihre „Märchenrosen" ihren Ausgangspunkt genommen.

Von den Kindergeschichten hat sonst keine das Haus zum Schauplatz, desto mehr aber den Garten. Darin befindet sich eine große, grün dämmrige Weinlaube und davor ein Rosenbeet. Die Rosen sind zu mächtigen Bäumen geworden, unter denen die ersten Menschen in Paradiesglückseligkeit lustwandeln. Die düstere Weinlaube bietet Adam ein willkommenes Versteck, als ihn Gottvater sucht.

Von dem Rosenbeetparadies führt ein schlanker Weg zu einem Gartenhäuschen, das mit Borke umkleidet ist. In ihrer Phantasie ist dieser Weg so weit und lang, dass das Rote Meer und der wasserspeiende Fels dazwischen Platz haben. Dort ziehen Josefs Brüder hin und her und Josef empfängt sie in seiner vornehmen Wohnung, die in Wirklichkeit ein bescheidenes Borkenhäuschen ist. Um den runden Tisch sitzen Josefs Brüder und lassen sich von ägyptischen Dienern aufwarten.

Ihren Lieblingsplatz hatten die Kinder in einem Rund aus dicht zusammenstehenden Lebensbäumen, die in der Mitte einen lauschigen Sitzplatz bildeten. Darin wird die Geschichte von Moses und dem feurigen Busch erzählt. Ach, der schöne Lebensbaum, steht lichterloh in Flammen! Aber wie erlösend wirkte der Bericht, dass ihn kein Feuer je verzehren konnte! Das war auch nur gut, denn dann konnte sich der junge, schöne König David darin verstecken, als Saul ihm auf den Fersen war.

Auch andere Teile des Gartens sind bis heute unauslöschlich mit Kindheitsgeschichten verknüpft. Der Gemüsegarten grenzte an eine nachbarliche Scheune mit düsterer Wand und hohen Bäumen davor. Dieser Winkel des Gartens erwuchs ihr zu ihrer „Felsenhöhle", in der Maria selig lächelnd auf ihr Kindlein schaute und die weite Gartenfläche davor wurde zum Feld, auf dem die Hirten das himmlische Wunder erlebten. Viele der lieblichen Jesusgeschichten haben ihren Schauplatz dort und in der angrenzenden Umgebung. Zwischen den Kornfeldern wandelte der Meister mit seinen Jüngern und nebenan im Wiesengrund liegt das freundliche Bethanien, die Heimat der beiden Schwestern Maria und Martha.

Ein Teich, der inmitten des Dorfes liegt, wurde zum See Genezareth, mit herrlichen Ufern und wonniger Umgebung und sie glaubte sich zu erinnern, wie sie angstvoll an dessen Ufer stand, als das Schifflein mit Jesus und seinen Jüngern im Sturm unterzugehen drohte.

An dem Teich vorbei, erreichte man eine Viertelstunde hinter dem Dorf ein liebliches Wäldchen. Der Wald war ihr so vertraut, dass niemand anderes als Rotkäppchen dort dem Wolf begegnen konnte. Dort pflückte es einen Strauß der schönsten Blumen für die Großmutter, dort regneten die Sterntaler vom Himmel herab in das Hemdchen des armen Kindes, dort lag auch das zierliche Zwergenhäuschen, von Schneewittchens Hand sauber und in Ordnung gehalten. Ja, mitten in diesem tiefen Walde hausten sogar die Räuber, die von den Bremer Stadtmusikanten aus ihrem Schlupfwinkel vertrieben wurden.

Das Märchen von Aschenbrödel gehörte immer zu ihren Lieblingsgeschichten, deshalb spielte es wohl in nächster Umgebung des Elternhauses. Dicht an den Hof grenzte der Kirchhof, auf dessen Höhe sich eine gotische Kirche erhob. An einem der grünbewachsenen Gräber stand eine riesige Trauerweide und da kniete Aschenbrödel in der Abenddämmerung und bat sehnsüchtig und in banger Erwartung: ‚Bäumchen rüttle dich, wirf Gold und Silber über mich!' und dann verschwand das schöne Kind in seinem prächtigen Kleid hinüber in das große Haus jenseits der Straße.

Sie erinnerte sich in diesem prächtigen Bauernhof gewesen zu sein, wo die Kinder in scheuer Bewunderung die riesigen Räume bestaunten und mit den Nachbarskindern die dunklen Gänge und Bodenräume durchstöberten. Ihre Eltern waren dort zur Hochzeit der jüngsten Tochter eingeladen und die Kinder durften auch mit dabei sein. Das war so schön, dass die Hochzeit zu Kana* später in ihrer Vorstellung nirgendwo anders als in dem Hochzeitshaus des Nachbarn stattfinden konnte. Auf der gepflasterten Diele standen in schummriger Kühle die sechs steinernen Wasserkrüge. Aus dem großen Zimmer neben der Diele tönte das Reden und das frohe Lachen der Hochzeitsgesellschaft, die eben aus der Kirche gekommen war.

Jenseits der Straße liegt sie! Hoch auf einem Hügel, wo eine Steintreppe den Besucher hinaufleitet. Diesen Weg sieht sie die heilige Familie ziehen, als das Jesuskind dem Herrn dargebracht werden soll. Ihre kleine Dorfkirche wird zum Tempel in Jerusalem und vor dem Altar stehend lauscht die glückliche junge Mutter den prophetischen Worten des jungen Simeon.

Die Tür zum Gang öffnete sich ruckelnd und schnarrend und der Schaffner trat ein, um sich die Fahrscheine zeigen zu lassen. Käthe erwachte widerwillig nur halb aus ihrem Traum, griff wie in Trance in ihre Handtasche, in der sie sich den Fahrschein schon zurechtgelegt hatte, zog ihn hervor und reckte ihn in Blickrichtung des Schaffners. Auf sein kurzes Nicken steckte sie ihn zurück und wendete den Blick wieder in Richtung Fenster.

Die Landschaft flog dahin.
Felder, Wiesen, Wälder,
Felder, Wiesen, Wälder.

Die schönen Erinnerungen liegen in einer nebelgrauen Ferne, Jahre sind darüber vergangen.

Der Weltkrieg tobt noch immer. Und mit seinem Schrecken droht er ihr, ihr Märchenland, ihr Kindheitsparadies zu zerstören. Wo in ihrer Fantasie bisher nur die schönen Geschichten spielten, da sind nun auch Bilder des schrecklichen Krieges lebendig geworden. Das meiste, was ihre feldgrauen* Brüder und Freunde ihr schreiben, hat dort seinen Schauplatz. Sie muss von Verwundeten lesen, die man in eine Kirche schaffte und denkt dabei an die Kirche ihrer Kindheit, wo sie dicht an dicht auf Strohlagern liegen, schreien vor entsetzlichen Schmerzen oder bereits hinüberwandeln ins Jenseitige.

Der Ort ist gänzlich zerschossen, nur die Mauerreste der Kirche ragen noch aus den Trümmern hervor. Sie dienen den Soldaten als Schutz gegen die Franzosen, die nur zehn Meter entfernt ihnen gegenüber liegen. Jetzt kracht ein Schuss, der in die Mauer schlägt und im Traum kommen ihr die Tränen beim Gedanken an ihr geliebtes Kirchlein, das nun gänzlich zerstört ist.

Und ihr lauschiger Rotkäppchenwald ist zum Argonnerwald geworden! Unbarmherzig schlagen die Granaten hinein, nichts schonend, nichts übriglassend!

Wollen die denn alles zerstören?

Oh du unseliger Krieg, lass mir mein Märchenland, mein Kindheitsglück!

Und noch ein trübes Bild hat ihr sonniges Kinderland verdunkelt. Wo sich am östlichen Ende die Bäume ein wenig lichten, reiht sich Hügel an Hügel. Von schlichten Holzkreuzen und Helmen geschmückt, liegen sie da. Ein bisschen abseits, wo der Weg aus dem Wald herausführt, erblickt sie ein einsames Grab. Und wie sie so die Inschrift liest, den Namen des Toten, stellt sie fest, dass es der Name des Bräutigams von damals war, wo sie auf der Hochzeit der Nachbarstochter feierten.

Wie lange wird es noch dauern, bis der letzte Schuss verhallt und unsere feldgrauen Brüder heimkehren? Wenn dann der große Tag kommen wird, den wir betend und hoffend herbeisehnen, wenn die Glocken Frieden läuten, wenn die Mädchen und Frauen Friedenskränze binden, dann mein Märchenland, mein Kindheitsparadies, lass mich wieder zu dir! Dann will ich kommen!

Der Zug bremste scharf, die Lokomotive ächzte und kam zum Stehen. ‚Klein Mahner'* las sie auf den Schildern auf dem Bahnsteig. Fast scheute sie den Blick zur anderen Seite aus dem Fenster, denn da in der Ferne war er zu sehen, der Kirchturm, der sie rief: ‚Komm doch herüber!'.

Von vorne ertönte der Pfiff der Lokomotive und sogleich fuhr sie an. Käthe wendete den Blick ab und schaute stumm aus ihrem Fenster.

Felder, Wiesen, Wälder.

Genealogie zu Kapitel 12

Käthe Spanuth (21-377) (1875-1947) ist eine Enkeltochter von Wilhelm Spanuth (20-330) (Kap. 9) und eine ältere Schwester von Friedrich Spanuth (21-382) (Kap. 15). Sie blieb unverheiratet und kinderlos und wirkte zum größten Teil ihres Lebens als Lehrerin, zuletzt in Northeim am Rand des Harzes. Als Tochter eines Pastors (August Peter Spanuth (21-352)) waren sie und ihre Geschwister entsprechend religiös erzogen und, wie es Dokumenten zu entnehmen ist, prägte sie die christliche Religion zeitlebens.

Erst im Jahr 1936 konnte sie sich erstmals überwinden, in Klein Mahner auszusteigen und Ohlendorf einen kurzen Besuch abzustatten.

Das „Kindheitsparadies" entstammt einer Niederschrift von ihr, die 1937 in der Zeitschrift „Heimatbund" des Kirchenkreises Salzgitter veröffentlicht wurde und von der hier Teile wiedergegeben sind.

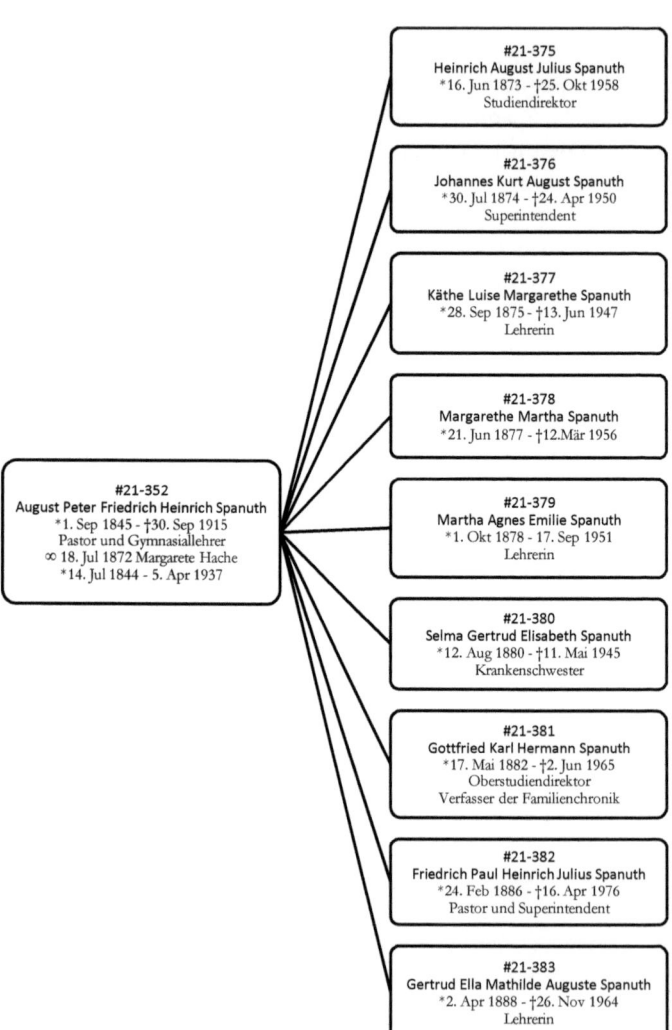

* = geb.   + = gest.   ∞ = verh.

Als Friedrich Ebert am 25. Februar an einer verschleppten Blinddarmentzündung starb, fand unmittelbar darauf eine hektische politische Betriebsamkeit statt, einen neuen Kandidaten für das Amt des Reichspräsidenten zu finden. Doch die demokratischen Parteien blockierten und behinderten ihre Kandidaten gegenseitig, sehr zum Vorteil der Antirepublikaner, deren „Reichsblock" sich gegenüber dem „Volksblock" der Demokraten im 2. Wahlgang mit nur 3 %-Punkten Vorsprung durchsetzen konnte und Paul von Hindenburg zum Sieg verhalf. Spätestens an diesem 26. April 1925 hatte die Weimarer Republik die Schaufel zu ihrem eigenen Grab angesetzt.

13

Würzburg
Winter 1925

„Ach, es ist doch so schön hier!", seufzte sie und war ganz offensichtlich sehr unglücklich, dass nun wohl wieder ein erneuter Umzug bevorstehen sollte. Wobei sie dieses Vagabunden-Leben mit ihrem Mann kannte, sie seit ihrer Hochzeit im Sommer 1903 mit ihm von einer Stadt zur nächsten zog. Wo haben sie schon überall gelebt! Erst in Frankfurt, in Göttingen, Stuttgart, in Hamburg und Altona, in Flensburg und zuletzt in Solothurn, in der

Schweiz. Und nun sollte hier in Würzburg nach nur vier Jahren auch wieder Schluss sein?

„Stralsund hat mir ein gutes Angebot gemacht", versuchte Ludwig Spannuth-Bodenstedt seine Frau zu beschwichtigen, „dort oben an der See wird es dir sicher gefallen, meine Teuerste".

Damit hob er sich die Tageszeitung wieder vor das Gesicht, nachdem er zuvor seinen Kaffee in der Tasse noch einmal umrührte, obwohl es darin eigentlich nichts zu rühren gab, er kurz grübelte und auch bei ihm diese erneute innere Unzufriedenheit aufkam, dieses Zigeunerleben führen zu müssen. Aber sei es drum, heute ist Sonntag und es war der einzige Tag der Woche, an dem er einmal in Ruhe morgens am Tisch sitzen, die Zeitung lesen und die Gedanken schweifen lassen konnte.

Selten hatte er bei einer Intendanz in einer Stadt ein so gutes Gefühl, wie hier in Würzburg, schien man damals im Sommer 1921 glücklich ihn für dieses Amt gewonnen zu haben, nachdem die Stadt mit ihrem vorherigen Intendanten Bertram so sehr auf die Nase gefallen war. Er muss jetzt noch den Kopf schütteln, wie man überhaupt auf den Gedanken kommen konnte, dem Opernsänger Rolf Bertram die Intendanz für das Stadttheater zu übertragen! Jemand, der ein wahrlich guter Sänger ist, dessen Reputation für Schauspiel und Theater aber von vornherein nicht angemessen sein konnte. Kein Wunder, dass die Stadt in dessen letztem Jahr 377000 Mark aufbringen musste, um das Theater vor dem Bankrott zu retten.

Und dann kam er.

Schon in seinem ersten Jahr erwirtschaftete er einen Überschuss von 100000 Mark. Aber bei aller Freude und Zufriedenheit auf allen Seiten, haderte der Bürgermeister

Zahn und der Theaterausschuss des Würzburger Stadtrates den Theaterbetrieb überhaupt weiterhin aufrechtzuerhalten, denn wegen der hohen Inflation weigerte sich das Orchester weiterzuarbeiten, ohne eine saftige Tariferhöhung zu erhalten.

Die Stadt war nicht bereit mehr Geld in das Theater zu stecken, so waren Ludwig die Hände gebunden und in dem Streit mit dem Orchester konnte keine Einigung erzielt werden. Also blieb nur, den Opern- und Operettenbetrieb zumindest vorübergehend aufzulösen. Diese Entscheidung tat ihm in der Seele weh und belastete ihn in seinem eigenen Anspruch an ein Programm eines Stadttheaters, das selbstverständlich aus musischer und darstellender Kunst besteht, erheblich.

Am schlimmsten wurde es dann 1923.

Das Land ächzte unter den Reparationszahlungen wegen des verlorenen Krieges an Frankreich. Und weil das Deutsche Reich seinen Zahlungen nicht mehr nachkam, besetzten französische Truppen kurzerhand das Ruhrgebiet. Der damalige Reichskanzler rief zum ‚Ruhrkampf‘, einem Generalstreik der Arbeiter und Kohlekumpel auf. So standen die Zechen und Stahlschmieden von einem Tag auf den anderen still, nicht zuletzt, weil die Reichsregierung den Arbeitern Lohnfortzahlung versprochen hatte. So blieben sie nun zu Hause und erhielten Geld fürs Nichtstun.

Aber der Staat hatte längst kein Geld mehr und setzte das fort, was er bereits Jahre zuvor begonnen hatte: Der Wert der Mark war längst durch ein Gesetz von den Goldreserven des Staates entkoppelt worden und nun wurde daher erst so richtig die Notenpresse angeworfen. Nur kamen sie mit den Drucken nicht mehr hinterher. Ihre bereits gedruckten 1000 und 5000 Mark Scheine mussten sie am Ende des Jahres zerschreddern und durch Scheine mit der Aufschrift 1 Milliarde und 500 Milliarden Mark ersetzen.

Wenn die arbeitenden Menschen freitags ihre Lohntüte erhielten, mussten sie versuchen, das Geld sofort zum Kauf von Brot und anderen Lebensmitteln zu verwenden, denn einen Tag später war es vielleicht schon nichts mehr wert, weil die Preise nahezu täglich rasant stiegen.

Die Zustände auf den Straßen wurden zunehmend unhaltbarer. Ludwig und seine Frau hatten eine sehr schöne Wohnung mitten in der Stadt, aber er ließ seine Frau nur noch in Begleitung vor die Tür treten. Stets wurden sie von Bettlern bedrängt oder heruntergekommene Gestalten kamen ihnen nahe, von denen er fürchtete, bestohlen zu werden. Eine entsetzliche Not spielte sich auf der Straße ab. Ludwig fühlte sich beim Gang durch Würzburg an ‚Die Elenden' von Victor Hugo erinnert. Und arme Kinder liefen umher, arme hungernde Kinder überall! Es war entsetzlich!

Nicht nur die Menschen auf der Straße, sondern natürlich auch sein Theater litt schwere Not. Die Stadt stellte ihm bereits zu Anfang seiner Zeit einen künstlerischen Beirat zur Seite, der ihm stets auf die Finger schauen sollte. Aber nun, als die Inflation galoppierte, wichen sie ihm nicht mehr vom Rock. Nur mit enormer Mühsal und dem oft brotlosen Einsatz von ihm und einigen seiner Mitarbeiter gelang es überhaupt diese Spielzeit vor häufig leeren Rängen zu überstehen.

Was gut war, war, dass er etwas mehr freie Zeit hatte in diesem trostlosen Jahr und endlich gelang es ihm, seinen Traum zu verwirklichen und mit der „Frühlingsfee" ein eigenes Singspiel, einen richtigen 3-Akter, zu schreiben. Allerdings musste er dieses im Stadttheater Bamberg zur

Erstaufführung bringen, denn Würzburg hatte schließlich kein Orchester mehr. Trotzdem, es wurde ein großer Erfolg, und als er beim Schlussapplaus der Premiere auf die Bühne trat, fühlte er sich für einen Moment wie der junge Mozart.

Ab 1924 glaubte man, es erschiene ein Licht am Ende des Tunnels.

Eine Währungsreform löste endlich die Mark ab und die Goldmark wurde eingeführt, die zumindest zum Teil durch die Goldreserven des Staates abgesichert war. Das Tauschverhältnis betrug 1 Milliarde alte Mark gegen eine Goldmark!

Unzählige Menschen, die, wenn auch nur geringes Vermögen besaßen, waren auf einen Schlag vermögenslos und alle, die zuvor Schulden hatten, waren dieser ebenso schnell entledigt.

Ludwig hatte weder das Eine, noch das Andere. Was ihn mit vielen anderen Menschen aber verband, war die Hoffnung, dass es jetzt irgendwie wieder aufwärtsgehen würde und so machte er sich daran, einen neuen Spielplan für das Würzburger Stadttheater zu entwerfen.

In der ersten Stadtratssitzung im Januar 1924 forderte der Theaterreferent Wirth eine ganzjährige Spielzeit für das Theater. Ludwig hatte sich bereits seit Jahren dafür starkgemacht, denn sein größtes Problem war bisher stets, dass die Künstler höchstens neun Monate im Jahr Lohn erhielten und in der Zeit zwischen den Spielzeiten ohne Einkommen auskommen mussten. Seine Planung für die jeweils nächste Spielzeit war stets von der Ungewissheit belastet, ob seine Künstler ihm wieder zur Verfügung stehen würden und so manch einer hatte aus der Not heraus, den Beruf an den Nagel gehängt und verdingte sich nun als Knecht auf einem Hof, als Zeitungsverkäufer oder gar als Schuhputzer.

Es war fast zu erwarten, dass der Stadtrat den Vorschlag ablehnen würde, denn angesichts der nach wie vor vorherrschenden Not in der ganzen Stadt brauchten sie das Geld an anderen Stellen viel dringlicher.

Lange haderte er mit sich, wie er den Spielbetrieb aufrechterhalten und endlich wieder auf ein, seinem künstlerischen Anspruch gerechtes Niveau zurückbringen kann. Aber die Jahre der Inflation hinterließen im Theater und bei ihm selbst Wunden, die nicht recht heilen wollten.

Schweren Herzens kündigte Ludwig Spanuth-Bodenstedt den Theaterpachtvertrag am 13. Februar 1925.

Nur eine Woche später lud das beauftragte Fuhrunternehmen das Mobiliar der Wohnung auf und er begab sich mit seiner Frau zum Bahnhof, um den Zug nach Stralsund zu besteigen.

Genealogie zu Kapitel 13

Louis Spannuth (#28-688) (1880-1930), der sich selbst den Künstlernamen Ludwig Spannuth-Bodenstedt gab (seine Mutter war eine geborene Bodenstedt) und der tlw. als Autor unter dem Pseudonym Paul Herford auftrat, war Schauspieler und Theaterdirektor an ca. zehn größeren Stadttheatern in Deutschland und der Schweiz. Darüber hinaus veröffentlichte er ungefähr 18 größere Dramen, Schau- und Lustspiele, Volksstücke und mindestens ein 3-aktiges Singspiel, die vielfach während seiner Intendanzen in den jeweiligen Theatern aufgeführt wurden.
Er war seit 1903 mit Meta Höbel (1876-1946) verheiratet und ein 5-fach Urenkel von Johan Spanuth (#5-49) (Kap.3), was allerdings von der Forschung nicht zweifelsfrei belegt ist.

Die allgemein angespannte wirtschaftliche Lage in den zwanziger Jahren des vorigen Jahrhunderts machte es für die Städte besonders schwierig, ihr jeweiliges Stadttheater am Laufen zu halten. Es galt daher das Prinzip, dass der Intendant das Theater wie ein Pächter führte, er also für alles in seinem Theater selbst verantwortlich war, insbesondere den Arbeitsverhältnissen mit den Musikern und Schauspielern. Die Stadt sagte lediglich zu, ein Defizit am Ende der Spielzeit ausgleichen zu wollen und dafür nur tlw. am Gewinn beteiligt zu sein (Bsp. in Würzburg zu 2/3).
Es kam daher häufig zu Meinungsverschiedenheiten zwischen Intendanten und Stadtverwaltung, mit der Folge eines häufigen Wechsels der Intendanten.

Quelle dieses Kapitels ist. tlw. die Dissertation von Daniel Gerken „Die Selbstverwaltung der Stadt Würzburg in der Weimarer Republik und im Dritten Reich" aus dem Jahr 2004.

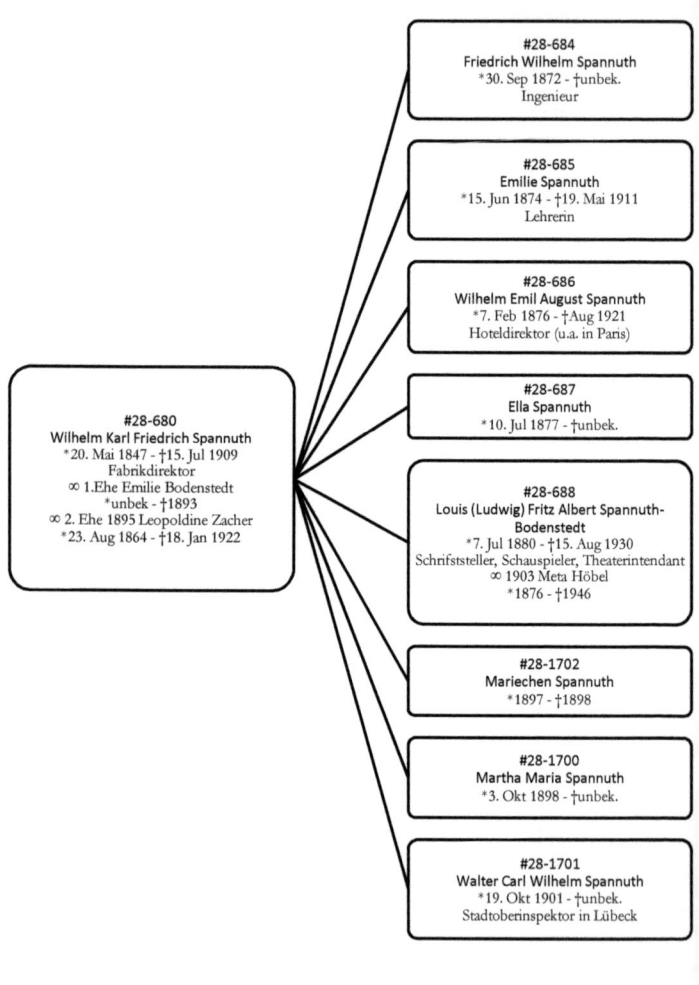

* = geb.   + = gest.   ∞ = verh.

Anlage 3
Der Führer und oberster Befehlshaber der Wehrmacht
P.H.Qu., den 18.12.40
OKW/WFSt/Abt.L (I) Nr. 33 408/40 g.K.Chefs.
Weisung Nr. 21 Fall Barbarossa
Die deutsche Wehrmacht muß darauf vorbereitet sein, auch vor Beendigung des Krieges gegen England, Sowjetrußland in einem schnellen Feldzug niederzuwerfen.
...
Die im westlichen Teil Rußland stehende Masse des russischen Heeres soll in kühnen Operationen unter weitem Vortreiben von Panzerkeilen vernichtet, der Abzug kampfkräftiger Teile in die Weite des russischen Raumes verhindert werden.
...
gez. Adolf Hitler

14

Hamburg
Spätsommer 1942

Für den gefühlten Bruchteil einer Sekunde, in der er meinte, in seiner Routine die Konzentration etwas vernachlässigen zu können, schreckte er angesichts eines möglichen Kenterns kurz auf, griff aber geistesgegenwärtig sofort wieder fester nach der Pinne, um die Gewalt über seine Jolle wiederzuerlangen, wobei er sich etwas mehr über Bord lehnen musste, um sein Segel wieder einzufangen und das Boot zurück auf Kurs zu bringen. Dieser seltene, aber von ihm so geliebte warme südwestliche Wind, den es hier auf der Außenalster nicht sehr häufig gab, war so ganz ungewohnt, denn meistens im Jahr blies er aus nordwestlicher Richtung und war dabei eher frisch bis manchmal sogar kalt.

Und er genoss die vielleicht viereinhalb Windstärken, die ihn normalerweise nicht aufs Wasser brachten, weil sie seinem Anspruch als Segler eher nicht genügen, denn er sah sich selbst als passionierten Segler, der mit den Anfängern bei schwachem Wind nicht auf dem Wasser gesehen werden wollte, nein, dann entschied er sich früher bei gutem Wetter doch eher für die Bar oder einen Liegestuhl bei Bobby Reich*.

Es war ein herrliches Leben damals und er war mittendrin! Ja, er war von allen der größte Paradiesvogel, nicht nur hier bei Bobby Reich, nein eigentlich in der ganzen Stadt und das nicht nur, weil er quasi als Einziger ein Mercedes-Cabrio fuhr. Dieses gehörte zwar seinem Vater, aber das sagte er natürlich niemandem. Unter seinem wirklichen Namen, Karl-Heinrich, von klein auf an auf ‚Heinz' verkürzt, kannte ihn eigentlich niemand. Alle nannten ihn einfach nur „Bambus". Die Männer der gehobenen Hamburger Kaufmannschaft trugen Hut, Jackett oder Gehrock, Hose mit Bundfalten und passenden Hosenträgern und natürlich Lackschuhe. In Händen hielten sie neben einer attraktiven Begleiterin bestenfalls einen Regenschirm, wenn mal wieder mit Hamburger Schmuddelwetter zu rechnen war. Bambus hingegen hatte nie einen Schirm in der Hand, sondern immer ein ungefähr dreißig Zentimeter langes Bambusrohr, über und über mit bunt schimmernden Brillanten besetzt. Es war ein Herrscherstab aus dem Familienbesitz seiner Mutter. Sein Auftreten wie Napoleon Bonaparte bei seiner Krönungszeremonie sorgte natürlich anfangs für Belustigung, aber er schaffte es tatsächlich sich den Respekt aller anderen zu verschaffen, allerdings vermutlich auch deswegen, weil er bekannt dafür war, nicht knauserig zu sein und öfter als alle anderen mal eine Runde springen zu lassen.

Ja, es war ein herrliches Leben!

Aber das war nun alles vorbei.

Er wusste nicht, wie lange er nicht mehr in seiner geliebten Jolle gesessen hatte, waren es Jahre? Lieber nicht darüber nachdenken. Angesichts des Zustandes, in dem er das Boot an seinem Liegeplatz vorfand, musste er wohl länger nicht hier gewesen sein. Trotz Persenning[12] stand das Boot halbvoll Wasser, befand sich das Decksholz in schlechtem Zustand, war an einigen Ecken aufgequollen und mit einem Schmierfilm überzogen, dazu überall Spuren vom Kot der Enten und Möwen. Er brauchte eine geschlagene Stunde, es halbwegs segelfertig zu machen: Wasser zu schöpfen, mit dem alten Schwamm, der zum Glück noch da war, es etwas reinigen, das Segel, na das schaute er sich besser nicht so genau an, denn es war an manchen Stellen spakig, voller schwarzer Flecken. Früher hatte er immer alles gut in Schuss, würde er seinen Freunden und Bekannten und so mancher Dame, die ihn begleitete, niemals einen solchen ‚Seelenverkäufer' vorzeigen. Dabei war sein Boot fast noch als gut einzustufen, angesichts der meisten anderen Boote, die hier am teuersten und besten Stegabschnitt bei Bobby Reich lagen, nämlich den, von dem man unmittelbar ohne paddeln zu müssen direkt auf die Alster kam. Die Boote neben seinem waren teilweise versunken und nur deren Mast ragte noch heraus. Er wusste, dass deren Besitzer

---

[12] Abdeckplane

noch länger nicht hier waren als er. Viele kannte er von früher, rauchte und trank mit ihnen an der Bar, führte lockere Konversation im Segler-Latein und manchmal ließ er sich auf ein Wettrennen auf dem Wasser mit ihnen ein.

Alles vorbei!

Nie mehr würde er so einige von ihnen wiedersehen, denn sie wurden abgeholt und nach dem Osten verbracht, denn Hamburg, so verkündete es irgendwann mal der Hamburger Gauleiter Kaufmann, Hamburg sei jetzt ‚judenfrei'.

Und die Anderen, die erlitten dasselbe Schicksal wie er, waren irgendwo im Feld und dienten ‚Volk und Vaterland' oder lagen bereits unter der Erde in der russischen Tundra.

Trotzdem wich die Melancholie der Freude, endlich wieder auf dem Wasser sein zu können, sich den Wind und manche Gischt ins Gesicht und dabei sämtliche Sorgen aus dem Kopf blasen zu lassen.

Er segelte möglichst hart am Wind, immer etwas oberhalb zwischen Anleger Fährdamm auf Höhe Pöseldorf im Westen und dem langen Zug, einer Ausbuchtung im Osten, aus der der Osterbekkanal in die Alster mündete. Dort konnte er nicht zu weit hineinfahren, denn je weiter, desto mehr flachte der Wind ab, weil er wegen der Villen, Clubhäuser der Rudervereine und riesigen Bäumen in seiner steten Richtung über die Alster unterbrochen war.

So musste er nach kurzer Fahrt jeweils schnell wieder eine Wende einleiten, das war die Konsequenz daraus, das Kreuzen zu vermeiden, um nicht weiter auf die Alster hinauszufahren.

Zumindest musste man nicht auf den Verkehr achten. Früher, vor dem Krieg, wäre die Alster an so einem Tag voll gewesen mit Seglern und Ruderern, dazu dann noch die Alsterdampfer, die die Herrscher des Reviers waren und das auch mittels ihrer lauten Schiffssirene unnachgiebig zum Ausdruck brachten.

Jetzt war alles leer.

Er fuhr das einzige Boot auf dem ganzen Gewässer. Niemand außer ihm war auf der Alster.

Er merkte, wie sehr ihn das Segeln anstrengte. Die Wenden, das Dichtholen des Segels, das sich hinauslehnen, festhalten und gleichzeitige führen der Pinne. Gut, er war einige Kilo leichter, als vor dem Krieg. Das Essen im Feld war wirklich nicht dazu angetan, Speck anzusetzen, zumal es ihn meistens anekelte. Es war gerade so ausgelegt, dass man nicht verhungerte und seine soldatischen Pflichten erfüllen konnte.

Die Kräfte ließen so sehr nach, dass er den Rückweg einschlagen musste. Aber deshalb war er ja gerade heute auf dem Wasser, dass er nun einfach ohne jegliches Manöver vor dem Wind segeln konnte und auf direktem Wege an seinen Liegeplatz zurückkam.

Den Wind von Achtern, ja so drückte sein Vater es manchmal aus. Und er meinte damit nur angespielt die Windverhältnisse auf der Alster, die einen ohne ständiges Kreuzen wieder zum Liegeplatz zurücktrugen. Nein, er drückte damit aus, dass sein Sohn sich im Leben immer den leichtesten Weg zur Erreichung seiner Ziele suchte, bloß nicht anstrengen, weder körperlich noch geistig, Hauptsache er erreichte bequem sein Ziel.

Das hatte er nie so gesehen, und selbst wenn es wahr wäre, er fühlte sich nicht verantwortlich, dass er so ist wie er ist. Er wurde schließlich so erzogen. In ihrer großen Villa am Leinpfad hatten sie Bedienstete, die sich um alles kümmerten, nicht nur um das Wohl seiner Eltern, sondern auch um sein persönliches Wohl. Maßgeblich seine Mutter verlangte dies so, denn sie war von Haus aus eine Prinzessin, genauer, Tochter eines burmesischen Herrschergeschlechts. Sein Vater gründete all seinen Reichtum auf einem Handelskontor, welches regen Handel mit Burma trieb und all dies untermauerte er zusätzlich dadurch, dass er in das burmesische Königshaus einheiratete. So gab es für ihn niemals das geringste Problem mit irgendwelchen Behörden oder Offiziellen in Burma: Er telegrafierte einfach nach Rangun und seine angeheiratete Familie regelte alles für ihn. Meistens wohl mittels Bakschisches[13], aber davon bekam er nie irgendetwas mit, da sie diese Kosten vollständig für ihn übernahmen.

Seine Mutter war liebevoll, aber streng. Ihre wahren Gefühle gegenüber ihrer deutschen Familie brachte sie nur selten zum Ausdruck. Wie bei Prinzessinnen üblich, fügte sie sich uneingeschränkt in ihr Schicksal, im kalten, oft dunklen Deutschland zu leben, mit diesem seltsamen, nüchtern schmeckenden Essen und vor allem diesem schrecklich distanzierten Miteinander der Menschen.

Sein Eindruck, jetzt als erwachsener Mann, seinerseits verheiratet und Vater zweier Kinder, war aber schon, dass seine Mutter hier nicht glücklich ist, insbesondere, seit die Nazis die Stadt übernommen hatten, zog sie sich vollkommen zurück und verließ kaum mehr das Haus, was angesichts des großen Anwesens bisher vielleicht zu ertragen war.

Wenn nicht der englische Bombenangriff vor ein paar Wochen gewesen wäre, bei dem offenbar ein Flugzeug nach Bombardierung des Hafens noch eine Bombe übrig hatte, die es bei seinem Rückflug einfach ausklinkte und

---

[13] Schmiergeld

die das Anwesen der Eltern nicht unerheblich beschädigte.

Insgeheim war sein Vater wohl fast froh darüber, waren sie doch nicht Eigentümer der Villa, sondern nur Mieter und er hatte wegen des kriegsbedingt kaum mehr tätigen Außenhandelskontors erhebliche Schwierigkeiten, die Miete aufzubringen. So konnte er dem Vermieter einfach fristlos kündigen und ihm den Schaden überlassen. Er meldete sich sogleich bei der Behörde als ‚ausgebombt' und die Großfamilie mit den Eltern, zwei Kindern, deren Ehepartner und drei Kindeskindern wurden als dringlicher Fall eingestuft und von einem Tag auf den anderen erhielten Sie das Angebot, eine Villa im südlichen Teil Harvestehudes zu beziehen. Die Besichtigung ergab, dass sie doppelt so groß war, wie ihre vorherige, sich die Frauen aber bewusst waren, dass sie das riesige Haus ohne Personal in Schuss halten müssten, weil es nämlich kein Personal mehr gab und sie dies ohnehin nicht hätten bezahlen können. So verbündeten sich also seine Mutter Jessie, seine Schwester Lisa und seine Frau Charlotte gegen seinen Vater Carl-Nils und setzen eine Ablehnung dieses Angebots durch. Offenbar war das aber kein Problem, denn sogleich erhielten sie ein weiteres Angebot, in einem Wohnblock aus der Jahrhundertwende in der Andreasstraße eine komplette Etage mit acht Zimmern zu übernehmen. Die Andreasstraße lag zwar auf der Uhlenhorst, der östlichen Seite der Außenalster, auf der man unter Normalumständen niemals Quartier beziehen würde, aber was war heute schon normal?

So konnte die Familie aus der zerstörten Villa ausziehen und sofort die neue Wohnung beziehen, dabei unversehrtes Mobiliar mitnehmen und dazu das in der Wohnung noch vorhandene nutzen.

Keiner von ihnen machte sich ernsthaft Gedanken

darüber, dass die vorherigen Bewohner der Wohnung, wie auch der Villa in Harvestehude, zuvor von der Gestapo abgeholt wurden und dabei einen großen Teil ihres Hab und Guts zwangsweise dalassen mussten.

Heinz bekam von all dem im Feld nichts mit. Als er auf Heimaturlaub in Hamburg ankam und die leerstehende, halb zerstörte Villa am Leinpfad sah, dem Ort, an dem er aufgewachsen war, musste er bei dem Vermieter erstmal erfragen, wo die Familie denn hingezogen sei, was dieser ihm zum Glück mitteilen konnte.

Als er diese Straße endlich erreichte und in den 4. Stock herauf gestapft kam, war die Freude groß. Seine Mutter war überglücklich, ihn trotz seiner ziemlich dreckigen und muffigen Uniform lebend und offenbar unversehrt in die Arme schließen zu können. Der Vater begrüßte ihn mit einem festen Händedruck, Lisa sah ihn nur an und Schwager Gottfried, der Bruder seiner Frau, der zufällig anwesend war, gab ihm ebenfalls die Hand, mit einem freundlichen Lächeln, bei dem er nicht recht wusste, war es wirkliche Freundlichkeit oder doch eher Häme, angesichts der Tatsache, dass er als Arzt vom Kriegsdienst freigestellt, seinen Dienst am Eppendorfer Krankenhaus an der ‚Heimatfront' leistete.

Ein kleines Mädchen kam auf ihn zu, griff mit einem ‚Papa, Papa' nach einem seiner Beine und er ging daraufhin in die Knie, um seine Tochter Brigitte, die stets nur kurz Gitta gerufen wurde, zu umarmen und zu staunen, wie groß sie mit ihren vier Jahren schon geworden war. Und er bemerkte, dass eine weitere Person in einem langen Rock jetzt neben ihm stand, blickte nach oben und sah seine Frau Charlotte, die ihn gefasst ansah, nicht wusste, ob sie sich freuen oder gleich losheulen sollte. Er nahm sie in den Arm, küsste sie auf die Stirn und sie legte ihren Kopf auf seine Brust, während er sie an sich drückte. Keiner von beiden sagte etwas.

So war er also zurück, für eine geschlagene Woche, dann musste er wieder in den Zug steigen, der ihn dann wieder an die Front bringen würde.

Er war zu Hause, aber irgendwie auch nicht und das lag nicht allein an der ungewohnten häuslichen Umgebung. Alle in der Familie wirkten verändert, gealtert, ausgezehrt und abgesehen von Gottfried, der in Funktion des Hausarztes häufiger im Hause war, irgendwie erschöpft bis unglücklich. Aber er wusste, dass dieser Eindruck, den er aus ihren Gesichtern las, auch darauf beruhte, was sie wiederum aus seinem Gesicht lasen oder meinten zu lesen, nämlich, dass er, Heinz, sich nicht nur äußerlich gravierend verändert hatte.

Am Esstisch, an dem die gesamte Großfamilie, die sich ansonsten in ihren jeweiligen Zimmern getrennt aufhielt, einmal täglich zusammenkam, um ein im Vergleich zu früher sehr spärliches Mahl einzunehmen, traute sich kaum einer, ihn nach seinen Erlebnissen zu fragen. Auch brachte Heinz zum Ausdruck, dass er da eher nicht drüber sprechen wollte. Wenn Gottfried nicht gewesen wäre, hätte er wohl nicht ein Sterbenswörtchen darüber verlauten lassen, sondern es wäre beim seichten Geplauder über das Wetter, den Verlauf des Sommers und ob man nochmal in der Alster zum Baden gehen könne gesprochen. Heinz fragte nach seiner Jolle und ob beim Uhlenhorster Hockeyclub noch gespielt würde, denn vor dem Krieg war er langjähriger Torwart bei den 1. Herren. Aber niemand konnte ihm Auskunft geben, wo doch zumindest seine Eltern früher leidenschaftliche Zuschauer bei seinen Punktspielen gewesen waren.

So platzte also irgendwann Gottfried heraus mit der

Frage, wann sie denn den Russen endlich besiegen werden.

In dem Moment herrschte Eisesstille im Raum und alle blickten auf Heinz, wie als erwarteten sie von ihm eine Rede zu einem festlichen Anlass zu hören, aber er sagte erstmal nichts, musste angesichts der eindringlichen Aufforderungen und unter Strafandrohung seiner Vorgesetzten, an der Heimatfront sein Schweigegelübde strikt einzuhalten und kriegswichtige Informationen auf jeden Fall für sich zu behalten, erstmal nachdenken, was er darauf antworten sollte.

„Gar nicht", sagte er schließlich und schob sich mit der Gabel etwas von dem Essen in den Mund.

Mit schockierten Gesichtern sahen sie ihn alle an, während er sich selbst durch das Kauen seines Essens ablenken wollte, aber nachdem er heruntergeschluckt hatte, musste er feststellen, dass sie ihn immer noch ansahen.

„Dieser Krieg ist nicht zu gewinnen" und wischte sich mit der Serviette über den Mund und warf sie danach regelrecht auf den Tisch.

„Aber in der Wochenschau…", setzte Gottfried an.

„Ich weiß nicht, was sie Euch hier erzählen, ich weiß nur, was ich selbst gesehen und erlebt habe", unterbrach er ihn rüde.

Kein Mucks von Niemandem.

Dann:

„Soll das heißen, dass es alles so weitergeht wie bisher?", fragte seine Mutter mit zitternder Stimme.

„Mama, es tut mir leid, ich darf Euch leider eigentlich überhaupt nichts berichten von der Front, ich sage nur so viel, dass ich glaube, dass das alles böse enden wird."

Pause.

„Sehr böse"

Pause.

„Aber meine Meinung behaltet Ihr lieber für Euch."

Noch eine Pause, in der sich niemand traute auch nur einen Mucks von sich zu geben, dann fuhr er fort:

„Ihr habt hier doch bisher nichts auszustehen, bis auf dass die Villa am Leinpfad kaputt ist und ihr mit weniger klarkommen müsst, als vor dem Krieg, mein Gott."

Keiner ließ sich jetzt von diesem Satz beruhigen.

„Als ich damals Achtzehn als junger Mann aus dem Feld kam, aus Frankreich", setzte sein Vater an und er sprach nie zuvor von dieser Zeit, „da hatten wir den Krieg verloren und wir hatten Schlimmes erlebt, es war ein Ende mit Schrecken und nun sagst Du uns, dass das Ende dieses Krieges ein Schrecken ohne Ende sein wird?"

Heinz musste erneut darüber nachdenken, was er seinem alten Herrn und damit der ganzen Familie erzählte.

„Vater, wir haben sie da drüben im Osten nicht getötet, wir haben sie vernichtet."

Pause.

„Nicht nur die Soldaten, einfach alle."

„Frauen und Kinder auch?", fragte seine Schwester.

„Alle."

Erneute lange Pause.

„Und die, die überlebt haben, werden zurückkommen und dann werden sie sich rächen für alles was wir ihnen angetan haben. Dieses Land da drüben ist riesig und es werden mit Sicherheit noch eine ganze Menge von ihnen am Leben sein."

Alle Erwachsenen befanden sich nun in einer Art Schockstarre, selbst Gottfried bekam offenbar zum ersten Mal im Leben richtig Angst. Die Kinder bekamen von dem Gespräch nichts mit, die beiden größeren spielten leise auf dem Boden und Heinz Jüngster, Michael, gerade ein gutes

Jahr alt, schlief.

„Seid mir nicht böse, ich muss raus an die Luft."

Damit stand er auf und ging zur Tür heraus, marschierte den Weg an der Alster hoch bis zur Krugkoppelbrücke, vor der sich das Lokal ‚Bobby Reich' befindet und seine Jolle am Steg lag.

Als er einige Stunden später wiederkam, fand er Charlotte auf dem Bett sitzend, den Michael in den Armen wiegend, damit er wieder einschlief. Sie sah ihn wortlos an.

Was hatte sie damals alles unternommen, um mit diesem Mann anzubändeln! Selbst aus einem alten, aber eher armen Adelsgeschlecht abstammend, strebte sie bereits als sehr junges Mädchen danach einmal einen wohlhabenden, gutaussehenden Mann von der richtigen Seite der Alster kennenzulernen und diesen ‚Bambus', dem tollsten Kerl der ganzen Hamburger Kaufmannschaft, bestens bekannt mit allen Söhnen der guten Gesellschaft, umgeben von den bestaussehenden jungen Damen, den wollte sie sich unbedingt angeln!

Und das hat sie auch erreicht: Gutaussehend war sie, sprachlich gewandt, hatte eine freundliche, offene Erscheinung und dergleichen weitere wichtige Eigenschaften, die in der gehobenen Gesellschaft notwendig sind. Die Männer unter sich sprachen von ‚nicht blöd', allerdings mit ‚Haaren auf den Zähnen', was sie natürlich für sich behielten. Vielleicht war es genau das, was Bambus an ihr so reizte, sie war eine Frau, die ihren eigenen Kopf hatte, die ihm auch mal Paroli bot, was sonst niemand in seinem Umfeld wagte.

So heirateten sie noch am 30. September 1939 voll in dem Glauben, dass der begonnene Krieg mit Ihnen und ihrem weiteren Leben nichts zu tun haben würde.

Aber da hatten sie sich beide getäuscht.

Bambus hatte für die uniformierten Männer, die seit Anfang der 30er auf den Straßen immer mehr wurden, nichts übrig, er fand sie geradezu lächerlich, meinte er doch, dass viele von ihnen, und so manch einer stammte aus seinem Bekanntenkreis, diese Uniform nur brauchten, um ihr geringes Selbstbewusstsein dahinter zu verbergen. Abgesehen, dass ihm seine moderne, leicht amerikanisierte Kleidung als Mann von Welt viel besser gefiel und er im Gegensatz zu den strengen Tragevorschriften einer Uniform, er sich nach Wetter und Tageslaune kleiden und die jeweils neueste Mode präsentieren konnte, wurde dieses mit Fortschreiten der Etablierung der Nazi-Herrschaft gerade von den Uniformierten immer kritischer gesehen.

Eines Tages geschah es dann, hatte er die Vorladung von der Sophienterrasse, des Wehrersatzamtes in der Post: Er sollte zur Musterung erscheinen. Er und zuvor auch sein Vater hatten in letzter Zeit mehrfach offizielle Post, jetzt mit Hakenkreuz im Briefkopf und einem ‚Heil Hitler' im Absender an Stelle freundlicher Grüße, sein Vater, weil sie wegen seiner Mutter und deren Abstammung bohrende Fragen stellten, die er nur mit viel Geschick und Hilfe seines Anwalts befriedigend beantworten konnte und nun er, Heinz, weil sie ihn wohl zum Kriegsdienst einziehen wollten.

Er hatte das Gefühl, dass sie sich gerade ihn jetzt so richtig zur Brust nehmen wollten, so zu sagen, weil er sie zuvor so verlachte, obwohl persönlich kannte er keinen der so streng und wichtig erscheinenden Uniformierten. Die waren auch nicht die schlimmsten bei der Musterung, sondern der Weißkittel, der Arzt, der ihn sich in Gegenwart anderer Uniformierter nackt ausziehen ließ, der sich seinen ganzen Körper ansah und an Stellen befummelte, an denen er bei sich selbst nur hinter verschlossenen Türen Hand anlegte.

Der Blick des Arztes auf seinen Wohlstandsbauch erübrigte wohl die weitere Untersuchung seiner körperlichen Tüchtigkeit, sodass er die Frage, ob er ein ‚Schreibtischtäter' sei, nur mit einem kaum verständlichen ‚ja' beantworten musste und damit sofort abgehakt war.

So stand er nun da, musste gerade stehen und warten, dabei die Hände vor seinem Geschlechtsteil haltend, bis der Arzt seinen Bericht fertig diktierte und ihn nach seinem abwertend erscheinenden Urteil ‚Tauglichkeit vier' endlich entließ.

Es dauerte nur eine Woche, dann wurde ihm der Einberufungsbefehl zugestellt. Der Postbote musste ihn persönlich übergeben. Heinz und er kannten sich gut, tauschten oft ein paar freundliche Worte. Jetzt, bei der Übergabe dieses Briefes sprachen sie fast kein Wort, Heinz unterschrieb die Zustellquittung und ohne ihn anzublicken, ging der Postbote mit leicht erhobener Hand zum Gruß schnell weiter seines Weges. Beide wussten genau, um welche Art Brief es sich handelte.

In acht Tagen soll er in einer Straße namens Rahlau Nummer 47-49, irgendwo im Osten Hamburgs, zur Einkleidung und zwei Tage später auf dem Hauptbahnhof zur Abfahrt in den Krieg erscheinen.

Sein Vater, den Brief lesend, sagte, er hätte noch Glück, er sei einer Reserveeinheit zugeordnet, müsse wohl keine Grundausbildung absolvieren und sei offenbar nicht für den unmittelbaren Dienst an der Front vorgesehen.

Heinz versuchte es sich nicht anmerken zu lassen, aber in Wirklichkeit war er am Boden zerstört und verspürte erstmals in seinem Leben Verzweiflung und regelrechte Angst, glaubte er doch den bisherigen Meldungen im

Radio oder der Wochenschau nur bedingt, dass der Krieg ein Abenteuerausflug für Jungs sei, aus dem sie schon bald als erfolgreiche Sieger und gereifte Männer zurückkehren würden.

Das Verhalten seiner Frau ihm gegenüber belastete ihn allerdings, denn statt um ihn in Sorge zu sein, er würde vielleicht nicht zurückkehren, gewann sie offenbar die Erkenntnis, einen Schwächling geheiratet zu haben, der jetzt nicht Manns genug sei, seine Pflicht zu tun und für Deutschland zu kämpfen.

Nach dreizehn Monaten hatte er nun erstmalig Heimaturlaub, natürlich nur deswegen schon so früh, weil er sich einen guten Draht zu seinem Hauptfeldwebel aufgebaut hatte, der ihn zuvor auch noch zum Obergefreiten befördert hatte, auch vor allen anderen.

Seine bedrückte Stimmung, ganz jenseits der Euphorie, die die Propaganda über den Kriegsverlauf vermittelte, dazu die Erkenntnis, dass das ganze schöne Vermögen vielleicht jetzt alles verloren sein könnte, ließ Charlotte ganz offen an ihm und ihrer ganzen Ehe zweifeln. Als er ihr jetzt auch noch offenbarte, er würde nicht zurückgehen an die Front und sich weinend an ihre Brust warf, war das das letzte fehlende Zeichen, dass sie offenbar doch das falsche Los gezogen hatte.

Aber sie wusste, was geschehen würde, wenn er nicht zurückginge: Sie würden ihn überall suchen, würden die ganze Wohnung durchwühlen, sie und die anderen verhören, bis sie endlich erzählen, wo er sich versteckt hielte und dann würden sie ihn abholen und wie einen räudigen Hund erschießen.

Nein, es ist vielleicht zu Ende, aber so ein Ende darf es nicht nehmen!

Sie flehte ihn an, wieder ins Feld zurückzukehren, aber

es half nichts: Er ließ den Tag der befohlenen Rückkehr verstreichen. Stattdessen zog er auf den Dachboden und versteckte sich in der Tiefe des Verschlags, der zu ihrer Wohnung gehörte, hinter Kisten und altem Mobiliar.

Schon zwei Tage später standen schwarz uniformierte Männer vor ihrer Tür und fragten nach Heinz. Charlotte trat allein an die Tür und tat überrascht, dass er nicht am Hauptbahnhof erschienen sei. Fürs Erste schienen sie ihr zu glauben, sagten aber, sie würden morgen wiederkommen.

Erneut forderte sie ihn verzweifelt auf, ins Feld zurückzukehren. Sie würde zur Sophienterrasse gehen und um sein Leben bitten, wenn er tags drauf am Hauptbahnhof erscheine und in den nächsten Zug nach dem Osten stiege. Nach längerem Hin und Her stimmte er kleinlaut zu, bevor er die vollständige Hochachtung seiner Frau verloren hatte.

Und so machte sie sich am nächsten Morgen mit beiden Kindern auf nach Harvestehude in die Sophienterrasse zum Wehrersatzamt und erreichte unter Zuhilfenahme aller ihrer schauspielerischen Künste und Emotionen einer jungen Mutter zweier Kinder, die sie für Führer und Vaterland in die Welt gesetzt hatte, die Einwilligung, wenn Heinz morgen um 6:00 Uhr auf dem Gleis am Hauptbahnhof abfahrbereit an die Front stünde, würden sie nochmal ein Auge zudrücken und von Strafmaßnahmen absehen.

Irgendwie war er ihr dankbar das für ihn erreicht zu haben und er fügte sich in sein Schicksal, packte seine Sachen, zog die frisch gewaschene feldgraue Uniform wieder an und den Tornister über den Rücken.
Er strich den schlafenden Kindern über die Wange, dann küssten Charlotte und Heinz sich kurz und er trat zur Tür

hinaus. Beide wussten, dass dies, egal ob er zurückkehrte oder nicht, ein Abschied für immer war.

Genealogie zu Kapitel 14
Karl Heinrich (Heinz) Spanuth, genannt „Bambus" (#20-1707), (1915-1988), in 1. Ehe verh. mit Charlotte von Lancken-Schulz (1916-1999); durfte als junger Mann keine Berufsausbildung absolvieren, weil er nach Vorstellung der Eltern die Familie zu repräsentieren hatte. Die Kriegswirren des 2. Weltkriegs führten dazu, dass das von seinem Vater Carl Niels Spanuth (#20-366) aufgebaute Außenhandelskontor verloren ging. Nach der Scheidung von Charlotte heiratete er 1950 Ella Giese (1911-1996), mit der er sein weiteres Leben in Oberbayern verbrachte und siedelte zum Lebensende wieder nach Norddeutschland zurück, wo er in Buchholz in der Nordheide verstarb. Heinz Spanuth ist der Großvater des Autors.

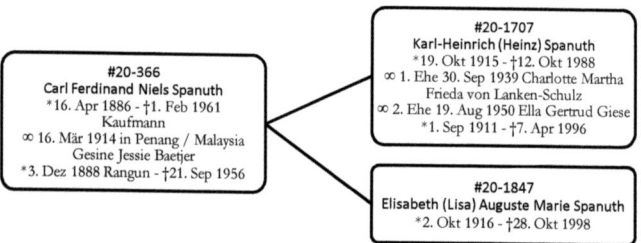

* = geb. += gest. ∞ = verh.

Es zeichnete sich schon geraume Zeit ab, dass irgendwas geschehen würde. Instinktiv merkten die Fans, dass es aus war, dass Schluss war, dass es so nicht mehr weiterging. Als am 10. April 1970 der Daily Mirror verkündete: „Paul steigt bei den Beatles aus", war damit klar, dass damit die Auflösung der bis dato populärsten Musikgruppe der Welt besiegelt war und es sollte tatsächlich nie wieder zu einer Wiedervereinigung, einer Art Auferstehung kommen.

15

Hannover
Winter 1970

Irmgard hatte den Besen an diesem Samstagmorgen gerade zur Seite gestellt und bei dem lauten Rattern der Straßenbahn gar nicht bemerkt, dass zwischenzeitig der Postbote wohl da war, denn nun sah sie aus dem Augenwinkel, wie er sein Fahrrad vom Ständer nahm und es mühsam weiter durch den Schnee schob.

Sie trat erneut vor die Haustür und öffnete den Briefkasten mit der einen Hand, wohl wissend, während des Aufklappens der blechernen Klappe desselben stets die andere gegenzuhalten, denn ihrer war eigentlich immer voller Briefe, die sie festhalten musste, damit sie nicht zu Boden fielen. Auch heute waren es mindestens zehn.

Schnell ging sie wieder hinauf in den ersten Stock in ihre Wohnung, schloss die Wohnungstür hinter sich zu und fröstelte leicht, denn es war nach dem eigentlich wohligen Wiedereintritt in die Wohnung doch frischer als gedacht, angesichts der eisigen Kälte draußen.

Sie trat an den gusseisernen Ofen, nahm einen Zipfel der Schürze ihres Kleides zwischen die Finger der linken Hand und öffnete die Tür des Ofens. Ihr geübter Blick sah, dass sie fast zu spät dran war, die Glut im Ofen nahezu verglimmt und sie daher mit der rechten zum Schürhaken griff, dessen abgerundete Spitze in den Rost einhakte und ihn etwas hin und her rüttelte, damit die Asche hinunter in den Aschkasten fiel. Dann legte sie zwei Briketts an die geöffnete Luke des Ofens und schob sie mit dem Schürhaken tiefer hinein, dicht an die Restglut heran. Sie pustete ein paarmal gegen die Glut und sah erfreut, dass kleine Flammen aus ihr herausschlugen und war sich sicher, dass bald die Briketts sich daran entzünden werden.

Zufrieden schloss sie die Ofenklappe, wischte sich die Hände in der Schürze ab und griff nach dem Poststapel, den sie auf dem Küchentisch abgelegt hatte. Damit ging sie nun in das kleine Zimmer nach hinten raus, in dem ihr Mann Friedrich an seinem kleinen Schreibtisch saß.

Friedrich Spanuth, schon über 15 Jahre in Rente, zeitlebens Pastor, Doktor der Theologie und Philosophie, verbrachte insbesondere im Winter viel Zeit am Schreibtisch. Zum einen für sein regelmäßiges Bibelstudium, zum anderen zum Zweck einer umfangreichen Korrespondenz mit einer Vielzahl von Personen aus dem weiteren Familienkreis, denn seine und auch Irmgards Passion war die Familienforschung, die voraussetzte, dass man im steten Kontakt und Austausch mit allen, auch noch so fernen Verwandten stand.

Einen Brief hatte Irmgard bereits draußen am Postkasten identifiziert, denn er trug eine Absenderadresse aus Bordelum. Diesen Brief schob sie nach ganz oben auf den Stapel und legte ihn ihrem Mann auf den Schreibtisch.

Friedrich blickte kurz auf von seiner großen Bibel, die gespickt war mit schier unzähligen eingelegten Notizen und Zetteln und er konnte sich ein Seufzen nicht verkneifen, als auch er den obenliegenden Brief als einen, von seinem Großneffen Jürgen Spanuth erkannte.

Er freute sich stets über Post, gerne auch regelmäßiger Schreiber, zeigten diese doch persönliches Interesse an seiner Person und auch Wertschätzung seines Urteils, seiner Lebensweisheit und Güte. Jürgen war da allerdings etwas anders als andere, denn dieser nötigte ihm in einer geradezu aufdringlichen Weise in den letzten Jahren seinen Zuspruch und Anerkennung ab, bei der er zunehmend ein eher beklemmendes Gefühl hatte.

Jürgen Spanuth war ebenfalls zeitlebens Pastor in Bordelum, einem Dorf an der Nordsee, ganz nahe den Anlegestellen, wo die Fähren auf die nordfriesischen Inseln und Halligen abfuhren. Man konnte allerdings den Eindruck gewinnen, dass der Beruf des Pastors nur seine Nebenbeschäftigung war, denn seine lebenslange Leidenschaft galt der Archäologie, genauer der vorchristlichen Altertumsforschung. Und hier hatte es ihm das geradezu mystische Reich der Atlanter mit ihrem Inselreich Atlantis und dessen Königsinsel Basilea angetan, die, so erklärte er der verblüfften Öffentlichkeit, in der Nordsee in der Gegend der heutigen Hochseeinsel Helgoland lag!

Tatsächlich widmete er sich dem Thema in einer wissbegierigen, geradezu süchtigen Passion, las und erarbeitete sich unzählige Werke von Publizisten zu dem Thema, ganz gleich, ob bereits tausende Jahre alte griechische oder ägyptische Quellen oder moderne wissenschaftliche Arbeiten, organisierte Tauchfahrten in der Nordsee und interpretierte alle diese Quellen in das finale Fazit:

Atlantis lag vor seiner Haustür!

Irmgard und Friedrich konnten sich einer gewissen Faszination des Themas nicht entziehen, sammelten unzählige Zeitungsmeldungen und hörten und sahen sich Berichte im Radio und Fernsehen an.

Anfänglich berichteten Zeitungen von der „Weltsensation", aber zunehmend meldeten sich graduierte Wissenschaftler zu Wort und rückten Jürgen Spanuths Thesen zurecht, erst freundlich, wie ein Professor Kersten, seines Zeichens Vorgeschichtler, der meinte, „Pastor Spanuth ist ein entzückender Mensch, nur dass er sich aus der Glaubenswelt in die Sphäre der Naturwissenschaften begeben hat, ist unsinnig". Andere gingen schon härter mit ihm ins Gericht, wie ein Professor Gripp, der ihn als „großen Phantasten" einstufte.

Friedrich nahm den Brief zur linken und den silbernen Öffner zu rechten, schlitzte den Umschlag auf und begann zu lesen. Da Irmgard mit einer gewissen Neugier vor ihm stand, tat er dies halblaut, wobei er die ersten Teile des zweiseitigen Briefes nur überflog und dabei unverständlich brummelte, erst als Jürgen von seinen fünf Töchtern berichtete, von denen die älteste, Christa, unheilbar an Leukämie erkrankt war, las er wieder deutlich verständlich.

So traurig das Schicksal von Christa auch war, Irmgard wollte doch noch genauer wissen, was im ersten Teil des Briefes stand.

„Pfff", stöhnte Friedrich, „der hat mal wieder eine umfangreiche Gegendarstellung geschrieben zu der These dieses griechischen Forschers Galanoloulos, der Atlantis auf der Insel Santorin verortet hatte. Ja und der gute Jürgen", er drehte und wendete den Brief, „zerreißt den

Forscher offenbar in Stücke". Aus der Mitte des Briefes fiel ein ausgeschnittener Zeitungartikel in dem er gegen gleich zwei neue Bücher namhafter Wissenschaftler zum Thema wetterte, die die Santorin-These bestätigten.

„Ich weiß nicht mehr, was ich dem Mann noch antworten soll", grübelte er.

„Schreib ihm einfach nur zu Christa."

„Meine liebe Frau, dazu bin ich, glaube ich immer noch zu sehr Pastor. Und als solcher sehe ich meine Aufgabe auch darin, Menschen auf den rechten Pfad der Tugend zurückzubringen, sollte dies vonnöten sein. Und ich glaube, hier hat sich mein Großneffe verrannt. So sehr verrannt, dass es für ihn kaum einen Weg zurück mehr gibt. Ich muss ihm irgendwie helfen."

„Wie willst Du das machen, ohne einen Streit in der Familie anzuzetteln?"

„Da muss ich wohl eine Weile drüber nachdenken."

Tags drauf nahm er seinen Notizblock zur Hand und er schrieb an jedem der folgenden Tage, was er schon lange zu Papier bringen wollte:

Sonntag
Nur aus begründeter, voller Überzeugung heraus, selbst zu dem Unbedeutendsten sich entschließen. Alles gedankenlose Handeln, alles bedeutungslose Tun soll von der Seele ferngehalten werden. Zu allem soll man stets wohlerwogene Gründe haben. Und man soll unbedingt unterlassen, wenn kein bedeutsamer Grund drängt.

Ist man von der Richtigkeit eines gefassten Entschlusses überzeugt, so soll daran festgehalten werden in innerer Standhaftigkeit.

Das ist das „richtige Urteil", das nicht von Sympathie und Antipathie abhängig gemacht wird.

Montag. Das Reden.
Nur was Sinn und Bedeutung hat, soll von den Lippen desjenigen kommen, der eine höhere Entwicklung anstrebt. Alles Reden um des Redens Willen, zum Zeitvertreib, ist in diesem Sinne schädlich. Die gewöhnliche Art der Unterhaltung, wo alles laut durcheinandergeredet wird, soll vermieden werden. Dabei darf man sich nicht ausschließen vom Verkehr* mit seinen Mitmenschen, grade im Verkehr soll das Reden nach und nach zur Bedeutsamkeit entwickelt werden. Man stehe Jedem Rede und Antwort, doch gedankenvoll, nach jeder Richtung hin überlegt. – Niemals ohne Grund reden! – Gerne schweigen. Man versucht nicht zu viel und nicht zu wenig Worte zu machen.
    Zuerst willig hineinhorchen!
    Das ist „das richtige Wort!"

Dienstag. Die äußeren Handlungen.
Diese sollen nicht störend sein für unsere Mitmenschen. Wo man durch sein inneres Gewissen veranlasst wird zu handeln - sorgfältig erwägen, wie man der Veranlassung am besten entsprechen könne – für das Wohl des Ganzen, das dauernde Glück der Menschen, das Ewige. Wo man aus sich heraus handelt, aus eigener Initiative die Wirkungen seiner Handlungen im Voraus auf das Gründlichste erwägen.
    Man nennt das auch: „Die richtige Tat".

Mittwoch. Die Einrichtung des Lebens.
Natur- und zeitgemäß leben, nicht am äußeren Tand[14] des Lebens aufgehen. Alles vermeiden, was Unruhe und Hast ins Leben bringt. Nichts überlasten, aber auch nicht träge sein.
    Das Leben als ein Mittel zur Arbeit, zu hoher Entwicklung betrachten und demgemäß sich einrichten.

---

[14] (unnötiger) Luxus

Man spricht in dieser Beziehung: „Vom richtigen Standpunkt".

Donnerstag. Das menschliche Streben.
Man achte darauf nichts zu tun, was außerhalb seiner Kräfte liegt, aber auch nichts zu unterlassen, was innerhalb derselben sich befindet. Über das Alltägliche, Augenblickliche hinausblicken und sich Ziele und Ideale stecken, die mit den höchsten Pflichten eines Menschen zusammenhängen – z. B. im Sinne der ausgegebenen Übungen sich entwickeln wollen, um seinen Mitmenschen nachher umso mehr raten und helfen zu können, - wenn auch vielleicht nicht in der allernächsten Zukunft.

Man kann das auch zusammenfassen in:
„Alle vorangegangenen Übungen zur Gewohnheit werden lassen."

Freitag.
Das Streben, möglichst viel vom Leben zu lernen. Nichts geht an uns vorüber, was nicht Anlass gibt, Erfahrungen zu sammeln, die nützlich sind für das Leben. Hat man etwas unrichtig oder unvollkommen getan, so wird das zum Anlass es später richtig oder vollkommen zu machen.

Sieht man andere handeln, so beobachtet man sie zu ähnlichem Ziele (doch nicht mit lieblosem Blick!) Und man tut nichts, ohne auf Ereignisse zu blicken, die einem Hilfe sein können bei seinen Entscheidungen und Verrichtungen.

Man kann von jedem Menschen lernen, auch von Kindern – wenn man aufpasst.

Das nennt man: „Das richtige Gedächtnis" (sich erinnern an seine Erfahrungen)

Samstag:
Auf seine Vorstellungen und Gedanken achten. Nur bedeutende Gedanken denken. Nach und nach lernen, in seinen Gedanken das

Wesentliche vom Unwesentlichen, die Wahrheit von der bloßen Meinung, das Ewige vom Vergänglichen zu scheiden.

Beim zuhören der Reden der Mitmenschen versuchen, ganz still zu werden in seinem Inneren und auf alle Zustimmung – namentlich alles abfällige Urteilen (kritisieren, ablehnen), auch in Gedanken und Gefühlen zu verzichten.

Das ist: „Die richtige Meinung".

Zusammenfassung:
Von Zeit zu Zeit Blicke in sein Inneres tun, wenn auch nur 5 Minuten täglich zur selben Zeit. Dabei soll man sich in sich selbst versenken, sorgsam mit sich zu Rate gehen, seine Lebensgrundsätze prüfen und bilden, seine Kenntnisse oder auch das Gegenteil in Gedanken durchlaufen, seine Pflichten erwägen, über den Inhalt und den wahren Zweck des Lebens nachdenken.

Mit einem Wort: Das Wesentliche herausfinden, halten, und sich entsprechende Ziele, zum Beispiel zu erwerbende Tugenden ernsthaft vornehmen. (Nicht in den Fehler verfallen, und denken, man hätte irgendetwas gut gemacht, sondern immer weiter streben, den höchsten Vorbildern nach.)

Man nennt diese Übung auch: „Die richtige Beschaulichkeit."

Am darauffolgenden Tag schrieb Friedrich an seinen Großneffen. Zuerst drückte er natürlich sein Bedauern über die Krankheit von Jürgens Tochter aus, dann schwenkte er fast unmerklich über zu dessen Lebensthema Atlantis, allerdings umging er ganz bewusst die Beurteilung der Frage, ob Atlantis nun in der Nordsee oder dem Mittelmeer lag, sondern er bezog sich auf das, ursächlich vor Jahren von Jürgen selbst in diesem Zusammenhang oft erwähnte eschatologische* Schema, das nun angesichts von Christas nahendem Tod neue Aktualität entfachte und jetzt die ideale Basis des Austausches zwischen zwei

Theologen bot.

Die im Zusammenhang mit dem Untergang von Atlantis einsetzende große Wanderungsbewegung* der Nordischen (er vermied von Germanischen zu sprechen) in Richtung Ägypten im letzten Drittel des 13. Jahrhunderts vor Christi, führte, unterstützt durch die allgemeine Volksfrömmigkeit, zu einer Läuterung der Menschen, schrieb er, und dies bewirkte, dass diese nun dem Tag Jahwes[15] hoffnungsvoll entgegengingen.

Ganz egal, was Atlantis tatsächlich je war, wo es zu verorten war oder ob es überhaupt jemals mehr als in einer rein menschengemachten Vorstellung existierte, es bleibt einzig die Vergänglich des menschlichen Körpers und die Unvergänglichkeit des Auferstehungsleibes mit seiner ewigen Seele.

Mit dieser Hoffnung auf ein Besinnen von Jürgen, der Schaffung einer inneren Distanz zu der ganzen Atlantissache hoffte er ihn, der den nahen Tod seiner Tochter erwartete, zu einer Umkehr zu bewegen.

Friedrich legte den Füllfederhalter zur Seite und blickte aus dem Zimmerfenster, durch das ihm die nachmittägliche Wintersonne ins Gesicht schien.

---

[15] Vorchristliche Bezeichnung für Gott

Genealogie zu Kapitel 15

Irmgard Spanuth, geb. Sehlbrede, (1921-2011) war die 35 Jahre jüngere 3. Ehefrau des Pastors und Superintendenten Friedrich Spanuth (#21-382) (1886-1976) (er war ein Enkel von Heinrich Wilhelm Spanuth (#20-330) siehe Kapitel 9) (seine zwei vorherigen Ehefrauen waren jeweils verstorben); Friedrich, bzw. vielmehr seinem Bruder Gottfried (#21-381) verdankt der Autor die umfangreiche Recherche über die Familie, welche in einem (noch immer erhältlichen) „Stammbuch der Familie Span Uth" von 1912 veröffentlich wurde und Irmgard ihre akribischen Aufzeichnungen nebst Fotosammlungen zu Familienmitgliedern.

Jürgen Spanuth (#20-369) (1907-1998) war in den 1960er Jahren weithin bekannt als „Atlantisforscher", der die These aufstellte, das sagenumwobene Atlantis habe in der Nordsee bei Helgoland gelegen und er verteidigte diese bis zu seinem Tod vehement gegen Kritiker. Aktuelle wissenschaftliche Arbeiten haben seine Forschungen allerdings widerlegt. Sie gelten heute als unhaltbar und entsprechend ist Jürgen Spanuth in der Öffentlichkeit und in Fachkreisen weithin in Vergessenheit geraten.

In einigen heutigen Internet-Artikeln zu seiner Person wird seine nationalsozialistische Vergangenheit (er war NSDAP-Mitglied und sein Wirken im „3. Reich" ist von Widersprüchen begleitet) immer wieder mit seiner Forschungsarbeit in Verbindung gebracht, während ganz offenkundig rechtsradikale Meinungen seine Thesen weiterhin unterstützen.

Christa Beer, geb. Spanuth starb ein Jahr später, am 23. Januar 1971.

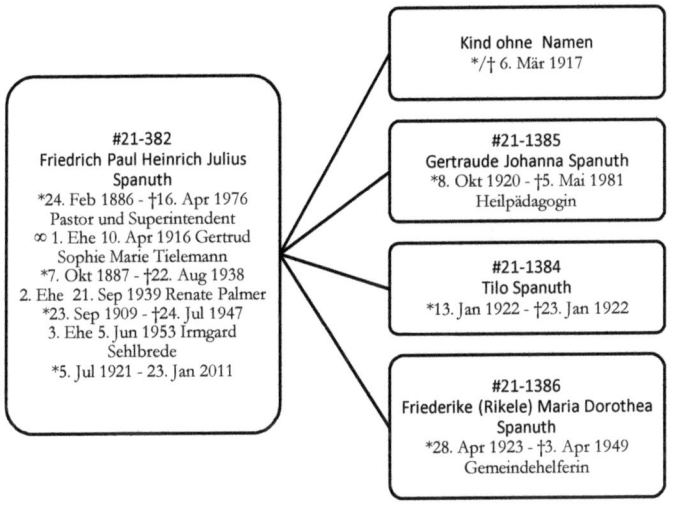

* = geb. † = gest. ∞ = verh.

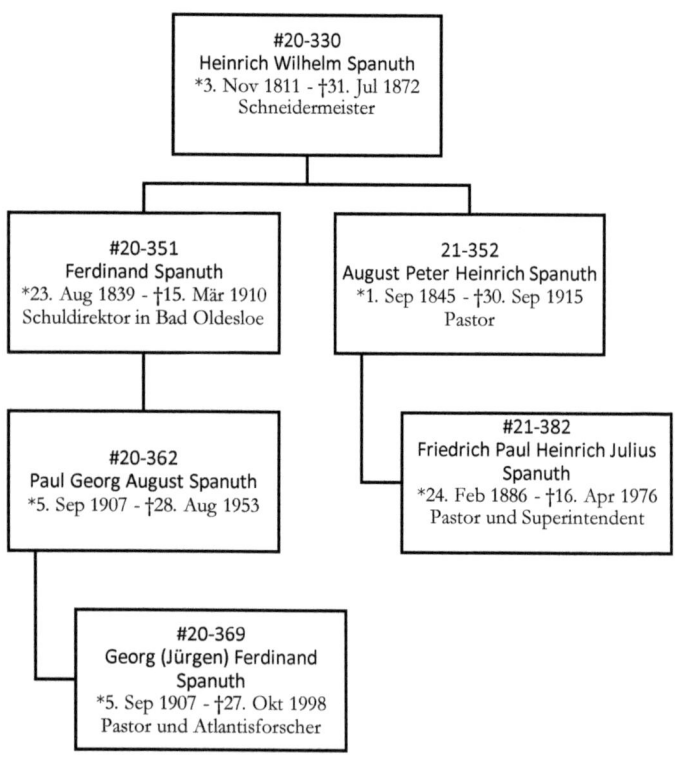

* = geb.   + = gest.   ∞ = verh.

Die Firma Transocean hatte sie 2001 gebaut, wie so einige Plattformen im Golf von Mexiko. Sie verleasten sie jeweils an die großen Ölkonzerne, die sich damit selbst die Millionen-Investition sparten und sie einfach zurückgaben, wenn die Quelle versiegt war. Dass diese Quelle noch so viel Öl enthalten würde, dass es sich am 20. April 2010 mit einer gewaltigen Explosion den Weg aus der Tiefe des Meeres an die Oberfläche bahnen, 87 Tage lang sprudeln und die schlimmste Ölkatastrophe der Geschichte verursachen würde, hatten die Betreiber von ‚Deepwater Horizon' wohl sträflich unterschätzt.

16

Corpus Christi*
Jahresende 2010

„Sind sie zu einem Urteil gekommen?", sprach Richter Valdez den bereits aufgestandenen Sprecher der Geschworenen an.

„Ja, Euer Ehren".

Pause.

„Und, wie lautet Ihr Urteil?", fragte der Richter etwas genervt, da der Sprecher nicht sofort mit seiner Urteilsverkündung fortfuhr.

„Schuldig, Euer Ehren, schuldig in allen Anklagepunkten".

„Danke", sagte Chief Justice Valdez zusätzlich in seine Richtung, um ihm zu deuten, mehr wolle er nicht hören und er könne sich wieder setzen.

„Das Gericht zieht sich zur Beratung zurück und wird die Sitzung anschließend mit der Verkündung des Strafmaßes fortsetzen."

Der Richter schlug mit seinem hölzernen Hammer auf das kleine Schlagpodest, schob seinen Mikrofongalgen zur Seite und stand, schwergewichtig wie der Mann war, etwas unbeholfen aus seinem thronartigen Sessel auf.

Mit seinem Aufstehen erhoben sich auch alle anderen Anwesenden im Gerichtssaal einschließlich Mitch, der sich angesichts der schweren Ketten an den Fußgelenken und selbiger an den Armen, die ihm von dem neben ihm sitzenden Justizbeamten zuvor nicht abgenommen wurden, schwertat, sich vom Stuhl zu erheben.

Chief Justice Valdez verließ behäbigen Ganges den Saal durch einen Hinterausgang, gefolgt von seinen beiden Justices Garza und Benavides. Als die Tür sich hinter ihnen wieder schloss, setzten sich alle anderen Personen im Saal wieder und der Justizbeamte drückte Mitch mit seiner flachen Hand auf die Schulter, um ihn wieder in Sitzposition zu bringen. Die große Tür zum Saal wurde geöffnet und einige der Anwesenden, davon wohl die meisten Besucher und Leute von der Presse und Fernsehen, gingen hinaus in den Gang, um sich die Füße zu vertreten, sich einen Kaffee zu holen oder draußen zu rauchen. Sitzen blieben nur Personen, die er kannte: Sein Vater Kurt, Mutter Sandra, seine kleine Schwester Serena, Bruder Josh und sein Anwalt Foreman.

Er konnte sie alle nicht anschauen, blickte stumm auf den schmalen Tisch, an dem er saß und spürte nun zum allerersten Mal durch seinen starren Blick auf dessen Holz und seine Kanten, dass er zitterte.

Niemand im Saal hatte ein anderes Urteil erwartet, er

selbst auch nicht. Worauf es jetzt ankam, war der Grad der Heimtücke, der Maßstab für das Gericht sein würde, ob er lebenslang ins Gefängnis müsste oder zum Tode verurteilt würde.

Es war wie eine Offenbarung. Die ganze Zeit über, seit seiner Verhaftung hatte er nicht gestanden, mit Angelas Tod etwas zu tun zu haben, nun wurde ihm erstmalig bewusst, dass er die ganze Sache seit jenem 30. Mai versuchte aus seinem Gehirn zu löschen. Manchmal gelang das auch ganz gut, hatte er es fast raus aus seinem Schädel, aber da kamen immer wieder Leute wie dieser US-Marshall Captain Wilson, die ihn squeezten, ihn ausquetschten, als sei sein ganzer Körper eine Orange, der man in einer Saftpresse ihren süßen Saft aus der Frucht und Schale herauspresste bis zum letzten Tropfen.

Nein, es war aber auch sein eigener Körper, seine Seele, sein verdammtes Gehirn, die rebellierten, die sich gerade nachts in seinen Träumen dagegen auflehnten, jenen Tag im Frühsommer zu vergessen.

Es war fast ein Spiel, wie Tom und Jerry oder besser Hase und Igel, eine Geschichte, die er noch von seinem Großvater kannte, der noch den Traditionen seiner deutschen Abstammung verhaftet war. In seiner Familie blieb davon nur noch das feste, dunkle Brot erhalten, welches sein Vater, wann immer möglich in einer deutschen Bäckerei kaufte, da man sonst nur weiches Sandwich-Toastbrot kaufen konnte, welches für alle anderen Menschen, die er kannte, das normalste von der Welt war.

Schon wieder schweifte er ab! Verdammt! Wo war er? Hase und Igel. Genau. Er lief davon, der Hase, und als er ankommt, grinst ihn der Igel an und sagt ‚Ick bün al dor'. Er musste fast lächeln bei der Erinnerung an Großvater, wie er diesen seltsamen altertümlichen deutschen Slang imitierte, während er gespannt auf die Bilder des erschöpften Hasen und grinsenden Igel im Bilderbuch auf dem Schoß des Großvaters sitzend schaute.

Genauso wie der Hase ist er gerannt, davongelaufen vor der Realität und am Ende stand immer Wilson, so wie der Igel, allerdings grinste er nicht, sondern sah ihm sehr streng, mit fast bohrendem Blick in die Augen und forderte ihn immerzu auf, seinem Blick standzuhalten, kein Schwächling zu sein, sondern zu seiner Tat zu stehen, ihr nicht auszuweichen und geradeheraus, so zu sagen, von Mann zu Mann, zu gestehen, ja, ich habe Angela getötet.

Aber er konnte es nicht, konnte es sich selbst und erst recht nicht Wilson eingestehen und wich seinem Blick immer wieder aus.

Verdammt schlau war der Typ, freundlich, zuvorkommend, brachte immer einen Becher Kaffee mit in den Vernehmungsraum, wusste, dass er ihn schwarz, nur mit etwas Zucker trank, dazu legte er eine offene Packung Winston auf den Tisch, nahm sich stets eine, zündete sie sich selbst an und gab ihm danach Feuer. Woher wusste der, dass das meine Marke war? Wilson hüstelte immer bei seinen ersten Zügen, der Typ war sicher bestenfalls Gelegenheitsraucher. Aber trotzdem, ein verdammt schlauer Kerl.

Seiner anfänglichen Freundlichkeit folgte Schritt für Schritt immer eine weitere Steigerungsstufe: danach Bestimmtheit, dann irgendwann Nachdrücklichkeit und schlussendlich Beharrlichkeit, gepaart mit seinem Blick, mit dem er hoffte, ihn in seinen Bann zu ziehen, seine eigenen Augen ohne zu zwinkern zurückstarren, dann den Mund öffnen und das Geständnis wie von ganz allein aus sich heraussprudeln zu lassen.

Ja, dieser Wilson war sogar ganz besonders schlau, der verstand es so genial, seinen Druck auf ihn zu dosieren, dass er eigentlich nie das Gefühl hatte, Angeklagter zu sein, oder noch nicht einmal ein Verdächtiger, eher wie ein Zeuge, ein vollkommen zufällig am Tatort vorbeischlendernder Dritter, der mit der ganzen Sache wirklich überhaupt nichts zu tun hat. So kam es auch tatsächlich nie dazu, dass er zumachte, kein Wort mehr sagte und nach einem Anwalt verlangte, nein, den hat man ihm erst zugewiesen, nachdem Wilson ihm diese verdammte Geschichte von diesem Tannenbaum erzählte.

Alles, was der ihn zuvor gefragt hatte, war ihm einleuchtend, verstand er sofort und konnte sich dazu unmittelbar eine Antwort überlegen, die Wilson in eine Sackgasse oder auf eine Einbahnstraße brachte, aber als er von dieser Tanne sprach, war er erstmalig völlig desorientiert.

Was das denn für eine seltsame Sorte sei?

Ja keine Ahnung, irgendsoeine Tanne eben, groß und dunkel steht die vor ihrem Appartement in Candlewood und sein Truck wird von dem Scheißding immer eingesaut, laufend muss er die Ladefläche von der Karre abfegen und alle paar Wochen muss er in die Waschstraße und den Wagen anschließend für bestimmt fünf Dollar von den Mexicans[16] trockenpolieren lassen.

Wilson erklärte ihm, dass dieser Baum in Texas nicht heimisch sei, so einen Baum gäbe es kaum in den ganzen Staaten, nein, der stammt irgendwo aus Italien, in Europa.

Schön, dachte er sich, immer noch im Unklaren, worauf der hinauswollte, aber er spürte instinktiv, dass das Thema ihn plötzlich unruhig werden, an den Fingernägeln

---

[16] Am Ausgang von Waschstraßen in den USA warten stets mexikanische Tagelöhner, die anbieten das Auto abzuledern

pulen ließ und er merkte, dass seine Augenlider auf und ab gingen, was ihn veranlasste, ganz schnell den Blick zu senken.

Verdammt, was soll der Scheiß!

Ganz schön viele Zapfen wirft das Ding ab, da muss man ja häufiger mal zur Harke greifen, ob Angela eigentlich auch mal im Garten gearbeitet hätte?

Häh, was? Nein, nie, wenn sie sich außerhalb des Hauses mal aufhielt, dann höchstens auf ihrem Schaukelstuhl auf der Frontporch[17]. Sie war immer so geschafft von der Arbeit bei der Coast Guard. Um den Garten haben sich immer die Bewohner der anderen Appartements gekümmert.

Wilson grübelte und machte einen konfusen Eindruck. Nach einer Gedankenpause, die für Mitch eine Ewigkeit dauerte, fuhr er fort, er hätte sich gewundert, wieso sie bei der Leiche von Angela diese Tannenzapfen gefunden hätten, wo doch der Fundort der Leiche 15 Meilen von zu Hause entfernt war.

„Wieso!", brach es aus Mitch heraus, vielleicht hat sie vorher welche eingesammelt zu Hause!"

„Aber Sie sagten doch, sie ginge nicht in den Garten", und er blätterte in seinen Aufzeichnungen, um augenscheinlich etwas zu suchen. „Nie, sagten Sie, würde sie sich im Garten aufhalten", er blickte wieder auf, „geschweige wohl Tannenzapfen aufharken".

Mitchs Gedanken rasten. Bevor er darauf reagieren konnte, war Wilson in die Beharrlichkeits-Phase übergegangen, blickte ihn mit einem Stierblick an und sagte dabei trotzdem moderat, fast freundlich:

„Mitch, haben Sie mir vielleicht doch noch etwas zu

---

[17] Veranda vor dem Haus

sagen?"

Er hielt dem Blick wieder nicht stand.

„Vielleicht wächst da, wo sie gefunden wurde, ja auch so eine Tanne", sagte er kleinlaut. Wilson antwortete nicht, starrte ihn offenbar weiterhin an, was er nicht sah, aber spürte, als durchdrängen ihn Laserstrahlen.

Und dieses Licht, dieser Strahlen bannte ihn nun, ließ seinen Kopf heben, die Augen öffnen und in das grelle Leuchten von Wilsons Augen blicken. Dann sagte dieser, ohne nur einmal zu zucken:

„Wir haben die Zapfen von Angela, mit denen vor ihrer Haustür vom Labor prüfen lassen. Der genetische Abgleich ergab, dass sie vom gleichen Baum stammen, sie stammen sogar vom selben Baum, dem vor ihrer Haustür, dessen Zapfen immer auf ihren Truck fallen."

Wieder machte er eine Gedankenpause.

„Mitch, haben Sie die Leiche von Angela mit Ihrem Truck fortgefahren?"

Er spürte, wie ihm die Tränen kamen, der Blick in Wilsons Gesicht getrübt wurde durch die Feuchtigkeit.

„Ich habe sie doch so geliebt."

„Und nun ist sie tot".

„Ja."

Wilson stand auf, legte ihm die Hand auf die Schulter, so als verzeihe er seinem kleinen Sohn, eine Dummheit begangen zu haben und sagte, er würde dann jetzt mal einen Anwalt für ihn anrufen.

—

Es war wohl die Überschrift in der Sault News, die ihm dick und fett vom Zeitungsständer an der Tankstelle entgegenstrahlte und das Geschehene, was er gerade erst ein wenig verdrängt hatte, wieder hochkommen ließ: „HE SILENCED A LAMB" stand da und wie in Trance griff er danach und zog ein Exemplar etwas vor, um den Bericht zu lesen. Die Überschrift mit dem Bezug zu dem Horrorfilm ‚Das Schweigen der Lämmer' war von dem Autor beabsichtigt, stand da doch, dass Angela, eine lebenslustige, hübsche, stets lächelnde Blondine gewesen sei, die niemandem etwas zuleide tun konnte.

Arglos sei sie nachts aus einer Bar in der Nähe nach Hause gekommen und sie sei heimtückisch von ihrem Mörder in der Wohnung erwartet und erwürgt worden.

Er zitterte bei dem Gedanken an den grausamen Mörder aus dem Film, der ‚Buffalo Bill' genannt wurde. Ist er wirklich so ein Monster?

Nein, es war nur…,

er konnte es einfach nicht mehr ertragen.

Alle möglichen Frauen liebten sie, okay, aber auch alle Männer, denen sie begegnete. Und jedem lächelte sie entgegen und wenn diese ihr Lächeln erwiderten, dann machte sie weiter, sie fing an zu flirten, sie tanzte mit ihnen in der Bar, ließ sich von ihnen Drinks spendieren.

Sie konnte einfach nicht mit einem Mann in ihrem Leben zufrieden sein, nicht mit ihm, Mitch und vielleicht auch nicht mit irgendeinem anderen. Sie war eine moderne Frau, okay, er hielt sich auch für einen modernen Mann, machte sein Ding, aber Angela war doch seine Liebste, sein Ein und Alles!

Wie konnte sie nur!

Er schob die Zeitung zurück, zog den Schirm seiner Cap tiefer ins Gesicht, damit die Kamera an der Kasse sein

Gesicht nicht erfassen konnte, zahlte und ging raus.

Als er den Truck startete, merkte er wie seine Hände am Lenkrad zitterten. Schwerfällig griff er nach dem Hebel der Lenkradautomatik, wollte diesen gerade auf ‚D' schieben und den Wagen anrollen lassen, als er sah, dass da ein Polizist vor seinem Wagen stand und links und rechts standen ebenfalls welche, die ihre Waffe auf ihn richteten. Die Fahrertür wurde von außen geöffnet und auch ohne die lauten Kommandos der Polizisten stieg er mit erhobenen Händen aus seinem Truck aus.

An seine Fahrt zur Polizeistation konnte er sich später nicht mehr erinnern.

Seit fünf Monaten saß er nun schon im Nueces County Jail. Der Richter hatte eine Kaution von einhunderttausend Dollar festgesetzt, völlig illusorisch so eine Summe aufzubringen, also musste er sofort ins Gefängnis.

Und aus diesem wird er, so glaubte er, wohl nie wieder herauskommen.

—

Chief Justice Valdez nahm wieder Platz, schob sein Mikrofon vor sein Gesicht, während alle im Saal, die zuvor bei Eintreten der Richter aufstanden, sich jetzt auch wieder setzten.

Trotz Verstärkung seiner Stimme konnte Mitch, der als einziger im Saal stehen geblieben war, stehen bleiben musste, eigentlich nur ein Rauschen vernehmen, von dessen Worten. Als der Richter das Urteil sprach, hatte der noch nicht einmal richtig ausgesprochen, als Teile seiner Familie laut ihre Erleichterung, aber noch viel mehr

Personen aus dem Publikum ihre Ablehnung des Urteils kundtaten.

Noch während der Richter mit seinem Hammer schlagend Ruhe im Saal forderte, griff der hinter ihm stehende Sicherheitsbeamte nach seinem Arm und zerrte ihn regelrecht aus dem Saal.

―

Als Mitch Wochen später frierend trotz dicker Jacke beim Freigang im Gefängnis mit einem anderen Insassen auf einer Bank in die Wintersonne blinzelte und dieser ihm sagte, er sei ein Glückspilz, in 30 Jahren nach Hause gehen zu dürfen, sagte er nichts.

Nein, glücklich wird er eines Tages nicht aus dem Gefängnis nach Hause kommen, denn Angela wird ihn sicher nur in seinen Träumen in die Arme schließen.

Genealogie zu Kapitel 16

Der dargestellte Sachverhalt der Verurteilung eines Angehörigen meiner Familie wegen Mordes ist wahr, die drumherum erzählte Handlung basiert tlw. auf öffentlich zugänglichen Quellen, wie dem Gerichtsurteil und Zeitungsartikeln. Zum Schutz aller lebenden Personen wurden deren Namen verändert.

Es muss wohl der Nachhall der Euphorie des Jahres 1989 gewesen sein, der die Menschen bis in die Gegenwart in den Glauben versetzte, die Zeiten der Bedrohungen, der auch nur unterschwelligen Feindschaften seien nun vorbei. Man glaubte, das Niederreißen der Mauern, das Öffnen der Grenzen, führe nun dazu, dass Kriege zukünftig obsolet und alle Menschen in eine ewige Phase der Zufriedenheit mit sich und ihren Nachbarn übergehen werden. Insofern war es kaum nachzuvollziehen, wieso am 24. Februar 2022 der russische Herrscher seinen Armeen befahl in das Nachbarland, die Ukraine einzumarschieren, um das Land zu erobern. Wenn Sie als Leser(in) dieses Buches jetzt am Schluss auf den Gedanken kommen, dass sich Geschichte zu wiederholen scheint, mag ich dem nicht widersprechen.

17

Hamburg
Frühjahr 2022

Michael wartete bereits vor der Haustür, als sein Sohn mit dem Auto deutlich vor der vereinbarten Zeit vorfuhr, ausstieg, beide Männer sich zur Begrüßung umarmten und der Sohn seinem alten Herrn beim Einsteigen half. Sie wollten diesen frühen Sonnabendmorgen nutzen, denn er versprach warm und sonnig zu werden, angesichts eines östlichen Windes, der ein stabiles Hochdruckgebiet nach Hamburg hineinschob. Die frühmorgendliche Autofahrt war entspannt, angesichts nur weniger Autos, die unterwegs waren, Ampelschaltungen, die einen heute einmal nicht sinnlos warten ließen und beide in gemächlicher, flüssiger Fahrt von Ohlsdorf über Winterhude und Eppendorf nach Eimsbüttel fahren ließ. Sie parkten den Wagen vor dem großen alten, halbrunden Wohnblock einer Seitenstraße am Schlump, denn dort hatte sein Enkelsohn seine erste kleine Studentenwohnung. Dieser Enkel lag heute Morgen sicher noch in tiefem Schlaf, was aber nichts machte, denn sie hatten einen Schlüssel für die Haustür und vor allem für die Kellertür, und so stiegen sie direkt hinunter in den etwas muffig riechenden Keller, öffneten den Raum und nahmen nun zu zweien jeweils eines der Kajaks, die an den Wänden hingen, herunter und trugen sie hinauf, durch den Hinterausgang in den gartenähnlichen Innenhof Gebäudes. Dort legten sie die Boote ins Gras und holten die restliche Ausrüstung, wie die Paddel und kleinen Handwagen herauf, auf die sie nun die Boote schnallten. Leise gingen sie, ihre Kajaks hinter sich herziehend aus dem Innenhof heraus und marschierten los durch die fast menschenleeren Straßen Eimsbüttels, auf denen es erstaunlich leise war, nur unterbrochen durch das Surren und Rattern der U-Bahn, die gefühlt laufend zu fahren schien und die Gegend auf einem hohen Damm und einer großen, stählernen Brücke durchschnitt. An der Ecke des alten Gymnasiums bogen sie ein auf den Promenadenweg entlang des Kaiser-Friedrich-Ufers, eines Weges, der tagsüber stets voller Menschen ist, die dort spazieren gehen, bei gutem Wetter auf den angrenzenden Wiesen liegen oder in schier ungeheurer Anzahl mit ihren Fahrrädern entlang sausten. Heute Morgen gab es nur vereinzelte Hundebesitzer, die unterwegs waren und Michael war schon ziemlich geschafft, als sie endlich auf

Höhe der Oberstufenschule den schmalen Abgang hinunter zum Isebekkanal erreichten und die Boote dort vorsichtig hinunterführten, denn diese Schule hatte dort einen kleinen Anleger, dessen Steg nur wenige Zentimeter über der Wasserlinie lag: ideal zum Ein- und Aussteigen für Paddler und Ruderer. Sie nahmen die Boote von den Handwagen und ließen sie zu Wasser. Sein Sohn hielt Michaels knallgelbes Kajak fest und half ihm beim Einsteigen in das nur bei diesem Manöver etwas kippelige Boot, welches ansonsten ganz stabil im Wasser liegt und sich dank einer ausfahrbaren Finne ganz wunderbar einfach steuern lässt, ohne dass man besonders erfahren sein muss im Kajakpaddeln. Nachdem sein Sohn nun ebenfalls sein blaues Kajak gleicher Bauart bestieg und sich vom Steg etwas abstieß, fuhren die beiden Männer los, der Morgensonne entgegen, dem Isebekkanal folgend in Richtung Alster.

Unmittelbar nach dem Einstieg unterfuhren sie bereits die erste von schier unzähligen Brücken, die die Alsterkanäle überqueren und bei denen anfangs dieses diffuse Gefühl, dass die vielfach gurrenden Tauben, die sich immer irgendwo in Nischen oder auf Leitungen und Rohren sitzend einem auf den Kopf kacken würden, verdrängen muss: Nein, tatsächlich, so sein Sohn, sei ihm dies noch nie passiert, denn er sei diese Strecke schon sehr häufig gefahren.

Entlang an einem im Kanal liegenden großen Kahn, der als Theaterschiff genutzt wird, verbreitert er sich für ein kurzes Stück etwas und gibt der Morgensonne Raum, die die Männer die Sonnenbrille auf- und den Schirm der Mütze etwas tiefer ziehen lässt. Die anfängliche Frische am Wasser wird durch die Wärme der spätfrühlingshaften Sonnenstrahlen angenehm verdrängt, lassen sie ihre Boote fast ohne Paddelschlag gleiten und beobachten einen Haubentaucher, der soeben aufgetaucht, einen kleinen Fisch hinunterwürgt, das Wasser aus seinem Gefieder abschüttelt und sich nun offenbar ebenfalls etwas wärmen lässt. Bei dem Gekreische eines Blesshuhnes, dessen Ursache sie nicht recht feststellen, aber sich selbst nicht zuschreiben, wird es langsam lauter, erreichen sie die Grindelbrücke, die breiteste auf ihrem gesamten Weg, überqueren diese doch zwei große mehrspurige Straßen, auf denen heute Morgen doch schon so einiger Verkehr unterwegs ist. Zumindest ist die Brücke ziemlich neu und unterwärts verputzt, also keine Tauben, die einen auf den Kopf scheißen können.

Unmittelbar hinter der Brücke taucht man ein in eine grüne, in Teilen fast dschungelartige Landschaft, in der aus dem letzten Winter umgestürzte Bäume und allerlei Geäst in den Kanal hineinragen, in denen wiederum von Wasservögeln, allen voran den Graugänsen, fleißig Nester gebaut werden, gebrütet wird oder bereits die Jungen warmgehalten werden. Von der parallel verlaufenden Straße zur Linken, die etwas rückwärtig liegt, sind kaum Geräusche zu vernehmen, rechtsseitig erheben sich über mehrere Etagen hoch die Rückansichten von alten Häusern, die dicht an dicht stehen, von vielen alten, großen Bäumen eingerahmt und dabei von ihnen dunkel und feucht gehalten werden. Kaum zu glauben, dass es sich bei diesen Häusern um die Gründerzeithäuser der Isestraße handelt, die mit ihrer schönen Fassade auf der Vorderseite eines der Aushängeschilder der Stadt sind, mit dem schon fast berühmten Wochenmarkt unter dem davor verlaufenden U-Bahn Viadukt, welches die ganze Straße durchquert und von wo aus man aus der fahrenden Bahn den Bewohnern in die Fenster schauen und deren schöne

Wohnzimmer mit hohen Decken bestaunen kann. Gerechterweise trifft der Spruch ‚vorne hui und hinten pfui' nicht wirklich, denn auch auf der Rückseite haben sich die wohlhabenden Bewohner eingerichtet, sich hölzerne Terrassen gebaut und diese mit Korbmöbeln und dem mittlerweile unvermeidlichen Gasgrill bestückt. Viele haben zusätzlich einen Steg am Wasser und ihr Boot im Garten liegen.

Nach der Unterquerung zweier weiterer Brücken erreichen sie den alten stählernen Brückenkomplex zweier U-Bahn-Linien, die im Minutentakt darüber hinweg rattern, ihre Elektromotoren beschleunigen, als führen sie ein Rennen, scharf bremsen, weil die Station Eppendorfer Baum bereits zur Hälfte auf dem Viadukt liegt, mit quälend quietschenden Rädern in die scharfe Kurve des Klostersterntunnels eintauchen oder aus diesem herausjagen auf dem Weg zur Kellinghusenstraße, denn dort wartet bereits die Bahn der anderen Linie auf umsteigende Fahrgäste.

Unwillkürlich beschleunigt man dort seine Paddelfahrt, entweicht dabei unerwartet schnell dieser Geräuschkulisse und taucht wieder ein in die Ruhe und Gemächlichkeit des Isebekkanals, dessen nahezu stehender Lauf mit am Grund verlaufenden Leitungen durchzogen ist, durch die Sauerstoff gepumpt wird, der an vielen Stellen blubbernd an der Oberfläche entweicht, als fahre man auf einem vulkanaktiven Gewässer.

Das letzte Stück dieses Kanals führt an mehreren traditionellen Rudervereinen entlang, die linksseitig ihre Lagerhäuser für die Boote mit betonierten, nahezu auf Wasserlinie verlaufendem Zugang zum Kanal haben, dazu einige Bootsverleiher für Tret- oder Ruderboote und zunehmend für die ‚sup' genannten dickeren Surfbretter, mit denen die jungen Leute darauf stehend paddelnd durch die Kanäle fahren. Hier sind heute Morgen allerdings nur die wirklichen Sportler aktiv, die ihre Einer-, Zweier- oder mehrsitzigen Ruderboote zu Wasser lassen und sich zu einer Trainingsfahrt auf der hinter der nächsten Brücke beginnenden Alster aufmachen.

Auch Michael und sein Sohn bogen rechts auf die Alster ein und folgten dem Lauf des Flusses, eingerahmt von vermutlich unfassbar teuren, kolossalen Villen, die rechts direkt am Wasser, links aber hinter einer am Flusslauf verlaufenden Straße liegen, dem Leinpfad, jener Straße also, wo sein Vater als hochherrschaftlicher Sohn eines Hamburger Kaufmanns in irgendeiner dieser Villen aufwuchs und ein unbeschwertes Leben führte, welches durch die gewaltigen gesellschaftlichen Veränderungen der dreißiger Jahre des letzten Jahrhunderts ein jähes Ende fand.

Schon weit vor Erreichen der Krugkoppelbrücke können sie unter dem Brückenbogen hindurch auf der Alster paddelnd die „Alster" sehen. So nennt man in Hamburg den Fluss selbst und synonym gleichfalls den großen, sich hinter der Brücke anschließenden See, der sich nun öffnet und den beiden Männern einen großartigen Blick auf das Zentrum der Stadt, gekennzeichnet von seinen vielen großen Kirchtürmen und, wenn man dann etwas weiter hineinpaddeln würde, zusätzlich das sich in der Sonne spiegelnde Dach der Elbphilharmonie freigibt.

Sofort kommt etwas Wind auf, wird das Wasser tatsächlich etwas unruhiger und die Sonne, die jetzt schon deutlich höher steht, lässt alles um sie herum leuchten, strahlen und von der Oberfläche widerspiegeln.

Wenn man keine Ahnung hat, was es bedeutet, ein

Hanseat zu sein, ein richtiger Hamburger, hat man bei diesem Anblick plötzlich das Gefühl es zu wissen und es ein wenig zu spüren, meint man, tatsächlich in der schönsten Stadt der Welt zu leben.

Michaels Sohn sah seinem Vater an, dass die Paddeltour für seinen alten Herrn anstrengend ist und somit fuhren sie nicht weiter in den See hinein, sondern bogen links herum, an den Steganlagen von ‚Bobby Reich' entlang, unter der Fernsicht-Brücke hindurch, den Kanal hinauf zum Rondeelteich, einer kleinen seeartigen Ausbuchtung, umringt von den teuersten Villen der Stadt, die man den Bewohnern aber nicht neiden muss, ist der Teich doch zumindest im Sommer voller Touristenboote, die laut und schaulustig wie sie sind, ihre Blicke auf die Villen und ihre Bewohner richten, als seien sie die Löwen im Zoo.

Von hier aus führt ein kleiner Stichkanal auf den Alster-Fluss zurück, nahe der Stelle, an der sie wieder in den Isebekkanal einfahren können.

Trotz der Anstrengung, der ungewohnten, engen Sitzposition im Kajak und der Paddelbewegungen, die die Arme zunehmend ermüden, ist Michael glücklich über die kleine Tour.

Die östliche Strömung des heutigen Tages erleichtert nun die Rückfahrt und gemächlich machen sie sich wieder auf den Heimweg, unterstützt von dem leichten

Wind von Achtern.

GLOSSAR

Nachfolgend einige Erklärungen zu handelnden Personen, Orten oder alten Begriffen in alphabethischer Reihenfolge:

Akzise
Verbrauchssteuer auf Grundnahrungsmittel (Getreide, Hopfen, Mehl, auch Salz, Zucker und Fleisch) und auch Genussmittel (Tabak, Kaffee, Bier) im Sinne eines Vorläufers der Mehrwertsteuer; da die Eintreibung der Steuer oft nicht sauber staatlich geregelt, sondern Gehilfen (sog. Ziesemeistern als Pächtern des Rechts) übertragen war, war diese Steuer in der Bevölkerung besonders unbeliebt.

Bobby Reich
ist ein seit 1883 bis heute bestehendes traditionelles Ausflugslokal am oberen Rand der Außenalster in Hamburg, mit Liegeplätzen für Segelboote an der umfangreichen Steganlage.

‚Bremen'
Name des in der Zeit bis 1850 einzigen deutschen Auswandererschiffes, welches von Bremerhaven nach New York fuhr. Als 62,5 m langes, 3-Mast-Vollschiff wurde es ursprünglich als Walfänger gebaut. Nachdem sich der Walfang nicht mehr lohnte, zog man ein 1,70 m hohes Zwischendeck ein und baute darin Holzkojen in Doppelreihen ein, um Auswanderer zu transportieren. Die Fahrt dauerte je nach Wind- und Wetterlage zwischen 6 und 12 Wochen.

Castle Garden
heute ‚Castle Clinton', ist eine ursprüngliche Artilleriestellung am Südzipfel von Manhattan-Island in New York City. Die zunehmenden Einwandererzahlen ab den 1830er Jahren führte dazu, dass der Staat New York das tlw. als Theater genutzte halboffene Areal zur Empfangsstation umwandelte. Ca. 10 Mio. Einwanderer wurden zwischen 1835-1892 hier durchgeschleust, bevor die Einwanderungsprozedur dann auf die vorgelagerte Insel Ellis Island verlegt wurde.

Corpus Christi
ist eine mittelgroße Stadt in Texas/USA, unmittelbar am südlichen Zipfel des Staates am Golf von Mexico gelegen.

Coupé
zuvor Bezeichnung für eine zweiachsige Pferdekutsche, später auch (heute veraltete) Bahnwagonform (klassenabhängig) mit Zugang von außen direkt in das Abteil.

Deutscher Bund
Staatenbündnis der deutschsprachigen Regionen ab 1815, einschließlich bspw. Preußens, Bayerns und des österreichischen Kaiserreiches. Einen deutschen Nationalstaat gab es, im Gegensatz zu England oder Frankreich, in der Historie zuvor nie. Erstmalig mit dem Deutschen Reich ab 1871.

Eschatologie
wörtlich: „das Letzte", „das Ende", das „Endgültige"; theologische Lehre über den leiblichen Tod, den „Zwischenzustand" und „Auferstehung des Leibes" (individuelle Ebene); Christen glauben, dass Jesus von

den Toten auferstand, in den Himmel fuhr und eines Tages gewiss zurückkehren wird. (Apg 1:11) (allgemeine Ebene). Dies steht an mehreren Stellen im Neuen Testament, bspw. Paulus lehrte, dass „der Herr selbst vom Himmel herabkommen" würde (1.Th.4:16) oder Johannes, der in der Offenbarung Jesus wiedergibt: „Siehe, ich komme bald" (22:12)

Feld
mit „im Feld befindlich" oder „ins Feld gehen" war früher in den Krieg ziehen gemeint, sprich sich auf das Schlachtfeld begeben, bzw. sich darin befinden.

Feldgraue
alte Bezeichnung für Soldaten im Krieg, abgeleitet von dem Erscheinungsbild der Uniform und dem Feld (siehe dort)

Franzosenzeit
wurde die Besatzungszeit französischer Truppen in der Zeit von 1792-1815 nach Ende dieser Phase in Deutschland rückblickend genannt. Gebiete westlich des Rheins und später ganze Bereiche des heutigen Nordrhein-Westfalens über das westliche Niedersachen und Hamburg bis nach Lübeck wurden in französische Departements gewandelt und von entsprechenden französischen Verwaltern regiert. Nach dem Verlust des französischen Russlandfeldzugs und anschließender Befreiungskriege fielen die Gebiete wieder ihren ursprünglichen Herrschern zu. Im Raum Bremen konkret dem Königreich Hannover.

Halbspänner / Halbmeier (-hof)
Pachthof eines leibeigenen Bauers mit ca. 12-14 ha
Ackerland. Musste seinem Herrn ein Pfluggespann stellen
und die Pacht mit Geld und Naturalleistungen erbringen.

Hochzeit zu Kana
Wundererzählung aus der Bibel, wo Jesus als Gast einer
Hochzeitsfeier Wasser zu Wein verwandelte. (Joh 2,1-12)

Hostie / Hostienschändung
als Hostie wird ein Opfer oder die Opfergabe bezeichnet,
konkret in der Kirche das Brot im heiligen Abendmahl
als Symbol für den Leib Christi. Die Schändung dessen
wäre eine Fehlverwendung, also geweihte Hostien zu
missbrauchen. In der Hexenverfolgung wurde dieser
Vorwurf häufig hervorgeholt, um damit eine sog.
peinliche Befragung, sprich Folter anzuwenden.

Kellereihof
bezeichnet den mit ca. 15 ha größten der seinerzeit dem
Kloster Loccum gehörenden Pachthöfe in Wiedensahl.
Der Name leitet sich vom lateinischen ‚cellarius' =
Vorratskammer ab. Der Hof diente in besonderem Maße
der Lebensmittelversorgung des Klosters. Auf dem
Gelände befand sich u.a. auch die Zehntscheune (siehe
dort)

Klein Mahner
Bahnhofstation der Nord-Südtrasse der Bahnlinie
zwischen Goslar und Salzgitter. 2,5 km von dort liegt
Ohlendorf.

Kötner
ein Hofbesitzer, der aber über kein eigenes Land verfügt,
sondern seine Felder gepachtet hat (hier konkret vom
Kloster Loccum). Dies geht einher mit der Folge, dass

Kötner i. d. R. vom Ertrag ihres Hofes nicht leben konnten und daher einen Nebenerwerb benötigten (häufig zusätzlich einem Handwerk nachgingen)

Konfession in Wiedensahl/Schaumburger Land
Ursprünglich katholisch, wurde die Gemeinde Wiedensahl 1544 mit Pastor Brandes erstmalig lutherisch. Während des 30-jährigen Krieges gab es Bestrebungen, im Land wieder die katholische Konfession durchzusetzen (siehe Restitutionsedikt), Wiedensahl blieb aber lutherisch.

(Kur-)fürst zu Braunschweig-Hannover
vom Mittelalter bis in die Neuzeit im Bereich des heutigen Niedersachsen herrschendes Geschlecht (wechselvoll), welches mit Georg Ludwig einen Erben hervorbrachte, der ab 1714 als Georg I. König von Großbritannien und Irland wurde

Meile
die bereits seit den alten Römern verwendete Form einer Längenmaßeinheit, deren Distanz allerdings in den Regionen zwischen 1,5 und bis zu 11 km schwankte. Allgemein in deutschsprachigen Raum betrug die Distanz ca. 7,5 km. Es bestanden aber regionale Unterschiede. Im Königreich Hannover betrug die Meile 7421,6 Meter.

Nienknickern
ist vermutlich die damalige Aussprache des Ortes Neuenkirchen, nördlich von Osnabrück. Die örtlichen Zeitungen berichteten von einem gewalttätigen Überfall im Jahr 1702.

Pietismus
wörtlich ‚Gottesfurcht' oder auch ‚Frömmigkeit', war eine Reformbewegung des Protestantismus. Anhänger rückten das fromme Subjekt stärker als die reine Lehre in den Vordergrund. Das Leben eines Pietisten ist von einer steten frommen Selbstbeobachtung, -überprüfung und, wenn nötig, -korrektur geprägt; in seiner extremsten Form bezieht sich dies auf kleinteiligste Handlungen des täglichen Lebens.

Prangen
altes Wort für ‚die eigene Pracht entfalten', ‚in voller Schönheit', hier in dem Gedicht von Hermann Spanuth ist damit die Verheißung der Weihnachtszeit und die Vorfreude darauf gemeint.

Restitutionsedikt
Der (katholische) Kaiser Ferdinand II hatte im Rahmen einer Vormachtstellung während des 30-jährigen Krieges (1618 – 1648) verfügt, dass diverse zuvor evangelische Bistümer wieder in katholische Einrichtungen umgewandelt wurden. Im Zuge dessen wurde der (evangelische) Abt Kitzow des Klosters Loccum 1630 durch den Abt Scherenbeck und später Luerwald ersetzt. Nach Rückeroberungen der Gebiete durch den Schwedenkönig Gustav II. Adolf wurde das Edikt zurückgenommen und Kitzow übernahm ab 1634 wieder die Funktion des Abtes des Klosters.

Heinrich Rimphof
Pastor in Wiedensahl von 1622-1638; machte sich einen Namen als Hexenverfolger und ‚Hexenriecher'. Maßgeblich durch ihn wurden nachweislich 54 Menschen (zumeist Frauen) im Stiftsgebiet des Klosters Loccum angeklagt, von denen ca. 33 (davon 15 aus Wiedensahl

und viele davon direkt oder indirekt mit Mitgliedern der Familie Spanuth verwand) hingerichtet.

Rock
in früheren Zeiten, im Gegensatz zu heute, kein weibliches Kleidungsstück, sondern Bezeichnung für ein Jackett oder auch einer Uniformjacke beim Militär. Bekannt ist heute bestenfalls noch der ‚Gehrock', ein halblanger Mantel, der in etwa wie ein Frack geschnitten ist.

Sed de his satis
Lateinisch für 'aber (nun) genug davon'. Offenbar eine im 17. Jahrhundert bekannte Redewende im Schriftverkehr, wonach man seine Ausführungen zu einem Thema beendet, um dem Leser des Briefes nicht weiter auf die Nerven zu gehen. Satz wird dem Philosophen Spinoza als dessen berühmten letzte Worte zugerechnet. Erstaunlich, dass Johan Spanuth als rel. ungebildeter leibeigener Bauer dieser Briefform mächtig war.

Sommer 1540
Mehr als 300 Chroniken der damaligen Zeit bestätigen, dass es im Jahr 1540 eine außergewöhnliche Dürre in Westeuropa gab, mit extrem geringen Niederschlagsmengen bedingt durch dauerhafte südliche atlantische Luftströmungen. Diese hatte dramatische Folgen für das Land und die Bevölkerung durch Missernten, Hungersnöte und Waldbrände, selbst große Flüsse fielen trocken.

Tönnies
eine alte, aber heute noch in Nordrhein-Westfalen vorhandene Namensform für ‚Anton'. (bspw. Tönnies-Schlachtbetriebe). Viele männliche Personen aus der Vorfahrensliste der Familie Spanuth trugen diesen

Namen, tlw. sogar mehrere in einer Linie, sodass sie sich damals durch einen Namenszusatz unterschieden wie ‚der olde' oder ‚der lütje'.

Tortur
damalige, vielleicht beschönigende Bezeichnung für eine Folterprozedur, bei der neben dem Geständnis der Hexerei zu huldigen auch stets versucht wurde, der Delinquentin Namen weiterer Personen zu entlocken, die dann in der Folge ebenfalls angeklagt und gefoltert wurden.

Verkehr
altes Wort für den Umgang von Menschen untereinander, Austausch, Gespräch.

Vogt
ist ein herrschaftlicher, im Mittelalter oft adliger Beamter. Mit welchem Aufgabengebiet die als Vogt tätigen Spanuths betraut waren, ist nicht konkret bekannt. Es ist anzunehmen, dass es um die Sicherung und Eintreibung der Zehntschulden (siehe dort) der Bauern ging.

Wanderungsbewegung
die von Jürgen Spanuth propagierte These, Atlantis sei in der Nordsee durch einen Kometeneinschlag untergegangen, hatte nach seiner Folgerung die Konsequenz, dass die Überlebenden der Atlanter, er sprach von Germanen, eine Wanderungsbewegung eines ganzen Volkes in den Süden über Griechenland bis nach Ägypten vollzogen. U.a. werden dazu auch Schlachten gegen den ägyptischen Pharao Ramses III von ihm zitiert.

Wasserprobe (Hexenbad)
eine bereits vor dem 1. Eingeführte, aber im 17. Jahrhundert immer noch übliche Form herauszufinden, ob eine Person eine Hexe ist. Am Körper gefesselt würde eine wirkliche Hexe aufschwimmen (durch den Wind der Ungerechtigkeit emporgetragen), eine Nicht-Hexe jedoch versinken und häufig ertrinken, was dann als ‚Verfahrensfehler' dokumentiert wurde, jedoch nicht als Gegenbeweis, sondern dann wurde dies als eine „Ausnahme" eingestuft! Man glaubte, dass das reine Element (Wasser) eine Hexe abstoßen würde.

Wiedensahl
wörtlich der „geweihte Teich"; Dorf im Schaumburger Land, noch in Niedersachsen gelegen an der Grenze zu Nordrhein-Westfalen, erstmals erwähnt um ca. 1250, war ein sog. Hagenhufendorf, ein langestrecktes Dorf entlang eines Baches und einer entsprechenden Dorfstraße, jeweils links und rechts davon die Bauerngehöfte. Ursprungsort der Familie Span Uth deren ältester nachgewiesener Vertreter ein Tönnies Span Uth war, der von ca. 1470 bis 1547 lebte. Allgemeine Bekanntheit hat das Dorf, weil es ebenfalls Geburtsort von Wilhelm Busch ist.

Zehnte / Zehntschulden
Nahezu alle Bauern der Region waren nur Pächter von Liegenschaften, die dem Kloster Loccum gehörten. Sie mussten gem. dem Pachtvertrag mit dem Kloster 10% ihres Ertrages als Naturalsteuer abgeben. Diese Güter wurden tlw. in der Zehntscheune zwischengelagert. (siehe dort)

Zehntscheune
eine Scheune, in der der Pächter eines Hofes (Kötner) die Naturalsteuer (Feldfrüchte, Heu, Stroh sowie auch Tiere) unterbrachte, die an den Lehnsherrn (hier das Kloster Loccum) gem. ihres Pachtvertrages (Meyerbriefes) abzugeben waren. So eine Scheune stand auf dem Kellereihof, weil er der größte der dem Kloster Loccum gehörenden Höfe in Wiedensahl war.